David Kess
Zettel

Erste Auflage

David Kess

Zettel

Ein Name. Ein Zettel. Ein tödlicher Plan.

Thriller

Bibliografische Information der Deutschen Nationalbibliothek: Die Deutsche Nationalbibliothek verzeichnet diese Publikation in der Deutschen Nationalbibliografie; detaillierte bibliografische Daten sind im Internet über http://dnb.dnb.de abrufbar.

Weitere Mitwirkende: Lisa, Toni.

Verlag: BoD · Books on Demand GmbH, Überseering 33, 22297 Hamburg, bod@bod.de

Druck: Libri Plureos GmbH, Friedensallee 273, 22763 Hamburg

ISBN: 978-3-8192-4465-0

Prolog

Der Schmerz war überall.

Alex rannte. Keuchte. Seine Schritte hallten auf dem feuchten Asphalt, während die Dunkelheit der Nacht ihn zu verschlucken drohte. Jeder Atemzug brannte in seiner Brust, ein stechender Schmerz zog sich durch seine Rippen – als hätte jemand ihm mit voller Wucht in die Seite geschlagen. Vielleicht war es genau das gewesen.

Er stolperte, fing sich im letzten Moment an einer Mauer ab. Der Aufprall jagte ihm einen neuen Schmerz durch die rechte Hand, und er zuckte zusammen. Sein Finger fühlte sich steif an, angeschwollen. Verstaucht, vielleicht. Er wagte nicht, ihn zu bewegen, um es herauszufinden.

Sein Herz hämmerte.

Er musste weiter.

Die kühle Nachtluft schnitt ihm ins Gesicht, als er sich durch eine schmale Gasse drängte. Hinter ihm – irgendwo in der Ferne – hörte er Stimmen. Waren sie ihm gefolgt? Oder war das nur sein Verstand, der ihm Streiche spielte?

Alex biss die Zähne zusammen, zwang sich, nicht stehen zu bleiben.

Das Adrenalin ließ seine Muskeln brennen, sein Blut

rauschen. Doch sein Körper wurde träge, schwer. Die Schmerzen krochen langsam unter seine Haut, nagten an seinem Verstand.

Er lehnte sich kurz gegen eine alte, verrostete Tür, holte keuchend Luft. Sein Brustkorb zog sich zusammen, das Stechen in seinen Rippen wurde heftiger. Vielleicht hatte er sich schlimmer verletzt, als er gedacht hatte.

Ein Tropfen Blut fiel auf den Boden.

Alex hob den Blick, fuhr sich mit der gesunden Hand über die Lippe – die aufgeplatzte Wunde brannte unter seiner Berührung.

Er musste verschwinden.

Die Straßen waren leer, gespenstisch still. Nur das ferne Summen einer Straßenlaterne begleitete ihn, während er sich weiterkämpfte.

Aber wohin?

Er konnte nicht nach Hause. Nicht zurück.

Er presste die Stirn gegen die kühle Steinwand neben sich, schloss für einen Moment die Augen.

Sein Kopf schwirrte. Bilder rasten durch seine Gedanken.

Die Stimmen. Der Kampf. Der Moment, in dem alles außer Kontrolle geriet.

Und dann – der Blick.

Jonas' Blick.

Unverständnis. Wut. Schmerz.

Alex presste die Finger gegen seine Schläfen, versuchte, den Gedanken loszuwerden.

Er hatte keine Zeit, darüber nachzudenken.

Die Stimmen kamen näher.

Er riss sich los, taumelte in die nächste Straße. Seine Beine fühlten sich an, als würden sie gleich nachgeben, doch er zwang sich weiter.

Immer weiter.

Bis nichts mehr übrig war außer der Flucht.

Alex stolperte in eine dunkle Einfahrt, lehnte sich schwer atmend gegen eine kalte Betonwand. Sein Körper pochte vor Schmerz, jeder Atemzug brannte in seinen Rippen. Sein verletzter Finger pulsierte unangenehm, doch das war nichts im Vergleich zu dem Chaos in seinem Kopf.

Dann – eine Vibration.

Sein Handy.

Alex zuckte zusammen, griff mit zitternden Fingern in seine Hosentasche. Sein Herz raste, als er auf das Display starrte.

Eine Nachricht.

Alex

Die Verzweiflung kroch in ihm hoch, griff nach seiner Kehle, zog sich eng um seine Brust. Seine Daumen flogen über den Bildschirm. Er öffnete die Nachricht, spürte, wie sein Magen sich verkrampfte. Die Nummer war ihm nicht bekannt.

Er drückte auf »Anrufen«.

Kein Freizeichen.

Nur Stille.

Alex biss die Zähne zusammen, versuchte es erneut. Nichts.

Er zog das Handy von seinem Ohr, sein Blick flackerte über

das dunkle Display. Der Akku war fast leer, doch das war ihm egal. Er musste wissen, wer das war.

Dann – erneut eine Vibration.

Eine neue Nachricht.

Alex

Sein Atem stockte.

Eine andere Nummer.

Alex spürte, wie ein kalter Schauer seinen Rücken hinunterlief.

Seine Finger zitterten, als er den Anruf startete.

Stille.

Kein Freizeichen. Kein Rauschen.

Nichts.

Er riss das Handy von seinem Ohr, sein Brustkorb hob und senkte sich hektisch. Sein Magen drehte sich um.

Das konnte nicht sein.

Er schüttelte den Kopf, rieb sich mit der Hand über die Stirn. Vielleicht halluzinierte er. Vielleicht war das alles nur eine Folge der Erschöpfung, des Adrenalins, der Schmerzen.

Doch dann vibrierte es wieder.

Alex

Eine dritte Nummer.

Alex keuchte auf, sein Daumen rutschte auf dem Bildschirm aus, als er zitternd den Anruf tätigen wollte.

Kein Freizeichen.

Dann – die nächste Nachricht.

Alex

Er konnte nicht mehr atmen.

Sein ganzer Körper bebte, als das Display erneut aufleuchtete.

Alex

Wieder.

Alex

Noch eine.

Es hörte nicht auf.

Sein Herz schlug so heftig, dass er das Gefühl hatte, es würde ihn zerreißen. Er wollte schreien. Wusste aber nicht, wohin mit der Panik, der Angst, der Verzweiflung. Seine Finger umklammerten das Handy, so fest, dass seine Knöchel weiß hervortraten.

Dann fiel es ihm aus der Hand.
Prallte auf den Boden.
Und vibrierte weiter.
Immer weiter.

Alex

Kapitel 1

Der Regen prasselte leise auf den Asphalt, als Alex durch die verlassenen Straßen ging. Die spärliche Beleuchtung der Straßenlaternen tauchte die Pfützen in ein trübes, gelbliches Licht, das in der dunklen Nacht wie gebrochenes Glas schimmerte.

Der kühle, nasse Wind kroch durch seine Kleidung und ließ ihn frösteln. Er hatte gerade die Geburtstagsfeier von Marc verlassen, auf der die Stimmung freundlich und die Gespräche angenehm gewesen waren.

Aber sein Gefühl der Leichtigkeit war von einer unterschwelligen Anspannung durchbrochen worden. Vielleicht lag es an dem anhaltenden Regen, der die Welt draußen in ein graues, verschwommenes Bild verwandelte, oder daran, dass er viel zu wenig Schlaf haben würde, für den kommenden Arbeitstag. Als er an einer Seitenstraße vorbeiging, hielt er unwillkürlich an.

Ein weißer Fleck lag im Schein der Laterne.

Er kniff die Augen zusammen.

Fast provokant und nur schwer zu übersehen, hob sich ein Zettel vom nassen Asphalt ab.

Obwohl der Regen unaufhörlich fiel, lag das Papier seltsam unberührt da, als wäre es gerade erst niedergelegt worden.

Alex kniete sich hin und nahm den Zettel in die Hand. Die Schrift darauf war elegant und geschwungen, und das einzige Wort, das sich darauf befand, war sein eigener Name:

$$\mathcal{A}lex$$

Die vier Buchstaben zogen sich über fast das gesamte A5-Blatt, größer als üblich – als wolle der Verfasser sichergehen, dass kein Zweifel blieb, an wen sich diese Nachricht richtete. Der Anblick war seltsam und ließ ihn in seine Gedanken versinken. »Was soll das bedeuten?«, murmelte er zu sich selbst. Eine Notiz, die jemand verloren hatte?

Er hob das Blatt auf, strich mit den Fingern über die Oberfläche. Nur wenige Topfen Wasser waren bisher auf das kleine Stück Papier gefallen.

Kein Absender, kein weiterer Text. Nur sein Name.

Langsam drehte er sich um.

Die Straße lag verlassen da, nur das leise Summen der Laternen und das Tropfen des Wassers aus einer Regenrinne durchbrachen die Stille.

Jemand musste das hier hingelegt haben… Oder? Es konnte zumindest noch nicht lange hier liegen. Dafür war der Zettel zu trocken. Sein Blick flog zu den umliegenden Gebäuden, aber in keinem Fenster regte sich etwas.

Die Vorstellung, dass sein Name dort geschrieben stand, war merkwürdig. Doch je länger er den Zettel betrachtete, desto mehr kam er sich albern vor. Wahrscheinlich ein Zufall.

Alex ist kein seltener Name.

Die Tatsache, dass der Zettel nicht wirklich nass war, obwohl er auf dem Boden gelegen hatte, machte es aber rätselhaft, weshalb er nach einem kurzen zögern den Zettel in seine Tasche steckte und seinen Weg fortsetzte.

Als er schließlich seine Haustür aufschloss, warf er einen letzten Blick zurück in die Dunkelheit. Kein Schatten bewegte sich, kein Geräusch war wahrnehmbar. Er schritt durch die Tür und die vertraute Ruhe seines Hauses entfaltete sich. Er hängte seinen nassen Mantel an die Garderobe und ging ins Schlafzimmer, wo die sanfte Geräuschkulisse des Regens an den Fensterscheiben beruhigend wirkte.

Der Zettel lag immer noch in seiner Tasche, als er diese auf den Nachttisch legte. Er nahm beim Ablegen das Rascheln wahr. Ein harmloser Streich, redete er sich ein. Aber als er sich ins Bett legte, spürte er, dass die Gedanken daran nicht verschwanden.

Seltsam.

Mit einem tiefen Atemzug schloss er die Augen. Die Tropfen des Regens klopften gegen das Fenster, und allmählich fiel er in einen unruhigen Schlaf – während die Schriftzüge seines Namens auf dem Zettel in seinen Gedanken nachhallten.

Der Morgen begann mit einem sanften Lichtstrahl, der durch die Vorhänge drang und sich in feinen Streifen auf dem Holzboden des Schlafzimmers niederließ. Alex erwachte, noch benommen von den letzten Spuren des kurzen Schlafs und des Alkohols. Er schaute auf die leere Bettseite des Doppelbetts. Lena war schon auf Arbeit.

Der Gedanke an den Zettel von gestern Abend war immer

noch präsent, aber er versuchte, sich darauf zu konzentrieren, wie er den Tag beginnen sollte, und nahm sich vor den Zettel aus seinen Gedanken zu verbannen.

Er stand auf und ging zum Fenster, um die Vorhänge aufzuziehen. Das Wasser im Pool glitzerte, der kleine Springbrunnen plätscherte leise in den bunten Blumenbeeten – eine Idylle, die beruhigend wirkte.

Sein Handy vibrierte. Lena:

Lass uns heute Abend essen gehen. Nur wir zwei.

Ein Lächeln huschte über sein Gesicht.

Ohne zu zögern, tippte er eine Antwort:

Ich freue mich darauf.

Er zog sich an, putzte seine Zähne und warf einen letzten Blick aus dem Fenster. Dann verließ er das Haus, stieg in sein Auto und fuhr zur Arbeit. Die Straßen waren noch ruhig und die frische Morgenluft half ihm, wach zu werden. Als er sein Bürogebäude erreichte, hieß ihn die moderne Architektur des verglasten Gebäudes und die elegante Empfangshalle willkommen.

Er begrüßte die Empfangsdame mit einem freundlichen Lächeln und machte sich auf den Weg zu seinem Büro.

Sein Büro lag im fünften Stock. Die offenen Arbeitsbereiche waren durch Glaswände getrennt – so blieb alles hell und förderte den Austausch. Schreibtische aus hellem Holz, ausgestattet mit ergonomischen Stühlen, bildeten die Arbeitsplätze der Mitarbeiter. In der Mitte des Stockwerks befand sich eine kleine Lounge mit modernen Sofas und einem großen Bildschirm, die für Pausen und informelle Meetings genutzt wurde.

Alex´ Büro war ein Ort der Ordnung. Der Schreibtisch aus dunklem Holz war aufgeräumt, und große Fenster boten einen beeindruckenden Blick auf die Stadt.

Die Straßen unten wimmelten vor Leben. Direkt gegenüber des Gebäudes erstreckte sich ein weitläufiger Park, dessen grüne Bäume und gepflegte Rasenflächen einen ruhigen Kontrast zum geschäftigen Treiben der Stadt boten.

Die geschwungenen Wege des Parks waren umgeben von Bänken, auf denen Menschen in der Mittagspause häufig saßen und die Sonne genossen. Auch er selbst nutzte regelmäßig die Gelegenheit in diesem Park zu spazieren und den Kopf freizukriegen.

Alex ließ sich in seinen Stuhl sinken und schaltete den Computer ein. Die ersten E-Mails des Tages erschienen auf dem Bildschirm, und er begann, sich durch die täglichen Aufgaben und Anfragen zu arbeiten. Der Vormittag verstrich in gewohntem Tempo. Meetings, E-Mails, Zahlenkolonnen. Routine. Gegen 10:30 Uhr klopfte es an der Tür.

Sein Assistent, Marc, trat ein. Sein zuverlässiger Freund und Kollege, der die Aufgaben stets effizient erledigte und immer ein offenes Ohr hatte.

»Guten Morgen«, sagte Marc verschlafen und legte einige Dokumente auf den Schreibtisch. »Hier sind die Berichte für die heutige Sitzung.«

»Danke, alles in Ordnung bei dir?«

Marc nickte. »Ja, alles bestens, bis auf den Kater.«

Ein Lächeln huschte über seine Lippen.

»Die Präsentation für nächste Woche ist fast fertig. Ich wollte nur sicherstellen, dass du damit zufrieden bist.«

»Super, ich schau's mir nachher an.«

Als die Mittagszeit näher rückte, wurde es Zeit für eine kurze Pause. In der Kantine des Gebäudes unterhielten sich die Mitarbeiter lebhaft, und das Geräusch der Kaffeekannen und das Klirren von Geschirr füllten den Raum. Alex holte sich eine kleine Mahlzeit und ließ sich an einem Tisch in der Ecke nieder, um einen Moment der Ruhe zu genießen. Die Pausen waren oft eine Gelegenheit für informelle Gespräche und kurze Erholung.

Plötzlich bemerkte er, wie Marc sich ihm näherte, eine Kaffeetasse in der Hand. Marc setzte sich ihm gegenüber und lächelte.

»Hey,« begann Marc, während er sich setzte. »Wie läuft's bei dir heute?«

»Ganz gut, die Arbeit ist zwar viel, aber es läuft.

»Hab heute Morgen schon gesehen, dass wieder einiges zu tun ist und dachte mir, dass wir vielleicht einen Drink nach Feierabend nehmen könnten, um ein bisschen abzuschalten.«

»Klingt nach einer guten Idee, aber eher am Wochenende. Heute Abend bin ich schon mit Lena verabredet. Lass uns später noch einmal darüber sprechen.«

Mit einem freundlichen Lächeln verabschiedeten sich Alex und Marc, und er kehrte zu seinem Schreibtisch zurück, um sich auf die letzten Aufgaben des Tages zu konzentrieren.

Der Nachmittag verlief ereignislos. Die Besprechung um 15 Uhr lief glatt, der Bericht war durch, und Alex konnte sich endlich auf den Feierabend freuen. Er packte seine Sachen und bereitete sich darauf vor, das Büro zu verlassen. Nun freute er sich darauf, sich gleich mit Lena zu treffen. Mit einem letzten Blick auf das Büro machte er sich auf den Weg nach draußen. Der Himmel war noch hell und die Sonne stand niedrig am Horizont. Die Temperaturen waren angenehm für einen Herbsttag und kündigten einen schönen Abend an.

Alex beschloss, einen kleinen Umweg zu machen und durch den anliegenden Park zu spazieren, um das schöne Wetter noch ein bisschen zu genießen.

Der Park war ruhig, und das sanfte Rauschen der Blätter im Wind bot eine beruhigende Kulisse. Der Moment der Stille war eine willkommene Gelegenheit, den Arbeitsalltag hinter sich zu lassen.

Als er den Park verließ, machte er sich auf den Weg zu dem kleinen Restaurant, in dem er sich mit Lena verabredet hatte. Das Restaurant lag in einer gemütlichen Ecke der Stadt, bekannt für seine einladende Atmosphäre und den ausgezeichneten Desserts. Es war der perfekte Ort für ein entspanntes Gespräch nach einem langen Tag.

Alex trat in das Restaurant ein und suchte sich einen Tisch am Fenster, von dem aus er die Straße beobachten konnte. Es dauerte nicht lange, bis Lena das Restaurant betrat. Ihr Lächeln, als sie ihn erblickte, ließ ihn für einen Moment alles andere vergessen. Die vertraute Wärme in ihrem Blick hatte eine sofortige, entspannende Wirkung auf ihn.

»Hallo, Liebling«, sagte Lena, als sie sich ihm gegenübersetzte. »Wie war dein Tag?«

Alex lächelte und nahm ihre Hand in seine.

»Ganz gut, ich habe heute ziemlich viel geschafft und das Meeting lief auch super. Ich freue mich, dich zu sehen. Und wie war dein Tag?«

»Ganz okay, heute hatten wir einen schwierigen Fall in der Klinik. Er hat es leider nicht geschafft«, antwortete Lena etwas traurig.

»Lass uns das Thema wechseln. Ich habe mich schon den ganzen Tag auf unser Treffen gefreut. Es ist schön, nach einem Arbeitstag so runterzukommen.«

Während sie ihr Glas Wein und das Essen genossen, plauderten sie über die Ereignisse des Tages und ihre Pläne für das Wochenende. Es war eine einfache, aber wohltuende Unterhaltung, die sie in ihrer vertrauten Nähe bestärkte. Alex bemerkte, wie wichtig diese Momente der Normalität für ihn waren, um den Stress des Arbeitstags zu vergessen.

Als die Sonne langsam hinter den Dächern versank und die Gespräche leiser wurden, warfen sie sich einen vielsagenden Blick zu – der Abend war fortgeschritten. Alex rief nach der Rechnung, und wenig später verließen sie gemeinsam das Restaurant. Die Luft war inzwischen merklich abgekühlt, und ein sanfter Wind wehte durch die schmalen Gassen der Stadt.

Auf dem Weg zum Auto gingen sie an einem kleinen Café vorbei, das einst ein beliebter Treffpunkt für sie gewesen war. Das *Café Mistral* hatte einen nostalgischen Charme, mit seiner altmodischen, leicht verblassten Markise in warmen Brauntönen und den runden Holztischen, die dicht an dicht vor der großen Fensterfront standen. In besseren Zeiten hatte der Duft von frisch gebackenen Kuchen und ofenwarmen Croissants die Luft erfüllt, und die einladende Atmosphäre zog regelmäßig Gäste an, die den Nachmittag bei einem Plausch verbrachten.

Doch jetzt war das Café geschlossen. Die Fenster waren verhangen, und ein handgeschriebener Zettel klebte an der Tür, auf dem stand: *Vorübergehend geschlossen.* Die einst lebhafte Fassade wirkte nun still und verlassen, fast so, als würde der Ort nur noch von Erinnerungen bewohnt.

Lena erinnerte sich an etwas.

»Weißt du noch, wie wir uns damals nach der Schule immer an diesem kleinen Café getroffen haben? Sie zeigte auf das Café.

»Es war unser geheimer Ort, um ein bisschen abzuschalten.« Alex lächelte.

»Ja, ich erinnere mich. Es war immer so gemütlich dort. Ich fand es toll, dass wir einen Ort hatten, der nur uns gehörte.«

Lena hielt inne und griff in ihre Tasche, um eine kleine, abgenutzte Münze herauszuholen.

»Diese Münze habe ich immer bei mir, als Erinnerung an den Tag, als der Kellner uns zu viel Wechselgeld zurückgegeben hat. Das haben wir dann bis auf diese Münze hier für Alkohol ausgegeben und uns ging es so schlecht am nächsten Tag.«

Er nahm die Münze in die Hand und betrachtete sie mit einem Lächeln.

»Ich erinnere mich daran. Es ist schön, dass du sie immer bei dir hast.«

Die gemeinsamen Momente in den letzten Jahren waren für beide von unschätzbarem Wert, und ihre Beziehung war fest und tief. Diese kleinen Erinnerungen aus ihrer Vergangenheit stärkten ihre Bindung zusätzlich.

Als sie am Auto ankamen und sich hineinsetzten, wurde der Abend immer ruhiger. Lena lehnte sich zurück und schloss kurz die Augen, während sie die nun dunkle Straße entlangfuhren.

Der Weg zu ihrem Haus war kurz, und bald erreichten sie die vertrauten Straßen ihres Viertels. Er lenkte das Auto in die Auffahrt und parkte vor ihrem gemütlichen, einladenden Haus, das im sanften Licht der Straßenlaternen erstrahlte.

Als sie aus dem Auto stiegen und sich der Eingangstür näherten, bemerkte Alex, dass Lena eine leichte Unruhe zeigte. »Alles in Ordnung?«, fragte er besorgt.
Lena lächelte, aber ihr Lächeln wirkte angespannt.
»Ja, alles gut. Ich denke nur nach.«

Er griff nach dem Schlüssel, um die Tür zu öffnen. Während er die Haustür aufschloss, bemerkte er im Augenwinkel einen Zettel vor der Tür, der halb von der Eingangsstufe bedeckt war. Er bückte sich beiläufig, um ihn zu heben, ohne Lena auf seine Entdeckung aufmerksam zu machen. Es war wieder die gleiche geschwungene Schrift,
wieder die gleiche Größe,
wieder die gleiche Aufmachung:

Alex

Ungewollt lief ihm ein kalter Schauer über den Rücken.
»Lass uns heute noch einen Film schauen«, sagte Alex, während er den Zettel diskret in seine Tasche steckte. Ihm war unwohl und er wollte Lena heute nicht damit beirren, nachdem sie einen so schönen Abend miteinander verbracht

hatten.

Sie nickte und trat ins Haus, während er hinter ihr die Tür schloss. Im Inneren des Hauses versuchte er, seine Anspannung zu verbergen. Als er die Jacke auszog, platzierte er den Zettel schnell und beiläufig in eine Schublade in seinem Arbeitszimmer, die er normalerweise für wichtige Post und kleine Gegenstände nutzte.

»Wie wäre es mit einem Tee?«

Lena lächelte. »Das klingt gut. Ich werde mich hier ein bisschen entspannen.«

Er beobachtete, wie sie sich auf die Couch setzte und die Beine hochlegte. Während er den Tee machte, versuchte er, seine Gedanken von dem weiteren Zettel abzubringen. Es war aufwühlend und beunruhigend. Er hatte direkt vor seiner Eingangstür auf seinem Grundstück gelegen. Es schien unwahrscheinlich, dass es sich um einen Zufall handelte.

Mit dem Tee in der Hand kehrte Alex ins Wohnzimmer zurück. Die beiden schauten einen Film, der im Fernsehen lief, während er versuchte, seine Besorgnis zu verbergen. Lena schien den Versuch zu bemerken, aber er tat ihn als Müdigkeit ab und lächelte sie an.

»Ich glaube, ich werde gleich ins Bett gehen. Es war ein langer Tag.«

»Gute Idee,«

Sie erhob sich von der Couch und ging in Richtung Badezimmer. Alex folgte ihr ins Badezimmer, um sich die Zähne zu putzen. Er sah in den Spiegel, während er sich die Zähne putzte. Sein dunkles Haar war leicht zerzaust, ein Überbleibsel des langen Tages.

Seine Augen, ein tiefes Braun, verrieten die Beunruhigung, die in ihm lag. Während er vor dem Spiegel stand, konnte er sich nicht von dem Gedanken an die Zettel und die scheinbare Bedrohung befreien. Er versuchte, seine Emotionen zu verbergen und die Anspannung zu verdrängen, während er die Zahnbürste über seine Zähne zog.

Lena lächelte ihm im Spiegel zu.

»Ist wirklich alles in Ordnung?«, fragte sie sanft.

Alex nickte und zwang sich wieder zu einem beruhigenden Lächeln.

»Ja, alles gut. Ich bin einfach nur müde.«

Nach dem Zähneputzen gingen sie zusammen ins Schlafzimmer. Lena legte sich neben ihn und schaltete das Licht aus. Sie schlief binnen weniger Minuten ein. Ihre ruhigen Atemzüge füllten das Zimmer.

Er lag noch wach.

Wälzte sich von der einen Seite auf die Nächste, während sich seine Gedanken um die beiden Zettel drehten. Er redete es sich selber ein.

Ein Zufall. Ein schlechter Scherz. Mehr nicht.

Doch das flaue Gefühl in seinem Magen ließ sich nicht abschütteln. Gerade als er schon fast in den Schlaf geglitten war, durchzuckte ihn ein Geräusch.

Ein gedämpftes Knallen.

Er öffnete die Augen. Lauschte.

War das aus dem Erdgeschoss gekommen?

Langsam richtete er sich auf. Vorsichtig, um Lena nicht zu wecken, schob er die Decke zur Seite und setzte die Füße auf den Boden.

Die Kühle des Holzbodens zog ihm sofort in die Knochen.

Er schlich zur Schlafzimmertür, lauschte erneut.

Stille.

Nur das Ticken der Wanduhr und das gedämpfte Rauschen der Heizung.

Trotzdem ließ ihn das Gefühl nicht los.

Er schlich die Treppe hinunter, einen Schritt nach dem anderen, die Hand fest am Geländer. Unten angekommen, ließ er den Blick durch den dunklen Flur schweifen.

Nichts.

Alles wirkte ruhig. Unverändert.

Doch da war etwas.

Ein leichter Windzug.

Er schritt im Wohnzimmer umher und bemerkte, dass er aus dem Arbeitszimmer kam.

Ein Frösteln durchfuhr ihn.

Langsam näherte er sich der Tür, öffnete sie – und sah es.

Kapitel 2

Das Fenster stand offen.

Nicht weit, nur einen winzigen Spalt. Der Hebel stand zur Seite ab. Es war nicht verriegelt und der Windzug lies es leicht vor und zurückschwingen. Alex trat näher, legte die Hand an den Rahmen. Die Kälte der Nacht drang sofort an seine Haut. War das Fenster schon die ganze Zeit über unverschlossen gewesen?

Er versuchte sich zu erinnern. Hatte er es beim Verstauen des Zettels übersehen? Nicht bemerkt, dass es einen Spalt offenstand? Vielleicht. Vielleicht auch nicht. Aber sicher war er sich nicht.

Kurz ging er die Ankunft im Haus im Kopf durch: Flur Garderobe. Arbeitszimmer. Küche. Wohnzimmer. Er probierte sich zu erinnern … doch je mehr er versuchte, sich die Details ins Gedächtnis zu rufen, desto mehr verschwammen sie. Er fluchte leise.

Ein kleiner Dreh am Griff und das Fenster war wieder verschlossen. Es brachte nichts, sich weiter den Kopf zu zerbrechen. Vermutlich hatte er das Fenster einfach vergessen zu schließen. Das war ihm tatsächlich schon öfter passiert.

Er stand noch einen Moment da, starrte hinaus in die

dunkle Nacht. Ein Auto fuhr in der Ferne vorbei, warf kurz Lichtkegel an die Hauswand – dann war es wieder ruhig.

Alex atmete tief durch und ließ den Griff los.

Die Müdigkeit überkam ihn und er ging wieder hoch ins Bett. Die Gedanken wirbelten noch in ihm, aber zu leise, um ihn wachzuhalten. Schließlich schlief er ein.

Ein blasses Licht fiel durch die Vorhänge, als Alex langsam die Augen öffnete. Für einen Moment wusste er nicht, wo er war – bis der vertraute Geruch von Lenas Shampoo und das leise Summen der Heizung ihn zurückholten. Die Nacht war kurz gewesen. Unruhig.

Sie lag noch neben ihm, auf die Seite gedreht, in den Schlaf gesunken. Er versuchte, leise aufzustehen, und tappte barfuß ins Bad. Während er sich das kalte Wasser ins Gesicht spritzte, sah er sich im Spiegel an. Die dunklen Schatten unter seinen Augen erzählten von der Rastlosigkeit, die ihn durch die Nacht begleitet hatte.

Beim Frühstück bemerkte Lena seinen abwesenden Blick.

»Du bist heute aber still. Alles okay?«

»Ja… Ich hab nur schlecht geschlafen.«

Er nahm einen Schluck Kaffee.

»Das Fenster im Arbeitszimmer stand gestern Nacht offen.«

Lena sah ihn kurz an.

»Wirklich? Hattest du es nicht bemerkt, als du noch einmal im Arbeitszimmer gewesen bist?«

Alex zuckte mit den Schultern.

»Um ehrlich zu sein, habe ich da gar nicht genau drauf geachtet. Es war nur einen Spalt offen, aber der Griff war entriegelt. Und ich kann mich nicht erinnern, dass ich es geöffnet hätte.«

Sie schwieg für einen Moment, dann sagte sie ruhig: »Vermutlich hattest du es am Morgen ausversehen nicht richtig verschlossen.«

»Ja… wahrscheinlich«, murmelte er. Doch die Antwort fühlte sich nicht richtig an.

Als sie sich verabschiedete und zur Arbeit fuhr, blieb Alex noch einen Moment in der Küche stehen. So richtig konnte er sich nicht damit anfreunden, dass er vergessen hatte sein Fenster zu schließen, aber die Erinnerung daran löste sich im Nebel seines müden Verstandes auf.

Er schüttelte den Gedanken ab, griff nach seinem Schlüssel und machte sich auf den Weg zum Auto. Kurz bevor Alex sein Auto erreichte, klingelte sein Handy. Er griff danach und las den Namen auf dem Display.

Es war sein Bruder Jonas. Ein kurzer Moment des Zögerns durchfuhr ihn, bevor er den Anruf annahm. Die Gespräche mit Jonas waren in den letzten Jahren selten geworden und hatten oft einen unangenehmen Beigeschmack. Dennoch drückte er auf den grünen Hörer.

»Jonas,« begrüßte er seinen Bruder nüchtern.

»Alex, ich brauche deine Hilfe,« begann Jonas ohne Umschweife. Seine Stimme klang müde, fast flehend, und er konnte die Anspannung in seinen Worten hören.

Alex seufzte innerlich. Er wusste, was jetzt kommen würde.

»Was ist los?«

»Ich stecke in Schwierigkeiten. Es ist... ich habe ein paar Ausgaben, die ich diesen Monat tätigen muss, aber ich kann sie gerade nicht bezahlen. Könntest du mir aushelfen? Nur dieses eine Mal, ich geb's dir nächsten Monat wieder – versprochen«, bat Jonas, seine Stimme klang verzweifelt.

Alex spürte, wie sich seine Kiefermuskeln anspannten. Es war nicht das erste Mal, dass Jonas ihn um Geld bat. Und jedes Mal versprach er, es zurückzuzahlen, ein Versprechen, das nie eingelöst wurde.

»Jonas, ich kann das nicht. Du weißt, dass ich dir schon oft geholfen habe, aber das kann so nicht weitergehen.«

Am anderen Ende der Leitung herrschte eine kurze Stille, dann sprach Jonas mit einem scharfen Unterton in der Stimme:

»Du kannst es nicht? Du sitzt auf dem ganzen Geld von Mom und Dad, während ich hier... du hast alles geerbt, alles! Ist es zu viel verlangt, ein bisschen davon abzugeben?«

Alex schloss kurz die Augen, als die Worte seines Bruders in ihm nachhallten. Das Thema des Erbes war eine alte Wunde, die nie wirklich verheilt war. Ihre Eltern hatten Alex alles hinterlassen, nicht weil sie Jonas weniger geliebt hatten, sondern weil sie wussten, dass Jonas mit seiner Sucht und den ständigen Problemen nicht in der Lage gewesen wäre, Verantwortung zu übernehmen. Doch das Verständnis dafür änderte nichts an der Bitterkeit, die zwischen den Brüdern gewachsen war.

»Jonas, es geht nicht nur ums Erbe«, sagte Alex, seine Stimme etwas fester. »Ich habe mir mein Leben durch harte Arbeit aufgebaut. Das Erbe hat mir geholfen, klar, aber ich arbeite jeden Tag dafür, dass ich dieses Leben führen kann. Und ich wünsche mir, dass du dasselbe für dich erreichen kannst. Es geht darum, dass du endlich Verantwortung übernimmst.«

Jonas schwieg einen Moment, als ob er über Alex´ Worte nachdachte. Dann sprach er leiser, fast zögerlich: »Weißt du, eigentlich wollte ich dir noch was Wichtiges erzählen. Etwas Gutes. Aber ich schätze, das kann warten.«

Alex spürte, wie sich sein Magen verkrampfte.

»Jonas, wenn du etwas Positives zu berichten hast, dann sag es mir. Vielleicht können wir mal über etwas anderes als Probleme sprechen.«

Doch Jonas hatte sich bereits zurückgezogen. Seine Stimme klang nun kühler, abweisender: »Nein, lass es. Es hat keinen Sinn. Ich dachte nur... na ja, vergiss es. Ich dachte, du würdest verstehen, aber ich sehe, dass das nicht der Fall ist.«

Bevor Alex noch etwas erwidern konnte, hörte er das Klicken, das das Ende des Gesprächs ankündigte. Er starrte auf das Display seines Handys, das nun wieder den Home-Bildschirm zeigte. Ein beklemmendes Gefühl breitete sich in seiner Brust aus, eine Mischung aus Schuld und Frustration. Er wollte Jonas helfen… wirklich, aber er wusste, dass Geld nicht die Lösung war. Dennoch nagte der Gedanke an ihm, dass er seinem Bruder vielleicht nie wirklich hatte helfen können.

Alex steckte das Handy weg und atmete tief durch. Das Gespräch hatte einen unangenehmen Nachgeschmack hinterlassen, doch er versuchte, sich auf den Tag und das bevorstehende Wochenende zu konzentrieren.

Der Vormittag verstrich in zäher Routine. E-Mails, ein kurzes Meeting, ein paar Rückfragen aus dem Team. Alex erledigte alles mechanisch, ohne richtig bei der Sache zu sein.

Die Worte auf dem Bildschirm verschwammen zeitweise vor seinen Augen, als wollte sein Verstand sich weigern, noch länger im Funktioniermodus zu bleiben. Gedanken an Jonas, an das offene Fenster, an die Zettel – alles mischte sich zu einem diffusen Druck hinter seiner Stirn.

Gegen halb zehn klingelte sein Geschäftstelefon.

Unbekannte Nummer.

Er runzelte die Stirn, hob den Hörer ans Ohr.

»Hallo?«

Keine Geräusche. Kein Rascheln. Kein Atmen. Einfach nichts.

»Hallo? Wer ist da?«

Doch auch beim zweiten Versuch blieb die Leitung stumm.

Nach ein paar Sekunden wurde der Anruf beendet.

Alex starrte auf das Display. Ein technischer Fehler?

Er zuckte mit den Schultern und legte den Hörer auf.

Wenige Sekunden später klingelte es erneut.

Wieder: unbekannte Nummer.

Wieder völlige Stille.

Er lauschte angestrengt.

Kein Flüstern, keine Hintergrundgeräusche.

Nur die eigene Atmung im Ohr.

Er legte auf.

Spürte, wie sich ein mulmiges Gefühl in der Magengegend festsetzte.

Kaum eine Stunde später klingelte es erneut.

Wieder dieselbe Nummer.

Diesmal zögerte er, bevor er abnahm.

Wieder diese Stille.

Diesmal blieb er länger in der Leitung.

Sagte nichts. Lauschte nur.

Vielleicht würde sich ja doch noch etwas rühren.

Doch es blieb dabei: nichts.

Als säße da jemand, der nicht sprechen wollte – oder konnte.

Er legte auf. Griff zur Kaffeetasse. Trank einen Schluck.

In seinem Inneren rumorte es – eine Mischung aus Wut, Unruhe und wachsendem Misstrauen.

Er zögerte kurz, dann griff er selbst zum Hörer.

Wählte die interne Durchwahl.

»Marc? Kannst du bitte mal kurz zu mir kommen?«

»Bin gleich da,« kam die knappe Antwort aus dem Hörer.

Wenige Augenblicke später klopfte es an der Tür. Marc trat ein, mit einem Block in der Hand und der gewohnten Ruhe im Gesicht.

»Was gibt's?«, fragte er.

Alex lehnte sich zurück, musterte ihn einen Moment.

»Hast du heute irgendwelche Anrufe für mich durchgestellt?«

Marc schüttelte den Kopf.

»Nein, nichts. Keine Anfragen. Keine Gespräche. Warum?«

Alex hob das Telefon leicht an. »Ich bekomme seit heute früh ständig Anrufe. Immer von einer unbekannten Nummer. Und jedes Mal… ist niemand dran.«

Marc runzelte die Stirn.

»Komisch. Vielleicht ein automatischer Werbeanruf?«

Alex schüttelte den Kopf.

»Drei Mal? Auf meiner direkten Leitung?«

Marc schwieg. Man sah ihm an, dass er darüber nachdachte.

Alex stieß hörbar die Luft aus.

»Ich leite das Telefon um. An dich. Für heute will ich keine Gespräche mehr.«

Marc nickte zögerlich.

»Okay. Ich filtere. Wenn etwas wichtiges kommt, melde ich mich.«

»Nein«, sagte Alex ruhig, aber bestimmt. »Keine Anrufe. Gar keine. Ich will heute nichts mehr hören.«

Marc nickte erneut. »Verstanden.«

Nachdem die Tür hinter ihm ins Schloss gefallen war, stellte Alex die Rufumleitung ein. Endlich kehrte so etwas wie Ruhe ein.

Die E-Mails auf dem Bildschirm wirkten plötzlich banal. Fast beruhigend. Er arbeitete sich durch einen Bericht, klickte sich durch Zahlen, las ein Angebot. Für einen Moment fühlte sich alles wieder normal an. Er arbeitete effizient und fast schon entspannte er sich dabei sogar wieder ein bisschen.

Dann vibrierte sein Handy.

Alex starrte auf das Display.

Unbekannte Nummer. Wieder.

Er zögerte – nur einen Moment – dann nahm er ab.

»Hallo?«

Keine Antwort. Nur dieses seltsame, fast greifbare Schweigen.

Er schloss die Augen, lauschte, als könnte sich hinter der Stille doch noch ein Laut verbergen. Ein Atmen. Ein Wispern. Irgendetwas.

Aber da war nichts.

Alex' Kiefer mahlte. Er hörte sich selbst atmen, hörte die aufsteigende Wut im Puls hämmern.

Langsam zog er das Handy vom Ohr, sah erneut auf das

Display. Der Anruf war beendet.

Er ließ das Gerät sinken. Dann mit einem Ruck warf er das Handy auf den Schreibtisch. Es krachte gegen seine Kaffeetasse, die bedenklich schwankte.

Für einen Moment blieb er einfach sitzen.

Dann schüttelte er leicht den Kopf und wollte sich wieder der Arbeit zuwenden, doch seine Hände ruhten reglos auf der Tastatur. Der Bildschirm vor ihm blieb dunkel.

Alex seufzte, fuhr sich mit der Hand über das Gesicht und stand auf. Sein Blick fiel kurz auf das Handy, das reglos auf dem Tisch lag – als wäre nichts gewesen. Er brauchte frische Luft. Einen Moment Abstand. Nur kurz raus aus diesem Raum.

Er verließ das Büro und ging langsam in Richtung Cafeteria. Der Flur wirkte wie ausgeblichen, die Stimmen hinter den Türen klangen gedämpft. Alles schien einen halben Ton zu leise – oder war es nur seine Wahrnehmung?

In der Cafeteria war es ruhig. Zwei seiner Mitarbeiterinnen unterhielten sich an der Kaffeemaschine, ein anderer saß in der Ecke über ein Tablet gebeugt. Alex ließ sich an einem Tisch in der Nähe des Fensters nieder und umklammerte die dampfende Tasse, die er sich gerade geholt hatte.

Der Blick nach draußen brachte wenig Ablenkung. Die Stadt wirkte grau, als hätte sich selbst das Wetter seiner Stimmung angepasst.

Er saß einfach nur da, versuchte nicht zu denken.

Wenig später tauchte Marc auf. Mit einem Sandwich in der einen und einem Kaffeebecher in der anderen Hand ließ er sich gegenüber von Alex nieder.

»Du siehst aus, als hättest du die Nacht durchgearbeitet«, sagte er mit einem schiefen Lächeln.

Alex zuckte leicht mit den Schultern.

»Fühlt sich auch so an.«

Marc nickte und musterte ihn.

»Irgendwas ist heute anders bei dir. Du wirkst … angespannt.«

Alex wich dem Blick nicht aus, antwortete aber nicht sofort. Schließlich sagte er: »Ist nur so ein Tag. Alles ein bisschen viel. Wird schon wieder.«

Marc ließ das Thema ruhen.

»Ich weiß, du willst nicht drüber reden. Aber … falls du es doch mal willst – ich bin da.«

Alex nickte dankbar. »Weiß ich.«

Sie schwiegen einen Moment, nippten an ihren Tassen.

Dann lehnte sich Marc zurück.

»Ich wollte dich eigentlich noch was fragen. Wie sieht's denn heute aus mit einem Drink? Tom hätte sicher auch Lust.«

Alex zögerte nur kurz.

»Du hast gestern schon nein gesagt.«

Alex schmunzelte. »Warum nicht. Der Tag hat's verdient.«

Marc grinste.

»Gut. Dann sag ich Tom Bescheid. Acht Uhr? Die alte Eiche, wie immer?«

»Klingt gut.«

Als sie zurück ins Büro gingen, griff Alex automatisch nach seinem Handy.

Das Display leuchtete auf.

Ein verpasster Anruf.

Unbekannte Nummer.

Er starrte einen Moment darauf.

Dann stellte er es auf lautlos und legte das Gerät mit der Glasseite nach unten auf den Tisch.

Nicht jetzt.

Er versuchte, sich auf die letzten Aufgaben des Tages zu konzentrieren, arbeitete die Mails ab, die sich über den Tag angesammelt hatten. Die Zeit verging zäh, aber sie verging.

Als der Feierabend näher rückte und die letzten Sonnenstrahlen durch die Bürofenster fielen, war Alex erleichtert, als er seine Sachen zusammenpackte. Der Arbeitstag war geschafft, doch die innere Unruhe, die ihn seit dem Morgen begleitete, wollte nicht weichen.

Er freute sich darauf, den Abend mit Tom und Marc zu verbringen – vielleicht würde das alles ein wenig relativieren. Nach einer schnellen Dusche und einem leichten Abendessen saß er kurz darauf im Auto und fuhr in Richtung Innenstadt.

Die Bar, in der sie sich treffen wollten, war ein altes, gemütliches Lokal, das Alex und Tom schon seit ihren Studienzeiten kannten. Es war ihr gemeinsamer Ort geblieben – ein Platz für all die wichtigen Gespräche, für ausgelassene Abende und manchmal auch für stille Momente, in denen sie einfach nur das Zusammensein genossen.

Marc war erst seit kurzem Teil dieser Runde – Alex hatte ihn nach einigen langen Gesprächen im Büro einmal mitgenommen. Es hatte sofort gut funktioniert. Tom mochte ihn, Marc war interessiert, aber nie aufdringlich.

Als Alex die Bar erreichte, blieb er kurz vor der Tür stehen und sog die kühle Abendluft ein. Dann öffnete er die Tür und trat ein.

Drinnen empfing ihn ein vertrautes Gemisch aus Holz, Leder, gedämpftem Licht und dem leichten Klang von Stimmen und Musik. Er suchte sich einen Tisch in der Ecke, der meist frei war, ließ sich auf den Stuhl sinken und bestellte ein Bier. Er nippte gerade daran, als die Tür aufschwang.

Tom trat ein – wie immer mit diesem leichten Grinsen, das mehr Selbstironie als Selbstsicherheit verriet. Er bestellte sich ein Bier, ließ sich in den Stuhl gegenüber von Alex fallen und streckte die Beine aus, als würde er sich zu Hause fühlen.

»Alter, dein Blick, als du reingekommen bist – du brauchst das Bier dringender als ich«, sagte er grinsend.

Alex hob das Glas.

»Auf den schlimmsten Tag der Woche.«

Tom schnaubte.

»Freitag. Schlimm? Ich dachte, das ist der Lichtblick für Leute wie dich.«

Alex antwortete nicht sofort, nahm einen Schluck.

»Kommt drauf an, wie die Woche war.«

Die Tür öffnete sich erneut, und Marc trat ein. Er sah sich kurz um, entdeckte die beiden und kam mit einem vorsichtigen Lächeln an den Tisch.

»Ich war überrascht, dass du zugesagt hast«, sagte er, als er sich setzte. »Nach dem Gespräch heute Mittag hätte ich gedacht, du verziehst dich direkt aufs Sofa.«

Alex zuckte mit den Schultern.

»Nach dem Tag hab ich das verdient.«

Tom hob neugierig die Brauen. »Oh? Was hab ich verpasst?«

»Jonas hat sich gemeldet – das Übliche«, sagte Alex, ohne

aufzuschauen. »Und im Büro war's auch nicht gerade ruhig.«

Marc verzog das Gesicht. »Oh. Der meldet sich auch nur, wenn's brennt, oder?«

Tom lehnte sich zurück.

»Lass mich raten: Geld, Drama, Reue?«

Alex nickte.

»Trifft's ganz gut.«

Marc beobachtete ihn dabei still. Er sagte nichts weiter, doch sein Blick blieb auf Alex haften. Einen Moment lang sagte niemand etwas. Das Stimmengewirr in der Bar drang dumpf durch die Luft, begleitet vom leisen Klirren hinter der Theke.

»Wir könnten mal wieder raus aus dem Trott«, schlug Tom vor. »Ein Wochenende am See. Wie früher. Weißt du noch, als wir halb erfroren sind, weil du das Feuerholz vergessen hast?«

Alex schmunzelte.

»Und du dann im Auto gepennt hast, weil du meintest, das sei wärmer.«

»War's auch! Du bist morgens aufgewacht und hast ausgesehen wie ein Eisblock mit Augen.«

Ein leiser Moment des gemeinsamen Lachens entstand.

»Ihr habt echt viele Geschichten zusammen«, sagte Marc leise.

Tom klopfte ihm auf die Schulter.

»Kommt noch. Wenn du mit uns an den See fährst, darfst du das Feuer machen.«

Alle lachten, dann stieß Tom Marc mit dem Ellbogen an.

»Du merkst schon – bei uns wird's nie langweilig.«

»Nee. Aber ehrlich – Alex, du solltest mal wieder abschalten.«

Alex hob sein Glas.

»Dann lasst uns heute mal den Anfang machen.«

Er wollte es gerade abstellen, als ihn jemand auf die Schulter tippte.

Jonas stand plötzlich neben ihm am Tisch.

Mit einem Mal herrschte völlige Stille in der Bar.

Kapitel 3

Alex blieb einen Moment im Türrahmen stehen, während er Jonas dabei beobachtete, wie er nervös auf der Straße hin und her ging. Die kalte Nachtluft traf ihn, und ein leises Frösteln lief ihm über den Rücken. Jonas wirkte noch unruhiger als zuvor beim Telefonat, seine Hände zuckten, als ob er nicht wusste, wohin damit.

»Jonas«, rief Alex und schloss die Tür hinter sich. Sein Bruder drehte sich ruckartig um, als hätte er nicht damit gerechnet, dass Alex ihm folgen würde.

»Was ist los?«, fragte Alex, als er auf ihn zutrat.

»Warum bist du so hibbelig?«

Jonas lachte leise, doch das Lachen klang hohl.

»Ich bin einfach... gestresst, okay? Es läuft einfach nicht so, wie ich's mir vorgestellt habe.«

Alex verschränkte die Arme vor der Brust.

»Was brauchst du diesmal? Geld? Oder ist es etwas anderes?«

Jonas schüttelte den Kopf, als ob er versuchte, einen klaren Gedanken zu fassen.

»Ich weiß, dass ich dir schon viel zugemutet habe, und ich weiß, dass ich nicht der beste Bruder bin...«

»Das stimmt,« erwiderte Alex scharf.

»Aber was erwartest du von mir?«

Jonas trat einen Schritt zurück und senkte den Blick. »Ich wollte dich einfach nur um Hilfe bitten. Ich habe Mist gebaut, okay? Ich weiß, das passiert ständig, aber diesmal ist es anders. Es geht um Geld, ja, aber... da ist noch was anderes.«

Alex beobachtete seinen Bruder genau. Jonas wirkte, als wollte er etwas Wichtiges sagen, doch dann zuckte er nur mit den Schultern.

»Vergiss es. Es ist wahrscheinlich nicht so wichtig.«

»Du wolltest mir was sagen. Also raus damit,« drängte Alex, doch Jonas schüttelte wieder den Kopf.

»Lass uns nicht darüber reden, okay? Ich hab's mir anders überlegt. Aber falls es dir wichtig ist: Ich wollte dir nur sagen, dass ich dich in letzter Zeit gesehen habe... nicht direkt, aber ich war in der Nähe. Da war dieser Typ, der von deinem Haus weg ging...«

Alex erstarrte.

»Du warst bei meinem Haus? Was soll das? Stellst du mir etwa nach?«

Jonas hob abwehrend die Hände.

»Nein, nein! So ist es nicht. Ich war nur in der Gegend, okay? Ich hab dich nicht belästigt, ich hab nur...«

»Nur was?«, unterbrach ihn Alex scharf. »Mich ausspioniert? Wenn du Geld brauchst, dann komm zu mir, aber schleich nicht um mein Haus rum wie ein Einbrecher!«

Jonas wich einen Schritt zurück, als hätten ihn Alex´ Worte getroffen. »Ich wollte nichts Schlimmes. Ich hab nur was gesehen und dachte... ach, vergiss es. Vielleicht hab ich's mir auch nur eingebildet.«

Alex war wütend, aber auch verwirrt.

»Das ist krank, Jonas. Und du sprichst jetzt von einem Typen, den du gesehen hast? Wer soll das gewesen sein?«

»Ich weiß es nicht!«, platzte Jonas heraus. »Es war dunkel, okay? Ich hab ihn nicht erkannt. Aber es war jemand da, und das beunruhigt mich. Aber vielleicht hab ich's mir wirklich nur eingebildet...«

»Du solltest dir das besser gut überlegen«, sagte Alex, immer noch aufgebracht. »Das hier ist ernst, und ich weiß nicht, was du damit bezweckst.«

Jonas schüttelte den Kopf. »Ich bezwecke gar nichts. Ich hab dir nur gesagt, was ich gesehen habe... oder was ich dachte, gesehen zu haben.«

Alex starrte seinen Bruder an, die Wut und die Sorge rangen miteinander. »Du machst dir nur wieder Ärger. Und das weißt du auch. Lass es einfach gut sein.«

Jonas trat einen Schritt zurück, als wolle er fliehen.

»Ich hab auch noch was anderes zu sagen gehabt, was Schönes, aber... nach dem hier ist es besser, ich halt einfach die Klappe. Wir sehen uns.«

Bevor Alex noch etwas sagen konnte, drehte sich Jonas um und verschwand in der Nacht. Er lehnte sich gegen die raue Backsteinmauer der Bar und starrte in die Ferne, während sich seine Gedanken überschlugen. Was zum Teufel sollte das alles bedeuten? Jonas, der ungebetene Gast an seinem Haus, die abgehackte Bitte um Geld, und dann dieser merkwürdige Hinweis auf etwas »Positives«. Doch nichts von dem, was Jonas in den letzten Jahren angerichtet hatte, war jemals positiv gewesen. War das hier wieder nur ein weiterer Versuch,

Mitleid zu erregen, um sich aus seinen selbst verschuldeten Schwierigkeiten zu befreien? Warum rückt er nicht einfach mit der Sprache heraus und redet immer nur von etwas »Wichtigem«?

Er schüttelte den Kopf, als wollte er die verwirrenden Gedanken vertreiben. Jonas hatte diese seltsame Unruhe an sich gehabt, die Alex nur zu gut kannte. Die Art von Unruhe, die er bei ihm immer sah, wenn er auf Entzug war oder gerade wieder ins alte Muster zurückzufallen drohte. Aber heute war es anders. Es war nicht nur die Nervosität eines Mannes, der dem eigenen Bruder auf der Tasche liegen wollte. Da war etwas anderes, etwas, das Alex nicht ganz fassen konnte. Jonas wirkte nicht nur verzweifelt, sondern auch… ängstlich. Vor was? Vor ihm? Vor der Welt? Oder vielleicht vor etwas, das er noch nicht ausgesprochen hatte?

»Stellst du mir etwa nach?«, murmelte Alex leise vor sich hin und konnte es selbst kaum glauben. Jonas, der früher immer derjenige gewesen war, der Abstand brauchte, verfolgte ihn nun? Das passte nicht zusammen, aber die Vorstellung ließ ihn nicht los. Vielleicht hatte Jonas etwas gesehen, vielleicht wusste er mehr, als er preisgab. Doch warum dann dieses Gehabe? Warum nur Andeutungen und keine klaren Worte?

Alex spürte, wie sich ein Knoten in seinem Magen bildete. Vielleicht war er wieder auf Drogen – oder kurz davor. Oder gab es tatsächlich etwas anderes, etwas, das ihn so hibbelig gemacht hatte? Der Gedanke, dass Jonas möglicherweise tatsächlich etwas Gutes zu berichten hatte, stand im krassen Gegensatz zu seiner sonstigen Realität. Aber was könnte das sein? Vielleicht ein neuer Job? Eine Therapie, die anschlug? Es gab so vieles, was es sein könnte, aber Alex konnte sich nicht vorstellen, dass Jonas ihm das wirklich verschweigen würde, nur weil er das Geld nicht bekommen hatte.

Oder lag der Grund viel tiefer? Hatte Jonas wieder Mist gebaut, und dieses Mal war es zu groß, um es einfach zu ignorieren? Je länger er darüber nachdachte, desto weniger schlüssig wurde die Situation. Nichts passte zusammen, nichts ergab einen Sinn. Und doch blieb dieses nagende Gefühl, dass da mehr war, dass Jonas ihm etwas verschwiegen hatte.

Aber konnte er sich das alles wirklich leisten? Jonas weiter vertrauen, ihn unterstützen? Alex hatte sich oft genug die Finger verbrannt, doch der Gedanke, ihn jetzt im Stich zu lassen, widerstrebte ihm zutiefst. Jonas war sein Bruder, und trotz all seiner Fehler war da immer noch dieses Band, das Alex nicht einfach abreißen lassen konnte.

Einen Moment lang spielte er mit dem Gedanken, Jonas hinterherzulaufen und ihn zurück in die Bar zu holen, um ihn zu zwingen, alles auf den Tisch zu legen. Aber etwas hielt ihn zurück. Vielleicht war es die Müdigkeit, vielleicht die Angst vor dem, was Jonas tatsächlich zu sagen hatte. Stattdessen blieb Alex noch einen Moment stehen, holte tief Luft und entschied sich, es erst mal ruhen zu lassen. Es war mittlerweile spät und der Alkohol vernebelte ihm zusätzlich die Sinne. Vielleicht war es besser, die Sache sacken zu lassen und später, mit klarem Kopf, noch mal darüber nachzudenken.

Alex drückte sich von der Wand ab und richtete sich auf. Er musste zurück zu Tom und Marc, so tun, als sei alles in

Ordnung. Doch in seinem Inneren brodelte es. Was auch immer Jonas ihm hatte sagen wollen, es ließ ihn nicht los. Es würde ihn die ganze Nacht nicht loslassen, das wusste er jetzt schon.

Er richtete seinen Blick wieder auf den Eingang der Bar. Die Tür war einen Spalt geöffnet, und als er sich näherte, bemerkte er Tom, der dort stand, leicht an die Wand gelehnt und scheinbar auf sein Handy schaute. Als Alex näherkam, hob er den Kopf und fragte mit einem freundlichen Lächeln: »Alles okay bei dir? Ich habe mir schon Sorgen gemacht und wollte mal nachsehen, wo du bleibst.«
Alex nickte und setzte eine neutrale Miene auf.
»Ja, alles in Ordnung. Komm, wir gehen wieder rein.«

Zurück in der Bar setzte er sich wieder an den Tisch, doch er konnte die innere Unruhe nicht abschütteln. Tom und Marc führten eine beiläufige Unterhaltung, die Alex nur halb mitbekam. Sein Blick schweifte immer wieder zur Tür, als erwartete er, dass Jonas jeden Moment wieder auftauchen könnte. Doch die Zeit verstrich, und je später es wurde, desto schwerer fiel es ihm, die gesammelten Gedanken beisammen zu halten. Schließlich seufzte er und stand auf.

»Ich denke, ich mach mich auf den Weg«, sagte Alex und lächelte entschuldigend in die Runde. »Es war ein langer Tag.«

Tom und Marc nickten verständnisvoll. »Alles klar, Alex. Pass auf dich auf«, sagte Marc, während Tom ihm einen freundschaftlichen Klaps auf die Schulter gab. »Wir sehen uns morgen.«

Alex verabschiedete sich kurz, dann verließ er die Bar und trat in die kühle Nacht hinaus. Die Luft war frisch, und der leichte Wind trug den Duft von nassem Laub heran. Statt den direkten Weg nach Hause zu nehmen, beschloss Alex, einen kleinen Umweg durch den nahe gelegenen Park zu machen. Er hoffte, dass der Spaziergang ihn dort, wie so oft, beruhigen würde.

Die Laternen warfen lange Schatten auf den schmalen Weg, und das Rascheln der Blätter unter seinen Füßen war das einzige Geräusch, das die nächtliche Stille durchbrach. Doch je weiter Alex ging, desto mehr überkam ihn ein seltsames Gefühl. Er musste unweigerlich an die Zettel und die Anrufe heute denken. Es war, als würde ihm jemand folgen – unhörbar, aber unbestreitbar spürbar. Immer wieder schaute er sich um, doch außer den Bäumen und den leeren Wegen war nichts zu sehen.

Er versuchte, sich einzureden, dass es nur seine Nerven waren, die mit ihm durchgingen. Der stressige Tag und das unbehagliche Gespräch mit Jonas hatten ihm mehr zugesetzt, als er zugeben wollte. Jeder Schritt, den er machte, schien von einem unheimlichen Echo begleitet zu sein, das ihn nicht losließ.

Als er schließlich den Park verließ und auf die Straße trat, fühlte er eine Erleichterung, die er sich nicht erklären konnte. Noch einmal drehte er sich um, doch der Park lag still und dunkel hinter ihm. Nichts bewegte sich. Alex schüttelte den Kopf, versuchte, das ungute Gefühl abzustreifen, und machte sich dann endgültig auf den Heimweg.

Als Alex zu Hause ankam, legte er sich sofort ins Bett. Dort lag er, die Decke bis zum Kinn hochgezogen, doch der Schlaf wollte ihn nicht finden. Immer wieder drehte er sich hin und her, unfähig, eine bequeme Position zu finden. Sein Kopf war ein Wirbel aus Gedanken und Eindrücken, die sich nicht vertreiben ließen. Die Erschöpfung zerrte an ihm. Als seine Augen zufielen, wurde er von wirren Träumen heimgesucht, die ihm keine Ruhe ließen.

Alex schreckte auf.

Sein Handy vibrierte auf dem Nachttisch. In der Aufregung der letzten Nacht hatte er es anscheinend vergessen auf stumm zu stellen. Er fuhr hoch, blinzelte ins Licht. Es war Samstag. Früher Morgen. Viel zu früh. Der Bildschirm leuchtete grell in der Dunkelheit des Schlafzimmers.

Unbekannte Nummer.

Alex starrte darauf, ließ es ein paar Sekunden klingeln, dann verstummte das Handy von allein. Er atmete flach, sein Herz schlug schneller, als es sollte. Er fuhr sich über das Gesicht, versuchte, den Rest Schlaf aus den Gedanken zu wischen.

Neben ihm war es leer. Lena hatte Nachtschicht im Krankenhaus – sie war gar nicht erst mit ins Bett gekommen. Ein eigenartiges Gefühl blieb. Genervt von der Störung stellte er sein Handy auf lautlos und vergrub das Gesicht wieder im Kissen.

Knack.

Er fuhr hoch.

Lauschte.

Nichts.

Dann streifte er sich ein Shirt über, tappte barfuß den Flur entlang und ging die Treppe hinunter ins Erdgeschoss. Im Haus war es still. Zu still. Kein Heizungssummen, kein Kühlschrankbrummen.

Als wäre alles in sich zusammengefallen.

Alex blieb kurz stehen, sah sich um. Nichts Ungewöhnliches. Und doch…

Er ging weiter zur Küche. Auch dort: nichts. Kein offenstehender Schrank, keine Spuren. Alles wirkte normal – aber nicht richtig. Schließlich drehte er sich um und ging Richtung Arbeitszimmer.

Die Tür war nur angelehnt.

Er war sich sicher, sie gestern Abend geschlossen zu haben.

Langsam schob er sie auf.

Das Licht des Monds fiel auf den Schreibtisch – und eine offene Schublade.

Sie stand weit offen.

Es war die Schublade, in der er die beiden Zettel aufbewahrte – die mit seinem Namen darauf.

Kapitel 4

Alex blieb im Türrahmen stehen, starrte auf die geöffnete Schublade. Ein kleines Detail – und doch schlug es ein wie ein Fausthieb. Er war sich nicht sicher. Hatte er sie so offenstehen lassen?

Sein Magen zog sich zusammen.

War jemand im Haus gewesen?

Oder…?

Er trat näher heran und öffnete die Schublade bis zum Anschlag. Die beiden Zettel lagen noch an ihrem Platz. Nichts schien zu fehlen.

Er schloss kurz die Augen, zwang sich zur Ruhe. Vielleicht… vielleicht hatte Lena vor der Arbeit noch etwas gesucht. Einen Kugelschreiber, eine Notiz, irgendetwas. Vielleicht hatte sie die Schublade aufgezogen, nicht weiter darüber nachgedacht und war zur Arbeit gefahren.

Ja. Vielleicht.

Er atmete durch, leise, flach.

Die Vorstellung beruhigte ihn nur oberflächlich.

Er würde Lena fragen. Sobald sie von der Arbeit zurückkam. Das konnte nicht mehr lange dauern. Sie hatte Nachtschicht gehabt. Ein Blick auf seine Uhr verriet ihm, dass sie gleich zu Hause sein würde.

Bis dahin würde er sich nicht verrückt machen.

Oder es zumindest versuchen.

Ein leises Klacken an der Haustür ließ ihn zusammenzucken. Sekunden später hörte er das vertraute Rascheln von Lenas Schritten im Flur. Sie zog ihre Jacke aus, ließ die Tasche auf die Kommode fallen und trat gähnend ins Wohnzimmer.

»Hey«, sagte sie müde und rieb sich die Augen. »Du bist ja schon wach.«

Alex nickte. »Nicht gut geschlafen.«

Lena kam näher, streifte ihre Schuhe ab und ließ sich auf die Sofakante sinken.

»Die Nacht war der Horror. Drei Notfälle hintereinander.«

Er setzte sich zu ihr.

»Lena… warst du gestern Abend noch in meinem Arbeitszimmer?«

Sie runzelte die Stirn.

»Hm? Nein, wieso?«

»Die Schublade am Schreibtisch war offen und ich habe mich gefragt wieso.«

Sie schüttelte langsam den Kopf.

»Ich war nur im Wohnzimmer und in der Küche. Warum?«

Alex zögerte.

»Ich war mir eigentlich sicher, dass ich sie zugemacht hatte.«

Lena lächelte müde.

»Alex… du lässt ständig irgendwas offen. Schubladen, Fenster, Zahnpastatuben. Vielleicht hast du's einfach vergessen.«

Er zuckte leicht mit den Schultern, wollte etwas erwidern, ließ es dann aber bleiben. Sie stand langsam auf.

»Ich geh schlafen. Ich fall sonst gleich im Stehen um. Weck mich bitte nicht vor drei.«

Alex nickte. »Klar. Schlaf gut.«

Sie gaben sich einen Kuss und sie verschwand nach oben, die Schritte wurden leiser, schließlich war nur noch Stille. Sein Blick wanderte zur Wohnzimmertür, dahinter der Flur, das Arbeitszimmer. Die offene Schublade ließ ihn nicht los. Vielleicht hatte Lena recht. Vielleicht hatte er sie wirklich nur vergessen. Es wäre nicht das erste Mal.

Er seufzte leise, stand auf und ging in die Küche und machte sich einen Kaffee. Während er trank, beschloss er, seine Gedanken anderen Dingen zu widmen.

Am Montagmorgen wachte er früher auf als gewöhnlich. Noch bevor der Wecker klingelte, war er wach. Schlaftrunken tappte er ins Bad, duschte, zog sich an, bereitete sein Frühstück zu. Lena kam gerade die Treppe herunter, als er seine Jacke anzog. Sie verabschiedeten sich und Alex trat vor die Tür. Der kalte Morgen schien ihm noch kälter, als er den Schlüssel aus der Tasche zog und auf den glänzenden Sportwagen zuging. Es war das Erbstück, das er von seinen Eltern erhalten hatte – ein Symbol für den Wohlstand, den Jonas ihm so oft neidete.

Doch als er näherkam, entdeckte er etwas Merkwürdiges. Auf der Windschutzscheibe klebte ein Zettel. Alex hielt inne, sein Herz begann schneller zu schlagen. Zögernd nahm er das Papier an sich und entfaltete es.

Alex

Sein Name stand darauf, aber die Buchstaben waren nicht mehr in der geschwungenen, fast eleganten Handschrift verfasst, die ihn zuvor verstört hatte. Diese Schrift war anders – kantig, hastig, keine Schnörkel. Er schaute auf die anderen Autos in der Straße, ob dort auch ein Stück Papier zu sehen war. Doch bis auf ein Auto, das einige Parkbuchten weiter stand und für diese Straße ziemlich abgewrackt und rostig aussah, sah er nichts.

Ein kalter Schauer lief ihm über den Rücken. Er ließ den Blick über das Auto schweifen, und dann fiel es ihm auf: Der rechte Außenspiegel hing lose herunter, als wäre er gewaltsam abgerissen worden.

Alex' Atem stockte.

Für einen Moment stand er einfach nur da, unfähig, einen klaren Gedanken zu fassen. Das Papier in seiner Hand zitterte leicht. Sein Name, die wütende Schrift, der beschädigte Spiegel – alles ergab kein Bild, und doch schrien seine Instinkte: *Gefahr.*

Konnte das noch Zufall sein?

Ein kalter Druck legte sich auf seine Brust.

Alex stand noch einige Minuten regungslos da, den Zettel in der Hand, während die Worte darauf vor seinen Augen verschwammen. Die kantige, unruhige Schrift schien ihn direkt anzustarren, als ob sie ihm eine stumme Drohung übermitteln wollte. Sein Herzschlag beschleunigte sich, und für einen Moment fühlte er sich, als ob er in einem Strudel aus Angst und Verwirrung ertrinken würde.

Dann fiel sein Blick auf den zerbrochenen Seitenspiegel seines Wagens. Der Schock löste sich langsam auf, ersetzt durch eine eisige Welle der Rationalität. Der Schaden musste von einem anderen Auto stammen, das zu dicht vorbeigefahren war. Ja, das erklärte den Spiegel. Aber dieser Zettel... er konnte doch nicht wirklich damit zusammenhängen, oder? Wahrscheinlich war es nur ein dummer Zufall, vielleicht sogar ein mittlerweile wirklich sehr schlechter Scherz.

Alex zwang sich, tief durchzuatmen und seine Nerven zu beruhigen. Seine Hände zitterten noch immer leicht, als er das Handy aus der Tasche zog und die Polizei verständigte. »Ja, ich möchte einen Schaden an meinem Fahrzeug melden... Nein, ich habe den Verursacher nicht gesehen...« Er beschrieb den kaputten Spiegel, erwähnte jedoch den Zettel mit keinem Wort. Es schien ihm lächerlich, die beiden Dinge miteinander in Verbindung zu bringen. Die Polizei würde das mit Sicherheit auch gar nicht ernst nehmen und ihn noch für verrückt halten.

Als er das Gespräch beendete und das Handy wegsteckte, schaute er noch einmal auf den Zettel in seiner Hand. Eine Unruhe nagte an ihm, doch er schob sie beiseite. Rationalität, sagte er sich. Alles andere war Paranoia. Die half nicht weiter. Dennoch konnte er sich nicht vollends von den unangenehmen Gedanken lösen.

Alex setzte sich ins Auto und starrte einen Moment

regungslos durch die Windschutzscheibe. Der Zettel lag auf dem Beifahrersitz, als würde er ihn beobachten. Der kaputte Spiegel flackerte in seinem Blickfeld wie ein Mahnmal.

Er startete den Motor. Der vertraute Klang war beruhigend – zumindest für einen Moment. Doch je näher er dem Büro kam, desto mehr spürte er, wie sich die Unruhe wieder in ihm ausbreitete. An der roten Ampel wanderten seine Gedanken unweigerlich zurück: Der Name in der fremden Handschrift, der Spiegel. Konnte das wirklich alles Zufall sein?

Kaum hatte er die Tür zu seinem Büro erreicht, begegnete er Marc, der ihn mit einem besorgten Blick musterte.

»Man du siehst echt fertig aus. Alles in Ordnung bei dir?« Marcs Stimme klang ehrlich besorgt, doch sie traf Alex unerwartet hart. Er wusste, dass er schlecht geschlafen hatte, aber war es wirklich so offensichtlich?

Er zuckte die Schultern und versuchte, ein Lächeln aufzusetzen, das jedoch eher wie eine Grimasse wirkte. »Ja, nur eine harte Nacht. Zu viele Gedanken, zu wenig Schlaf.« Marc zog die Augenbrauen hoch, als ob er auf eine nähere Erklärung wartete, doch Alex winkte ab. »Nichts, was ein starker Kaffee nicht lösen könnte.«

Marc verschränkte die Arme vor der Brust und musterte ihn eindringlich. »Wenn du reden willst, ich bin da. Es sieht aus, als würdest du gerade einiges mit dir herumschleppen.«

Alex fühlte, wie eine Welle der Erschöpfung über ihn rollte. Die letzten Tage hatten ihn stärker mitgenommen, als er zugeben wollte. Doch er wusste auch, dass er nicht der Typ war, der seine Probleme während der Arbeit zur Schau stellte. »Danke, Ich komm schon klar.«

Marc nickte langsam, schien aber nicht wirklich überzeugt. »Okay, ich bin hier, falls du mich brauchst.« Mit einem letzten prüfenden Blick wandte er sich ab und ging den Flur entlang, während Alex die Bürotür öffnete und in sein Büro trat.

Er ließ sich in seinen Stuhl fallen und starrte aus dem Fenster. Die Müdigkeit pochte hinter seinen Schläfen, und Marcs besorgte Worte hallten in seinem Kopf wider. War es so offensichtlich, dass etwas nicht stimmte? Und wenn Marc es bemerkte, wie lange würde es dauern, bis auch Lena merkte, dass ihn etwas quälte? Der Gedanke ließ ihn schon wieder unruhig werden, doch er schob ihn beiseite und zwang sich, die Konzentration auf die Arbeit zu lenken.

Der Arbeitstag zog sich für Alex wie Kaugummi. Während er versuchte, sich auf E-Mails und Meetings zu konzentrieren, schweiften seine Gedanken immer wieder zum zerbrochenen Seitenspiegel und dem Zettel ab. Alles wirkte mechanisch, wie im Autopilot. Selbst Gespräche mit Kollegen konnten ihn nicht ablenken.

In der Kantine starrte er auf sein Tablett, ohne wirklich zu essen. Um ihn herum wurde der Lärm zu einem dumpfen Rauschen. Die Zeit schien stillzustehen.

Am Nachmittag erledigte er ein paar dringende Aufgaben, doch ihm fehlte die Energie. Seine Augen brannten, der Kopf war bleischwer. Als es dunkel wurde, war er nur noch erleichtert, den Tag hinter sich zu lassen.

Kurz vor Feierabend kam Marc noch einmal in Alex´ Büro, einen Stapel Post in den Händen. »Hey, Das hier kam gerade noch rein«, sagte er und legte die Briefe auf seinen Schreibtisch. »Ich habe es nicht durchgeschaut, aber ich dachte, ich bringe es dir noch vorbei.«

Alex blickte auf den Stapel und seufzte innerlich. Eigentlich wollte er nur noch nach Hause, aber er zwang sich, einen der Briefe aufzumachen. »Danke, ich sehe es mir gleich an.«

Marc blieb einen Moment im Raum stehen, die Hände in den Taschen, als ob er zögern würde, etwas zu sagen. Schließlich brach er das Schweigen. »Hör zu, ich mache mir wirklich Sorgen um dich. Du siehst heute ziemlich fertig aus. Vielleicht solltest du morgen einfach mal einen Tag zu Hause bleiben und dich ausruhen. Das Büro läuft auch mal einen Tag ohne dich.«

Alex schaute von den Briefen auf, überrascht von der Sorge in Marcs Stimme. »Ich weiß, ich sehe nicht gerade frisch aus. Aber es geht schon. Nur eine Phase, die auch wieder vorbeigeht.« Er versuchte ein Lächeln, doch es fühlte sich gezwungen an.

Marc nickte langsam, nicht ganz überzeugt. »Okay, aber denk wirklich darüber nach. Es bringt niemandem etwas, wenn du dich total verausgabst. Wir könnten dich wirklich mal entbehren, wenn es sein muss.« Er klopfte Alex leicht auf die Schulter. »Pass auf dich auf, ja? Wir sehen uns morgen.« Mit diesen Worten verabschiedete sich Marc und verließ das Büro.

Alex starrte ihm noch einen Moment hinterher, bevor er sich wieder der Post zuwandte. Noch während er anfing, die Briefe gedankenverloren zu öffnen, hallten Marcs Worte in seinem Kopf nach. Vielleicht hatte er recht. Vielleicht brauchte er wirklich eine Pause. Aber jetzt war nicht der richtige Zeitpunkt. Zu viel stand auf dem Spiel, auch wenn er noch nicht genau wusste, was es war.

Alex atmete tief durch und zwang sich, einen Brief nach dem anderen zu öffnen. Er überflog die Inhalte, Rechnungen, Werbung, nichts Außergewöhnliches. Doch als er den letzten Umschlag in die Hand nahm, spürte er ein unangenehmes Kribbeln in den Fingern. Der Umschlag war dicker als die anderen, schwerer. Vorsichtig riss er ihn auf und zog ein zusammengefaltetes Blatt Papier heraus.

Kaum hatte er das ungewöhnlich schwere Papier entfaltet, erkannte er die Schrift. Dieselbe eckige, unpersönliche Schrift wie auf dem Zettel, den er an seinem Auto gefunden hatte.

Alex

Seine Hände zitterten, und er musste sich zwingen, das Papier nicht fallen zu lassen. Er fühlte, wie ihm der Boden unter den Füßen weggezogen wurde, seine Umgebung verschwamm, und für einen Moment konnte er kaum atmen.

Bevor er jedoch vollständig begreifen konnte, was gerade passierte, flackerte das Licht über ihm. Ein tiefer Brummton durchdrang das Gebäude, und dann – Dunkelheit. Alles um ihn herum erlosch, der Raum versank in völliger Schwärze.

Alex erstarrte, unfähig, einen klaren Gedanken zu fassen. Sein Herz hämmerte in seiner Brust, während er versuchte, sich zu orientieren. Die Stille im Büro war plötzlich drückend, beklemmend. Er konnte das Rauschen seines eigenen Blutes in den Ohren hören. Panik kroch in ihm hoch. Die

Dunkelheit war undurchdringlich, und mit ihr kam die beängstigende Erkenntnis, dass er völlig allein war.

Er versuchte, seine Atmung zu kontrollieren, aber die Furcht überwältigte ihn. »Das ist nur ein Stromausfall,« versuchte er sich selbst zu beruhigen, doch die Worte klangen hohl und bedeutungslos in seinem Kopf. Der Zettel, den er immer noch fest in der Hand hielt, schien plötzlich brennend heiß, wie ein lebendiges Ding, das ihn verhöhnte. Sein Griff um das Papier verstärkte sich unwillkürlich, als ob er sich an etwas Festem klammern könnte, um die Kontrolle zurückzugewinnen.

Doch dann hörte er etwas – ein leises Geräusch, das durch die Dunkelheit drang. Schritte? Oder bildete er sich das nur ein? Sein Puls beschleunigte sich weiter, während er sich angestrengt auf die Geräusche zu konzentrieren versuchte. Hatte jemand das Gebäude betreten? Oder war es nur seine Einbildung?

Alex saß regungslos in der Finsternis, die ihn umgab, und versuchte, die Panik in seinem Inneren zu bezwingen. Die absolute Stille war erdrückend. Er lauschte angespannt, seine Sinne auf höchste Alarmbereitschaft geschärft. Irgendwo in der Ferne glaubte er, leise Schritte zu hören, doch er konnte sich nicht sicher sein, ob es nicht bloß das Echo seines eigenen Herzschlags war, das in seinen Ohren widerhallte.

Er zwang sich, tief durchzuatmen, seine Nerven zu beruhigen. »Konzentrier dich«, flüsterte er zu sich selbst. Langsam und vorsichtig tastete er sich zum Fenster, um nach draußen zu sehen. Als er schließlich das kühle Glas unter seinen Fingern spürte, lehnte er seine Stirn dagegen und schloss für einen Moment die Augen. Die Welt draußen schien unverändert – die Straßenlaternen brannten, und einige Fenster in den gegenüberliegenden Gebäuden waren noch erleuchtet.

Die beruhigende Normalität da draußen stand in scharfem Kontrast zu der unheimlichen Dunkelheit, die ihn im Büro umgab. »Es ist nur ein Stromausfall«, sagte er sich, um die Panik in Schach zu halten. Doch das flaue Gefühl in seinem Magen blieb.

Bevor er sich entscheiden konnte, was er als Nächstes tun sollte, flackerte das Licht plötzlich wieder auf. Die Leuchtstoffröhren summten laut, als sie das Büro erneut in grelles, kaltes Licht tauchten. Die vertrauten Geräusche des Betriebs kehrten zurück, und die Bildschirme der Computer fuhren wieder hoch.

Alex blinzelte, um sich an das plötzliche Licht zu gewöhnen. Das Blatt Papier in seiner Hand fühlte sich schwerer an als zuvor. Er faltete es mit zitternden Fingern zusammen und steckte es in seine Tasche, während das mulmige Gefühl in ihm nachhallte. Das Licht war zurückgekehrt, aber die Unruhe, die die Dunkelheit in ihm ausgelöst hatte, blieb.

Er lehnte sich schwer gegen den Schreibtisch, seine Hände krampften sich um die Kante, während seine Gedanken rasten. Wie konnte das alles nur Zufall sein? Die Zettel, die plötzlich überall auftauchten, der Schaden am Auto, das Fenster, die Schublade und jetzt dieser Stromausfall – es fügte sich alles zu einem bedrückenden Bild zusammen, das ihm Angst machte.

»Vielleicht war es einfach nur ein dummer Zufall«, dachte er sich und versuchte, sich zu beruhigen. Doch die Worte klangen dumpf in seinem Kopf. »Aber so viele Zufälle? Das ist nicht normal.« Der Raum um ihn herum, dass sonst so vertraute Großraumbüro, wirkte plötzlich beunruhigend fremd und bedrohlich. Jeder Schreibtisch, jeder Aktenschrank, jede dunkle Ecke könnte etwas verbergen.

Getrieben von einer Mischung aus Angst und Entschlossenheit begann Alex, das Büro systematisch zu durchsuchen. Er durchwühlte Schubladen, blätterte durch Akten, schaute hinter Monitore und unter Schreibtische. Jeder Stuhl, jeder Schrank wurde überprüft. Es war, als ob er versuchte, die Quelle seiner Angst sichtbar zu machen, etwas Greifbares zu finden, das diese beunruhigende Ungewissheit vertreiben könnte.

Immer wieder fragte er sich, ob die Zettel gezielt so platziert worden waren, dass er sie finden würde. Wer auch immer das tat, wusste genau, was er tat – und das machte es noch unheimlicher. »Vielleicht will mir jemand Angst machen«, überlegte er, während er hinter einem Stapel Aktenordner nachsah. »Aber warum? Und wer könnte das sein? Jonas? Aber er wäre doch nicht so kaltblütig... oder?«

Nachdem er das gesamte Großraumbüro durchkämmt und nichts gefunden hatte, ließ er sich erschöpft in einen der Stühle fallen. Sein Puls hämmerte in den Schläfen, und der Raum schien enger zu werden, als würde er ihn ersticken. »Das kann kein Zufall mehr sein«, dachte er und starrte auf die leere Wand vor sich. »Und wenn es kein Zufall ist, dann hat jemand es genau auf mich abgesehen.«

Er zog den Zettel aus der Tasche und starrte auf die unheimlich nüchternen Buchstaben. Es war keine verspielte Handschrift, kein harmloser Gruß. Es war eine Botschaft, die ihm Gänsehaut über den Rücken jagte. Langsam faltete er den Zettel zusammen und legte ihn auf den Schreibtisch. »Hoffentlich ist das nur ein schlechter Scherz«, murmelte er leise zu sich selbst. Doch tief in seinem Inneren wusste er, dass es mehr als das war.

Alex stand noch immer im hellen Licht des Büros, die Gedanken kreisten rastlos in seinem Kopf. Er war kurz davor, seine Sachen zusammenzupacken und das Gebäude zu verlassen, als ein unangenehmer Verdacht in ihm aufstieg. Marc... konnte er vielleicht etwas damit zu tun haben?

Er erinnerte sich daran, wie Marc ihm die Post gebracht hatte. Es schien nichts Außergewöhnliches an der Situation zu sein, doch jetzt, wo er darüber nachdachte, kam ihm das Timing merkwürdig vor. Kaum hatte Marc das Büro verlassen, ging das Licht aus. War es wirklich nur Zufall, oder könnte er irgendwie in die Sache verwickelt sein? Die Tatsache, dass Marc als Letzter hier gewesen war, bevor das Licht ausfiel, ließ Alex nicht los.

Dann fiel ihm noch etwas ein: Der erste Zettel ist aufgetaucht, als er von Marcs Geburtstagsfeier nach Hause gegangen ist. Der Abend, an dem der erste Zettel aufgetaucht war. Alex erinnerte sich, dass Marc sich damals etwas seltsam verhalten hatte, als er noch beim Aufräumen geholfen hat. Natürlich hatte er das nicht weiter hinterfragt, schließlich war es wirklich spät gewesen. Doch jetzt, im Nachhinein, wirkte es beunruhigend.

War es möglich, dass Marc irgendwie die Sicherung manipuliert hatte, um das Licht auszuschalten? Alex versuchte, sich an Details zu erinnern: Wo war der Sicherungskasten überhaupt? Hätte Marc genug Zeit gehabt, um das Licht auszumachen, bevor er das Büro verließ? Es war schwer zu sagen, aber die Möglichkeit schien zumindest nicht völlig ausgeschlossen.

»Verdammt«, murmelte er zu sich selbst und rieb sich die Schläfen. Sein Verstand spielte ihm vielleicht Streiche, doch die Gedankenkette ließ sich nicht so leicht abreißen. Marc hatte sowohl die Gelegenheit als auch das Wissen, um so etwas zu planen. Aber warum sollte er das tun? Was hätte er davon? Alex schüttelte den Kopf, unsicher, was er glauben sollte.

Schließlich entschloss er sich, das Büro zu verlassen. Er konnte sich nicht sicher sein, ob seine Vermutungen stimmten, aber eines war klar: Er musste vorsichtiger sein und Marc genau im Auge behalten.

Alex saß reglos im Auto, die Hände fest um das Lenkrad geklammert. Sein Herzschlag pochte wild in seiner Brust, wie ein Trommelschlag, der nicht enden wollte. Er hatte gehofft, dass er sich beruhigen würde, sobald er im Auto saß, doch die Anspannung ließ einfach nicht nach. Seine Gedanken rasten, sprangen von einer Möglichkeit zur nächsten. Warum passierte das alles? Wer würde sich so viel Mühe geben, ihn in Angst zu versetzen?

Er warf einen Blick auf die Uhr im Armaturenbrett und stellte erschrocken fest, wie spät es bereits war. Der Abend war viel weiter fortgeschritten, als er gedacht hatte. Kein

Wunder, dass seine Nerven blank lagen.

Sein Blick fiel aufs Handy. Er hatte seit Stunden nicht mehr darauf geschaut. Als das Display aufleuchtete, sah er mehrere verpasste Anrufe – alle von Lena. Ein stechendes Schuldgefühl fuhr ihm durch die Brust. Natürlich machte sie sich Sorgen. Er meldete sich sonst nie so spät.

Er tippte eine kurze Nachricht:

»Bin auf dem Heimweg. Es ist alles okay.«

Doch selbst in seinen eigenen Augen wirkte der Satz falsch. Nichts war okay. Alex fuhr los. Die Straßen lagen still unter dem Licht seiner Scheinwerfer. Die Stadt wirkte wie ausgestorben, als hätte auch sie den Atem angehalten.

Die Fahrt zog an ihm vorbei wie in Trance. Er dachte an den Zettel, an den Stromausfall, an Marc. An das Gefühl, dass etwas nicht stimmte – und dass es erst der Anfang war.

Als er in die Auffahrt bog, wirkte das Haus wie aus einer anderen Welt. Warm. Still. Friedlich. Er blieb einen Moment im Wagen sitzen, atmete tief durch und stieg aus. Drinnen herrschte gedämpfte Stille. Doch als er ins Wohnzimmer trat, blieb er wie angewurzelt stehen. Lena saß auf dem Sofa, eingehüllt in eine Decke, ihr Gesicht in den Händen vergraben.

Leise erbitterte Schluchzer erfüllten den Raum.

Es schnürte ihm die Kehle zu.

»Lena…?«

Seine Stimme war kaum mehr als ein Flüstern. Doch bevor sie antworten konnte, schnürte sich seine Kehle zu, und eine dunkle Vorahnung legte sich wie ein Schatten über sein Herz.

Kapitel 5

Alex stand regungslos in der Tür und starrte auf Lena. Ihre Schultern bebten, und leises Schluchzen drang an seine Ohren. Sein Herz zog sich zusammen. »Lena, was ist passiert?«, fragte er leise, doch es schien, als ob sie ihn nicht hörte. Sie hielt die Decke fest umklammert und vergrub ihr Gesicht darin, während neue Tränen ihre Wangen hinunterliefen.

Er trat vorsichtig näher, setzte sich neben sie und legte behutsam eine Hand auf ihren Rücken. »Hey…«, sagte er sanft, »ich bin hier. Was ist los?« Doch Lena schüttelte nur den Kopf, unfähig, auch nur ein Wort herauszubringen. Ihre Atmung ging stoßweise, und Alex fühlte sich hilflos.

»Lena, bitte, rede mit mir.« Seine Stimme war voller Sorge. Er konnte den Schmerz, den sie empfand, fast körperlich spüren, und das machte ihn innerlich fertig. Langsam hob sie den Kopf und sah ihn mit verweinten Augen an. Ihre Lippen zitterten, als sie versuchte, etwas zu sagen, aber die Worte blieben in ihrer Kehle stecken. Stattdessen drückte sie sich verzweifelt an ihn, und er spürte, wie stark sie zitterte. Er hielt sie fest, strich ihr sanft über den Rücken und wartete geduldig, bis sie sich bereit fühlte, ihm zu sagen, was sie so sehr quälte.

Lena blickte ihn mit verweinten Augen an, zitternd vor Angst und Unsicherheit. »Du glaubst mir doch, oder?«, fragte sie leise, fast flehend. Ihre Stimme war brüchig, und man konnte die Panik in jedem ihrer Worte spüren. »Ich habe das nicht getan. Ich würde niemals jemanden…« Ihre Stimme brach ab, und sie schluchzte erneut, unfähig, den Satz zu beenden.

Alex fühlte einen stechenden Schmerz in seiner Brust, als er die Verzweiflung in ihren Augen sah. Er beugte sich vor, nahm ihre zitternden Hände in seine und drückte sie fest. »Lena, natürlich glaube ich dir.«

Sie schniefte und schüttelte den Kopf, als wollte sie seinen Worten Glauben schenken, aber die Zweifel in ihr waren tief. »Aber was, wenn sie es nicht herausfinden? Was, wenn alle denken, dass ich…«, sie stockte und sah ihn verzweifelt an. »Ich weiß nicht, wie das passiert ist, Alex. Ich weiß es einfach nicht.«

Sein Blick verharrte in ihrem, obwohl er selbst innerlich hin- und hergerissen war. Er spürte, wie die Last ihrer Situation ihn zu erdrücken drohte, doch er zwang sich, ruhig zu bleiben. »Wir werden die Wahrheit herausfinden. Es muss eine Erklärung geben, und bis dahin stehe ich an deiner Seite. Das verspreche ich dir.«

Lena atmete tief ein, bevor sie zu sprechen begann. »Es war in meiner letzten Nachtschicht...«, begann sie, ihre Stimme leise und zitternd. »Alles schien normal zu sein. Die Patienten waren stabil, so dachte ich jedenfalls. Aber dann, in der frühen Morgenstunden, starben plötzlich zwei von ihnen.« Sie hielt inne und schloss die Augen, als ob sie sich sammeln müsste, bevor sie weitersprechen konnte. Alex spürte, wie ihre Hand in seiner zitterte und drückte sie fest, um ihr Mut zu machen.

»Beide Patienten waren schwer krank, aber nicht kritisch. Sie hatten keine akuten Herzprobleme, aber dennoch…«, sie stockte, als Tränen ihre Stimme erstickten. »Sie starben beide an Herzversagen.« Lena schluckte schwer und wischte sich eine Träne aus dem Augenwinkel. »Das kam den Ärzten merkwürdig vor, weil es keinen Grund dafür gab. Also ordneten sie sofort Blutuntersuchungen an.«

Alex beobachtete, wie sie tief Luft holte und mühsam weitersprach. »Die Tests zeigten Hinweise auf eine mögliche Vergiftung... etwas, das Herzprobleme auslösen könnte. Und weil ich diejenige war, die in der Nacht Dienst hatte, fiel der Verdacht sofort auf mich.« Ihre Stimme brach erneut, und sie drückte seine Hand, als würde sie Halt suchen, den sie kaum noch in sich selbst finden konnte.

»Sie haben mich sofort suspendiert«, flüsterte sie, ihre Augen voller Angst und Unsicherheit. »Die Krankenhausleitung hat eine Untersuchung eingeleitet. Die Leichen werden obduziert, und sie werden das Blut erneut testen. Solange sie nicht wissen, was passiert ist, darf ich nicht mehr arbeiten.« Lena schniefte, und ihre Stimme wurde noch leiser. »Die Polizei wurde auch eingeschaltet… Sie haben mich befragt. Sie haben mir Fragen gestellt, als wäre ich…« Ihre Stimme versagte, und sie brach in Tränen aus, als die Realität ihrer Situation sie erneut überwältigte.

Lena lehnte sich gegen ihn, ihre Verzweiflung in sein Hemd

schluchzend, während sie versuchte, die schreckliche Vorstellung zu verarbeiten, dass man sie verdächtigte, für den Tod der Patienten verantwortlich zu sein. Alex hielt sie fest, seine Gedanken rasend, während er versuchte, sich einen Reim auf die Situation zu machen.

Lena weinte erneut lange in seinen Armen, während er nichts anderes tun konnte, als sie einfach nur festzuhalten und sanft über ihren Rücken zu streichen. Er sagte kein Wort, wusste, dass sie jetzt keinen Trost in Worten finden würde. Stattdessen ließ er sie ihren Schmerz ausweinen, ihre Angst und Verzweiflung in Tränen vergießen, während er ihr die Zeit gab, die sie brauchte.

Als ihre Tränen schließlich versiegten, hob Lena den Kopf und blickte ihn mit verweinten Augen an. »Alex…«, begann sie zögerlich, ihre Stimme kaum mehr als ein Flüstern. »Glaubst du mir? Glaubst du, dass ich damit nichts zu tun habe?«

Er sah sie fest an, seine Augen voller Entschlossenheit und Zuneigung. »Natürlich glaube ich dir«, sagte er ohne einen Moment des Zögerns. »Ich kenne dich. Du würdest niemandem absichtlich wehtun, erst recht nicht jemandem, der dir anvertraut ist. Da muss ein schreckliches Missverständnis vorliegen. Wir werden das klären, gemeinsam.«

Lena schluckte und nickte, obwohl der Zweifel und die Angst immer noch in ihren Augen lagen. »Ich habe solche Angst«, flüsterte sie. »Was, wenn sie mir nicht glauben? Was, wenn…«

Sie ließ ihren Kopf auf seine Schulter sinken, die Tränen

liefen ihr immer noch über das Gesicht. Es dauert wieder eine Weile, bis sie sich gesammelt hatte. »Ich habe solche Angst«, flüsterte sie erneut, diesmal mit einer verzweifelten Bitterkeit in der Stimme, die Alex das Herz zusammenzog. »Was, wenn sie wirklich glauben, dass ich es war? Sie könnten mich verurteilen, mich hinter Gitter bringen…« Ihre Stimme brach und sie konnte kaum noch weiterreden.

»Sie werden dir glauben«, unterbrach er sie sanft. »Es gibt keinen Grund, warum sie es nicht tun sollten. Wir werden alles tun, um die Wahrheit ans Licht zu bringen. Und solange ich an deiner Seite bin, werden wir das durchstehen, gemeinsam. Alles wird sich klären, ich verspreche es dir.«

Alex und Lena saßen eine lange Weile einfach nur nebeneinander, während die Stille des Raumes die aufgewühlten Gedanken umhüllte. Die Dunkelheit draußen fiel sanft durch die Fenster, und das gelegentliche Geräusch der Straßenlaternen schien in der Stille beinahe beruhigend zu wirken. Er streichelte sanft ihren Rücken, während sie sich eng an ihn schmiegt, als würde sie Trost und Sicherheit in seiner Nähe suchen.

Als Lena sich langsam wieder gefasst hatte, blickte Alex auf die Uhr und bemerkte, wie spät es schon war. Er wusste, dass sie dringend Ruhe benötigte. »Komm, ich bring dich ins Bett«, sagte er leise.

Mit einem sanften, aber festen Griff half er ihr auf, die noch immer von den Ereignissen erschöpft war. Er führte sie durch den Flur zu ihrem Schlafzimmer, wo er sie behutsam auf das Bett setzte. Lena nahm eine Schmerztablette gegen ihre Kopfschmerzen, die sie sich aus dem Nachttisch griff.

Als sie sich zurücklehnte, schloss sie ihre Augen, um die Tablette mit einem Schluck Wasser zu nehmen.

Er zog die Bettdecke hoch und sorgte dafür, dass sie sich gemütlich einwickeln konnte. Er ließ sich neben sie auf das Bett sinken, streichelte sanft ihren Arm und beobachtete, wie sich ihre Gesichtszüge allmählich entspannen.

Er sorgte beim Gehen dafür, dass die Tür leise ins Schloss fiel und setzte sich in die Küche, um einen Moment allein zu sein. Während er eine Tasse Tee vorbereitete, dachte er an die Ereignisse des Abends und überlegte, wie er Lena am besten unterstützen konnte, ohne selbst den Verstand zu verlieren. Die Sorgen um die unklare Situation und das Gefühl der Ohnmacht drückten schwer auf ihm, aber er wusste, dass er stark bleiben musste, um für Lena da zu sein.

Alex setzte sich an den Küchentisch und starrte auf die dampfende Tasse Tee. Der warme Dampf stieg in die Luft, vermischte sich mit dem schwachen Licht der Küchenlampe und erzeugte eine fast gespenstische Atmosphäre. Während er dasaß, war er tief in Gedanken versunken. Die Müdigkeit plagte ihn, doch sein Geist war unruhig und rastlos.

»Wie konnte es nur so weit kommen?«, fragte er sich immer wieder. Zwei Patienten waren tot, und Lena wurde verdächtigt. Es war wie ein Albtraum, aus dem es kein Erwachen gab. Er dachte zurück an die Ereignisse der letzten Woche – die mysteriösen Zettel, die unheimlichen Vorfälle, und das Gefühl, ständig beobachtet zu werden. Alles schien in einem merkwürdigen Wirbel miteinander verknüpft zu sein, doch es gab keinen klaren Zusammenhang, den er erkennen konnte.

Er dachte an den Moment zurück, als er den ersten Zettel gefunden hatte, und an das Gefühl, als würde jemand sein Leben systematisch auf den Kopf stellen. Er fragte sich, ob die Ereignisse in seinem Leben und die schweren Anschuldigungen gegen Lena nur Zufälle sein konnten. Es schien immer unwahrscheinlicher.

Die Gedanken überschlugen sich in seinem Kopf. Die Vorstellung, dass Lena im Gefängnis landen könnte, während er hier verzweifelt versuchte, die einzelnen Fäden zu einem Band zu binden, war unerträglich. Sein Herz klopfte schneller, und die Müdigkeit, die ihn normalerweise beruhigen würde, verstärkte nur die Verwirrung in seinem Kopf.

Was, wenn Marc mehr wusste, als er vorgab? Alex konnte sich nicht vorstellen, dass er von Marc, der ihm sonst so vertraut erschien, hintergangen werden könnte. Aber die Umstände ließen keinen Raum für einfache Antworten. Auch das plötzliche Auftauchen von Jonas beschäftigte ihn.

Alex nippte an seinem mittlerweile lauwarmen Tee und seufzte tief. Es war klar, dass er die ganze Nacht über wach bleiben würde, um Antworten zu finden. Mit einem letzten Blick auf die stille Küche stand er auf und entschloss sich, das Rätsel der Zettel und der verdächtigen Ereignisse weiter zu verfolgen. Er wusste, dass er keine Zeit verlieren durfte, um herauszufinden, wie tief dieser Abgrund wirklich war.

Er setzte sich erschöpft und gedankenverloren auf das Sofa. Um sich eine kleine Ablenkung zu verschaffen, griff er zur Fernbedienung und schaltete den Fernseher ein. Die sanften Geräusche des laufenden Programms sollten ihm helfen, wenigstens ein bisschen Abstand von den drängenden

Gedanken zu gewinnen.

Mit der Zeit verschwammen die Bilder auf dem Bildschirm vor seinen Augen, und das monotone Rauschen des Fernsehens wurde zu einem beruhigenden Hintergrundgeräusch. Langsam schlossen sich seine Augen, und der Drang nach Schlaf überwältigte ihn.

Kapitel 6

Alex wachte abrupt auf, als der schrille Ton seines Handyweckers durch den Raum drang. Die Nacht hatte kaum Erholung gebracht. Er fühlte sich, als hätte er nicht geschlafen, sondern sich stundenlang durch Gedanken gewühlt, die keinen Anfang und kein Ende kannten. Als er aufstand, war sein Körper wach, aber sein Kopf blieb dumpf – als würde noch etwas auf ihm lasten.

Im Badezimmer klatschte er sich kaltes Wasser ins Gesicht, doch der Schleier vor seinem Blick wich nicht. Lena lag noch im Bett, leise atmend, zusammengerollt unter der Decke. Für einen Moment blieb er im Türrahmen stehen, sah sie an. Er beschloss sie nicht zu wecken. Leise nahm er einen Notizzettel und schrieb eine kurze Nachricht:
»Bin auf Arbeit. Ruf mich jederzeit an, wenn du mich brauchst. Ich liebe dich. Alex.«

Unten in der Küche bereitete er sich einen Kaffee zu. Seine Bewegungen waren langsam, mechanisch, als ob jede einzelne Entscheidung eine enorme Anstrengung kostete. Er schenkte sich eine Tasse ein, nahm einen Schluck und starrte hinaus in den blassen Morgen. Der Tag hatte noch nicht richtig begonnen, doch in ihm war schon wieder etwas unruhig.

Er dachte an den Zettel. An den Moment, als Marc ihm die Post gereicht hatte – beiläufig, wie jeden Tag. Nur, dass diesmal einer dieser Zettel dabei gewesen war. Und kaum fünf Minuten später war das Licht ausgegangen. Normalerweise filtert Marc Werbung und Unwichtiges raus, bevor er die Post an ihn weiterreicht.

Zufall?

Alex konnte es nicht sagen. Aber der Gedanke ließ ihn nicht los. Heute würde er Marc darauf ansprechen. Nicht frontal, aber… irgendwie. Er musste wissen, ob da etwas war oder ob sein eigenes Misstrauen mit ihm durchging.

Er zog seine Jacke über, griff nach dem Schlüssel und trat leise hinaus in die Kälte.

Im Büro angekommen, stellte Alex zunächst fest, dass Marc heute nicht da war. Ohne dass er es wollte, kam die Unruhe der letzten Tage zurück. Der Zettel in der Post, der Stromausfall, Marc nicht auf Arbeit – das Timing von allem. Er sagte nichts, aber etwas nagte an ihm.

Er beschloss, ihn im Auge zu behalten – falls er noch auftauchte. Heute würde er keine Konfrontation suchen, nur aufmerksam sein. Vielleicht ergab sich etwas. Vielleicht sprach er sich selbst noch um Kopf und Kragen.

Am späten Vormittag stand er in der Kaffeeküche und ließ die Kaffeemaschine surren, als zwei Kollegen hereinkamen – Simon aus der IT und Nadine vom Empfang. Sie unterhielten sich, und Alex schenkte dem Gespräch zunächst keine Aufmerksamkeit.

»Sag mal, weißt du zufällig, wo Marc den Schlüssel für den Technikraum hingelegt hat?«, fragte Simon, während er sich

Zucker in den Kaffee rührte.

Alex hob leicht den Kopf.

»Keine Ahnung«, antwortete Nadine.

»Aber gestern war er doch selbst noch da drin, oder? Der Techniker war zu früh und Marc hat ihn reingelassen.«

»Ach so, stimmt ja«, murmelte Simon.

Alex blieb wie angewurzelt stehen, den Becher halb gefüllt in der Hand. Er sagte nichts, rührte sich nicht, tat so, als würde er seinen Kaffee weiter eingießen. Aber innerlich spannte sich etwas in ihm an. Stück für Stück offenbarte sich etwas vor seinem geistigen Auge.

Marc… der Schlüssel?

Der Raum mit dem Sicherungskasten.

Die beiden Kollegen plauderten noch ein wenig, dann verschwanden sie wieder. Alex blieb allein zurück. Die Maschine piepte kurz, dann war es still.

Sein Puls hatte sich unmerklich beschleunigt.

In Gedanken versunken ging er in sein Büro.

Er beantwortete Mails, ging ein paar Zahlen durch, schob Blätter hin und her – doch der Satz aus der Kaffeeküche ließ ihn nicht los.

Marc hatte den Techniker reingelassen.

Gestern.

Zugang zur Sicherung.

Er rieb sich über die Stirn, versuchte den Gedanken abzuschütteln. Vielleicht war es nichts. Nur Routine. Aber in seinem Bauch zog sich etwas zusammen. Er klappte seinen Laptop halb zu und stand auf. Nur ein kurzer Blick in Marcs Kalender. Vielleicht war Marc krank, hatte einen Arzttermin, irgendetwas Offizielles eingetragen. Irgendein Hinweis, der erklären würde, warum er heute nicht da war.

Marcs Büro war nicht verschlossen.

Alex trat ein. Der Raum wirkte wie immer – ordentlich, funktional. Fast zu aufgeräumt.

Der offene Tischkalender lag mittig auf dem Schreibtisch.

Er trat näher, blätterte.

Freitag – leer. Samstag – leer. Sonntag – leer, Montag ...

Er runzelte die Stirn.

Da stand tatsächlich etwas. In kleiner, unordentlicher Schrift: »KH«

Mehr nicht. Zwei Buchstaben.

Alex legte den Kopf leicht schief. »KH« – Krankenhaus?

Mark hatte gestern nicht krank gewirkt… Hatte er einen geplanten Termin gehabt oder… war er dort, aus anderen Gründen gewesen?

Er blätterte erneut durch. Keine weiteren Hinweise.

Dann fiel sein Blick auf die kleine Ablage rechts neben dem Schreibtisch. Ein leerer Kaffeebecher, ein zerknülltes Blatt Papier.

Er zog das Blatt vorsichtig heraus.

Es war leer. Aber die Größe des Zettels…?

Alex spürte, wie sich etwas in ihm ausbreitete. Ein Unbehagen, das er von den letzten Tagen nur zu gut kannte.

Er starrte auf das Papier.

Alex fuhr zusammen, als Schritte über den Flur hallten. Zwei Kollegen gingen an Marcs Büro vorbei – einer von ihnen warf einen flüchtigen Blick durch die Glasfront.

Er wich unwillkürlich zurück, richtete sich auf, als hätte er nichts weiter als einen flüchtigen Kontrollgang gemacht.

Er war der Vorgesetzte, sicher – aber trotzdem konnte er nicht einfach in fremden Unterlagen wühlen. Nicht ohne Erklärung. Nicht ohne Argwohn zu wecken.

Der zerknüllte Zettel in seiner Hand… eine Standardgröße.

Kein Name, keine Notiz, kein Beweis.

Du steigerst dich in etwas rein, sagte er sich innerlich. *Das muss nichts heißen.*

Er ließ das Blatt unauffällig in seiner Hosentasche verschwinden und verließ das Büro, als wäre nichts gewesen. Zurück an seinem eigenen Schreibtisch starrte er auf den Bildschirm, doch die Zahlen vor ihm verschwammen. Er klickte sich durch geöffnete Tabs, öffnete eine E-Mail, schloss sie wieder. Sein Kopf war voller Stimmen, voller Szenen, voller Möglichkeiten.

Marc. Der Kalender. Der Stromausfall.

Was, wenn das alles zusammenhing?

Was, wenn nicht?

Er lehnte sich zurück, fuhr sich mit beiden Händen übers Gesicht. Er musste mit jemandem reden. Jemandem, der nicht Teil seines Teams war.

Jemandem, der neutral war – aber vertraut.

Lena.

Nein, sie hatte selber zu viel um die Ohren.

Tom.

Er griff zum Telefon, wählte die Nummer.

»Hey«, meldete sich Tom nach dem dritten Klingeln.

»Ich bräuchte mal deinen klaren Kopf«, sagte Alex erschöpft.

»Lust auf ein Bier später?«

Tom zögerte keine Sekunde. »Klar. Wann?«

»Heute Abend? Nach der Arbeit. Alte Eiche, wie immer?«

»Passt. Ich bringe das Geld für die erste Runde mit und du die Themen.«

Alex lächelte schwach.

»Deal.«

Er legte auf. Und atmete das erste Mal seit Stunden wieder ein bisschen freier. Den Rest des Tages verbrachte Alex damit, sich durch seine Aufgaben zu hangeln, ohne wirklich bei der Sache zu sein. Gedankenverloren fuhr er den Rechner herunter, verabschiedete sich knapp von den letzten Kollegen im Flur und machte sich auf den Weg.

Draußen war es bereits dämmrig. Die Straßenlaternen warfen lange Schatten auf den Gehweg, während Alex schweigend zum Auto ging. Die Kälte biss ihm ins Gesicht, doch er spürte sie kaum. Die Unruhe der letzten Tage saß ihm im Nacken wie eine zweite Haut.

Die Fahrt zur Alten Eiche verlief in Stille. Kein Radio, kein Gedanke, der sich wirklich fassen ließ. Nur ein dumpfer Druck hinter der Stirn und das leise Knirschen der Reifen auf nassem Asphalt.

Die Alte Eiche war um diese Uhrzeit angenehm leer. Ein paar Stammgäste saßen verstreut an den Tischen, der Fernseher hinter der Theke lief stumm, während das gedämpfte Licht sich warm auf die dunklen Holzmöbel legte. Der Geruch von Hopfen und Holz erinnerte an frühere Abende, an eine Zeit, in der alles unbeschwert gewesen war.

Alex saß bereits am Fensterplatz, als Tom hereinkam. Er trug seine gewohnte Lederjacke und bestellte direkt zwei Maß

Bier. Mit einem kurzen Grinsen stellte er die Gläser auf den Tisch.

»Ich hoffe, du meinst das mit dem klaren Kopf nicht wörtlich«, sagte er und ließ sich gegenüber nieder.

Alex zog die Mundwinkel leicht nach oben.

 »Klarer als meiner ist er allemal.«

Sie stießen an, tranken schweigend.

Dann atmete Alex tief durch und begann zu erzählen.

Er sprach nicht viel drum herum. Nur das Nötigste, konzentriert, als müsse er das Ganze selbst erst noch ordnen: die Zettel. Die Geschehnisse im Haus. Der kaputte Spiegel. Der Stromausfall. Und jetzt der verdächtige Kalendereintrag und der Technikraum.

»Ich will niemanden beschuldigen«, sagte er leise. »Aber… irgendwas passt nicht. Und Marc…« Er schüttelte den Kopf. »Ich weiß nicht. Vielleicht sehe ich Gespenster.«

Tom wiegte das Bier in der Hand, lehnte sich ein Stück vor.

»Naja… vielleicht ist da was dran«, sagte er nachdenklich. »Marc war in letzter Zeit… schwer einzuschätzen. Nicht unfreundlich, aber irgendwie abwesend.«

Alex sah ihn an, sagte nichts.

»Vielleicht ist das auch unfair ihm gegenüber.« fuhr Tom fort. »Aber manchmal hab ich das Gefühl, er ist mit dem Kopf ganz woanders. Und wenn ich ehrlich bin – du weißt, wie er ist. Wenn was nicht stimmt, sagt er's nicht direkt. Er zieht sich zurück, lächelt alles weg.«

Er trank einen Schluck, ließ das Glas einen Moment in der Hand ruhen.

»Ich will ihm nichts unterstellen. Aber der Kalendereintrag

und die Sache mit dem Technikraum…«

Er legte eine kurze Pause ein.

»Wenn man es aneinanderreiht, wirkt es schon merkwürdig.«

Alex nickte langsam.

Tom zuckte mit den Schultern. »Vielleicht ist's am Ende aber doch nur ein blöder Zufall. Oder irgendwas, das mit dir gar nichts zu tun hat.«

Er lehnte sich zurück, sah Alex ruhig an.

»Aber mal ehrlich… was ist mit Jonas?«

Alex hob den Blick.

»Ich mein ja nur«, fuhr Tom fort, »er ist der Einzige, der immer wieder plötzlich in deinem Leben auftaucht. Der Einzige, der genau weiß, wie er dich aus dem Gleichgewicht bringen kann. Der Einzige, der ein Motiv hat«.

Alex schwieg.

Tom senkte die Stimme etwas, sein Blick blieb ernst.

»Du bist nicht verheiratet«.

Alex runzelte die Stirn. »Was hat das damit zu tun?«

»Naja… was passiert, wenn dir was zustößt?«

Tom hob die Hände, als würde er nur laut nachdenken. »Ich mein… du hast keine Kinder. Lena steht nicht im Testament, oder?«

Alex schüttelte langsam den Kopf. »Nein. Noch nicht. Ich habe nicht mal eins…«

Tom nickte. »Dann bekommt Jonas alles. Haus, Auto, dein Anteil an der Firma – alles.«

Alex sah ihn schweigend an. Der Gedanke war ihm noch nie in den Sinn gekommen.

»Das heißt natürlich nicht, dass er dich deshalb umbringen

will«, fuhr Tom fort, hob beschwichtigend die Hände. »Aber du musst zugeben… etwas bizarr ist das alles schon. Die ständigen Anrufe. Die komischen Zettel. Der Spiegel. Der Stromausfall. Wenn einer von uns das tun würde – warum? Was hätten wir davon?«

Alex fuhr sich durch die Haare. »Ich weiß es nicht. Ich… vielleicht ist es wirklich Jonas. Oder vielleicht auch nicht. Es fühlt sich nur alles so falsch an.«

»Eben.« Tom lehnte sich zurück, trank einen Schluck.

»Und du weißt, wie Jonas drauf ist. Er war immer gut darin, Mitleid zu erzeugen. So lange, bis du nicht mehr wusstest, was oben oder unten ist. Vielleicht will er dich nur wieder in seine Welt reinziehen. Und wenn du dich wehrst… wird er wütend.«

Alex starrte in sein Glas.

»Hör zu«, sagte Tom leiser.

»Ich sag nicht, dass ich es beweisen kann. Aber du solltest vorsichtig sein. Bei Marc… vielleicht ist da wirklich was. Aber Jonas? Den solltest du nicht unterschätzen.«

Alex starrte in sein Glas, die Gedanken rasten.

Tom nutzte die Stille, um nachzulegen.

»Und mal ehrlich… wann ging das alles los?«

Alex sah auf. »Was meinst du?«

»Na, der ganze Mist. Zettel, offene Fenster, dein Auto…« Tom hob eine Braue. »War das nicht kurz nachdem Jonas wieder aufgetaucht ist?«

Alex überlegte, dann nickte langsam.

»Zufall? Vielleicht«, sagte Tom.

»Aber wenn ich du wäre, würde ich genauer hinsehen. Du

kennst ihn. Wenn's ihm schlecht geht, taucht er auf. Wenn er was braucht, taucht er auf. Aber dieses Mal fühlt es sich… anders an, oder?«

Alex erwiderte nichts.

»Und wenn du ehrlich bist – weißt du wirklich, was er in der Zwischenzeit gemacht hat?«

»Nicht wirklich«, murmelte Alex.

Tom nickte nur.

»Ich sag nur: Sei wachsam. Jonas ist clever und hat das Motiv. Er weiß, wie du tickst. Und wenn jemand dir das Leben schwer machen will, dann ist es am leichtesten, wenn er genau weiß, wo du verwundbar bist.«

Alex wollte gerade etwas erwidern, da sah Tom auf die Uhr.

»Mist«, murmelte er. »Ich muss los. Hab noch was vor heute Abend.«

Er stand auf, schnappte sich seine Jacke vom Stuhl.

»Meld dich, wenn was ist, ja?«

Alex nickte langsam.

»Und bleib rational. Zieh keine voreiligen Schlüsse und lass dir am besten erst einmal nichts anmerken.«

Er klopfte Alex auf die Schulter. »Pass auf dich auf.«

Dann war er auch schon durch die Tür verschwunden, ließ Alex allein am Tisch zurück.

Er lehnte sich zurück, blickte durch das beschlagene Fenster in die Nacht hinaus. Die Worte hallten in ihm nach, vermischten sich mit seinen eigenen Gedanken zu einem Strudel aus Zweifeln und wachsendem Misstrauen.

Mit einem letzten Schluck beendete er sein Bier, schnappte sich den Mantel und begab sich auf den Heimweg. Der Abend

war still. Die Luft kühl. Als Alex die Haustür erreichte, griff er nach dem Schlüssel – doch bevor er ihn ins Schloss stecken konnte, öffnete sich die Tür von selbst.
Die Welt schien für einen Herzschlag stillzustehen.
Jonas stand im Türrahmen.

Kapitel 7

Jonas stand mit einem offenen Lächeln in der Tür und grüßte ihn »Hey, Alex, schön dich zu sehen!«, begann er, seine Stimme warm und unverkrampft. Doch bevor er weiterreden konnte, schnitt Alex ihm ungeduldig das Wort ab: »Was machst du hier? Was hast du hier verloren?«

Jonas' Gesicht erstarrte, seine freundliche Miene wich einem überraschten Ausdruck. »Ich wollte einfach nur mal vorbeikommen und sehen, wie es euch geht«, sagte er nach einem Moment der Stille, sein Tonfall jetzt merklich kühler. »Lena hat mich zum Kaffee eingeladen, und wir haben uns ein bisschen unterhalten. Mehr nicht.«

Alex spürte den Blick seines Bruders, der zwischen ihm und Lena hin und her wanderte, als wollte er verstehen, was plötzlich schiefgelaufen war. »Wäre wohl besser gewesen, wenn ich nicht hergekommen wäre«. Jonas machte eine kurze Pause und fügte dann, mit leichtem Vorwurf in der Stimme, hinzu: »Ich wollte eigentlich nur nett sein und auch dir nun endlich erzählen, was es Neues gibt. Aber… naja, vielleicht sollte ich gehen.«

Alex stand reglos da, die Worte seines Bruders hallten in ihm nach, aber er brachte keinen Ton heraus. Jonas drehte sich langsam um und ging die Einfahrt hinunter. »Danke für die Einladung, Lena«, rief er über die Schulter zurück. »Machs gut, Alex.«

Lena trat unsicher einen Schritt nach vorne, ihre Augen suchten die seinen, aber sie fand dort nur Anspannung und Unruhe. »Alex,« begann sie zögernd, »was war das denn gerade? Ich weiß, dass euer Verhältnis nie das Beste war, aber warum bist du so...« Sie brach ab, schüttelte den Kopf und ihre Stimme war ein Gemisch aus Enttäuschung und Sorge. »So kenne ich dich gar nicht. Nicht einmal bei Jonas. Das du sofort so aus der Haut fährst«

Alex´ Herz schlug immer noch rasend, als Jonas aus seinem Blickfeld verschwand. Die Wut und Verwirrung, die ihn überwältigten, entluden sich sofort auf Lena, die noch immer fassungslos in der Tür stand. »Was sollte das?«, fuhr er sie an, die Worte scharf wie Messer. »Was hat Jonas hier im Haus verloren?«

Lena, die bereits von seiner Reaktion auf Jonas überrascht war, zog sich bei seinen harschen Worten sichtlich zurück. »Alex, was soll das?«, begann sie, doch er ließ sie nicht ausreden.

»Was soll das heißen, DU hast ihn zum Kaffee eingeladen?« Seine Stimme war scharf, seine Worte fast wie ein Vorwurf. »Was hast du dir dabei gedacht, DEN einzuladen?« Das letzte Wort spuckte er förmlich aus, als ob es ihm bitter auf der Zunge lag.

»Was geht hier eigentlich vor sich?«, drängte er weiter, seine Stimme lauter werdend. Lena war völlig überrascht von Alex´ Reaktion. Ihr Gesichtsausdruck wechselte von einer Mischung aus Enttäuschung und Sorge zu entsetzen. Ohne ein weiteres Wort wandte Sie sich ab und ging ins Haus. Die Tür fiel mit einem dumpfen Knall ins Schloss.

Alex stand eine Weile stumm da, völlig überwältigt von seiner eigenen Reaktion. Die Wut in ihm verflog langsam, ersetzt durch ein wachsendes Gefühl der Scham. »Verdammt«, murmelte er und ging hastig zur Haustür. Er wusste, dass er überreagiert hatte, und wollte sich mit Lena versöhnen, bevor die Situation noch weiter eskalierte.

Er trat ins Haus und fand sie in der Küche, sich eine Tasse Tee machen. Ihre Haltung war angespannt. Er ging zu ihr, immer noch von seiner Wut über das Auftauchen von Jonas durchzogen, und versuchte, sich zu erklären. Doch sie ließ ihm keine Zeit, sich zu entschuldigen.

»Was ist nur los mit dir?«, fragte sie mit scharfer Stimme. »Jonas wollte sich dir wieder annähern und hat gute Nachrichten gebracht – er wird Vater! Und du fährst ihn an wie einen Feind.« Ihre Stimme zitterte vor Zorn und Enttäuschung. »Wie kannst du es wagen, mich auch noch so anzufahren, nachdem ich gestern schon so viel Leid durch meine Suspendierung auf der Arbeit hatte? Ich habe keinen Nerv für das, was du abziehst!«

Er sah, wie sie versuchte, ihre Tränen zu verbergen, und fühlte sich noch schlechter. Er öffnete den Mund, aber die Worte blieben ihm im Hals stecken. Alex hatte keine Antwort, die seine Feindseligkeit rechtfertigte, zumindest keine, die er Lena in diesem Augenblick anvertrauen konnte. »Ich… ich weiß es nicht«, stammelte er schließlich, wobei sein Tonfall weniger scharf und mehr von Unsicherheit geprägt war.

Doch Lena ließ nicht locker. »Das ist doch nicht normal! Was hat er dir denn getan, dass du ihn immer noch so behandelst?« Ihr Blick war forschend, fast verzweifelt, als sie versuchte, in seinem Gesicht Antworten zu finden, die er ihr bewusst nicht gab.

Er spürte, wie die Last seiner eigenen Zweifel und Ängste ihn überwältigte. Das Gefühl, als würde er den Boden unter den Füßen verlieren, machte sich in ihm breit. Ob seine Reaktion gerechtfertigt war oder ob er nur paranoid wurde, wusste er selber nicht. »Ich weiß es nicht«, wiederholte er leise, während seine Schultern herabsanken. »Es ist nur… alles gerade zu viel.«

Sie verließ die Küche abrupt und stieg die Treppe hinauf, während ihre Schultern von Schluchzern geschüttelt wurden. Zutiefst betroffen von dem, was gerade geschehen war, folgte ihr schweren Herzens.

Als er oben ankam, fand er sie im Schlafzimmer, wo sie sich auf dem Bett zusammengerollt hatte. Ihre leisen, aber herzzerreißenden Schluchzer füllten den Raum.

»Lena, es tut mir leid«, sagte er sanft, während er sich neben sie setzte und eine Hand auf ihren Rücken legte. »Ich hätte mich nicht so aufregen sollen.«

Sie drehte sich zu ihm um, ihre Augen rot und tränenüberströmt. »Du weißt ganz genau, wie schlecht es mir geht«, schluchzte sie. »Ich versuche, stark zu sein, und du… du kommst hierher und fährst mich an, wie ein Berserker. Ich habe schon genug zu kämpfen, ohne dass du mich noch weiter herunterziehst.«

Schniefend fuhr sie fort: »Und dann warst du heute länger

als gewöhnlich weg. Ich weiß, du hast viel um die Ohren, aber gerade jetzt bräuchte ich dich mehr bei mir. Ich versuch' stark zu bleiben, aber die Situation überfordert mich.«

Alex fühlte sich noch schuldiger, als er ihre Worte hörte. »Ich weiß, ich habe einen Fehler gemacht«, sagte er, während er sie vorsichtig in seine Arme nahm. »Ich wollte dich nicht verletzen.«

Sie klammerte sich an ihn, ihre Tränen unaufhörlich. Er hielt sie fest, strich ihr sanft über den Rücken. »Es wird alles wieder gut«, flüsterte er. »Wir schaffen das zusammen. Ich werde immer für dich da sein, egal wie schwierig es wird.«

Lena atmete tief durch, als sie fortfuhr, ihre Augen suchten seinen Blick. »Ich weiß, es ist schwer zu glauben, dass Jonas sich wirklich ändern kann. Wir haben alle so viel durchgemacht wegen ihm, und ich frage mich selbst, ob das alles nur ein neues Spiel von ihm ist.« Ihre Stimme klang zögerlich, als sie ihre eigenen Zweifel aussprach, aber sie schüttelte den Kopf, als wolle sie diese Gedanken beiseiteschieben. »Aber heute war er anders. Es war, als ob er wirklich verstanden hat, dass er Verantwortung übernehmen muss.«

Alex spürte, wie sich die Spannung in seiner Brust langsam löste, doch ein Rest davonblieb. »Es ist nur… ich weiß nicht. Wir haben ihm schon so viele Chancen gegeben.«
Er legte eine Pause ein.
»Aber wenn du sagst, dass Jonas sich geändert hat, dann glaube ich dir das.«
»Ich meine, stell dir das vor – Jonas, der bald Papa ist. Wer hätte das je gedacht?«

Er musste ein wenig schmunzeln, wenn auch nur flüchtig. »Ja, wer hätte das gedacht. Vielleicht ist das wirklich ein Wendepunkt für ihn.«

Sie lehnte sich zurück und schaute aus dem Fenster. »Ich hab ihm gesagt, dass er sich anstrengen muss, wenn er wieder Teil unseres Lebens sein will. Dass er beweisen muss, dass es ihm ernst ist. Und er hat mir versichert, dass er das tun wird.«

Alex seufzte leise und nickte. »Ich hoffe, er meint es wirklich ernst. Nicht nur für ihn, sondern auch für uns. Wir brauchen nicht noch mehr Chaos in unserem Leben, besonders jetzt nicht.«

Sie legte ihre Hand auf seinen Arm und drückte ihn sanft. »Ich weiß. Und es wird Zeit brauchen. Aber wenn er wirklich versucht, sich zu ändern, dann sollten wir ihm zumindest die Chance dazu geben, oder?«

»Ja,« stimmte er zu, »das sollten wir.« Doch in seinem Inneren konnte er die Bedenken nicht ganz abschütteln. Die Dinge, die in letzter Zeit passiert waren, ließen das nicht zu. Aber er wollte Lena nicht weiter belasten. Nicht nach allem, was sie durchgemacht hatte. Stattdessen zwang er sich zu einem Lächeln und legte den Arm um sie.

»Ich werde es versuchen. Für uns.« Sie lehnte sich an ihn und schloss die Augen, als würde sie für einen Moment all die Sorgen und Ängste vergessen, die sie belasteten.

Sie löste sich langsam von ihm und stand auf. »Ich denke, ich werde jetzt ins Bett gehen. Es war ein langer Tag, und meine Kopfschmerzen gehen einfach nicht weg.« Ihre Stimme war leise, aber bestimmt, und ihre Augen verrieten die Erschöpfung, die sie fühlte. Er nickte und beobachtete, wie sie sich zum Badezimmer begab.

Als die Tür hinter ihr ins Schloss fiel, blieb er allein zurück. Der Frieden der Nacht wollte sich nicht einstellen. Alles in ihm war in Bewegung – Gedanken, Zweifel, Bilder, die sich nicht abschütteln ließen.

Er ging nach unten, in der Hoffnung, dass der Fernseher ihm wenigstens für ein paar Minuten Ruhe verschaffen würde. Die flimmernden Bilder, die endlosen Werbeblöcke – nichts davon drang wirklich zu ihm durch. Stattdessen fluteten ihn die Gedanken: Jonas' Auftauchen, die Zettel, die seltsamen Zufälle. Es war, als würde er einen Film in Endlosschleife sehen – nur dass er selbst die Hauptrolle spielte.
Irgendwann schaltete er ab.

Die Stille war fast angenehmer als das seichte Hintergrundrauschen. Er ging zum Fenster, sah hinaus in die Nacht. Alles wirkte ruhig draußen. Friedlich.

Mit einem leisen Seufzen machte er sich auf den Weg ins Gästebadezimmer. Lena sollte schlafen können. Er brauchte einen Moment für sich – nur Wasser, Wärme, einen kurzen Ausbruch aus dem Kreisen im Kopf. Die Dusche war heiß. Sie löste die Spannung in den Schultern, ließ ihn kurz vergessen, was ihn bedrückte. Aber kaum war das Wasser abgedreht, war alles wieder da – nicht lauter, nur klarer.

Das Handtuch um die Hüfte gewickelt ging er ins Arbeitszimmer. Er musste noch schnell einige Unterlagen für den morgigen Tag zusammensuchen. Als er die Schublade öffnete, in der er neben einigen Dokumenten auch die Zettel mit seinem Namen aufbewahrte, stockte ihm der Atem.
Darin lag eine Spritze.

Daneben: eine leere Ampulle – Digitoxin.
Und ein weiterer Zettel.

Alex

Der Zettel trug wieder seinen Namen. Diesmal in einer gekippten, hastigen Handschrift – als hätte jemand ihn im Eifer hingekritzelt.
Sein Herzschlag beschleunigte sich sofort.
Ein lähmender Schwindel stieg in ihm auf. Für einen Moment blieb er einfach stehen, starrte auf das, was da in seiner Schublade lag.
Am liebsten wäre er davongerannt. Doch seine Füße blieben wie angewurzelt. Stattdessen atmete er flach und zwang sich, die Gegenstände vorsichtig auf ein Handtuch zu legen.
Die Stille im Arbeitszimmer war plötzlich ohrenbetäubend.

Er wickelte alles sorgfältig ein und verließ den Raum mit vorsichtigen, fast lautlosen Schritten. Im Wohnzimmer ließ er sich auf die Couch sinken und griff nach seinem Smartphone.
Der Zettel, die Spritze, die Ampulle – das alles beunruhigte ihn zutiefst.
Er öffnete den Browser, gab den Begriff ein: Digitoxin.

Die ersten Treffer waren medizinische Seiten. Alex überflog die Artikel, las schneller, als er eigentlich aufnahm.
Ein Herzmedikament. Verwendet bei schwerer Herzinsuffizienz. Hilft, den Herzrhythmus zu regulieren.
Und dann:

toxisch bei kleinster Überdosierung.

Alex' Blick blieb an einem Satz hängen.

»Therapeutische Breite sehr gering.«

Er scrollte weiter.

Berichte über Todesfälle. Unsachgemäße Gabe.

Bewusste Überdosierung.

Übelkeit, Erbrechen, Halluzinationen –

Herzstillstand.

Sein Atem stockte.

Ein kalter Schauer lief ihm über den Rücken.

Digitoxin. Die Klinik. Die plötzlichen Todesfälle.

Was, wenn diese kein Zufall gewesen waren?

Was, wenn jemand genau wusste, was er tat?

Die Vorstellung, dass jemand Digitoxin absichtlich eingesetzt hatte, um zu töten, ließ Alex frösteln. Es war keine Theorie mehr. Der Stoff, die Zettel, die Toten – irgendetwas verband all das. Und diese Gegenstände waren nicht zufällig bei ihm gelandet.

Er blickte auf die leere Ampulle, dann auf sein Handy.

Heute war Jonas in seinem Haus gewesen.

Argwohn stieg in ihm auf.

Etwas hatte Lena dazu bewegt, ihm zu glauben – ihm die Tür zu öffnen. Und jetzt lag hier eine Spritze. Ein Zettel. *Digitoxin.*

Alex suchte Jonas' Nummer, seine Finger zitterten. Der Text war schnell geschrieben, voller Wut:

»Hör auf mit deinen verdammten Spielchen! Ich weiß, was du gemacht hast. Du bist ein krankes Schwein!«

Er hielt inne.

Sein Daumen schwebte über dem Senden-Button.

Dann schob sich eine Erinnerung dazwischen.

Toms Stimme. *»Bleib rational. Finde Beweise.«*

Alex schloss die Augen.

Rational.

Er löschte die Nachricht, legte das Handy zur Seite und atmete durch. Wenn Jonas wirklich darin verwickelt war, musste er es herausfinden – sauber, kontrolliert, mit Beweisen. Nicht mit Wut.

Alex saß still da, die Stirn an die Hand gelehnt, das Licht des Smartphones längst erloschen. In der Dunkelheit des Raumes begann sein Atem sich zu beruhigen. Die erste Welle des Schocks war abgeebbt, zurück blieb eine drückende Schwere – aber auch ein klarerer Blick.

Er zwang sich, das Gesehene noch einmal Stück für Stück durchzugehen. Die Ampulle. Die Spritze. Der Zettel. *Digitoxin.* All das in seiner Schublade.

Ein Gedanke stieg auf. Leise, beinahe schamhaft. *Lena…*

Sie arbeitete im Krankenhaus. Zugang zu Medikamenten. Zugang zu allem. War es denkbar, dass sie…?

Alex' Brust zog sich zusammen. Er wollte den Gedanken gleich wieder verwerfen, doch er ließ ihn zu. Nur für einen Moment. Was, wenn sie diese Dinge mitgebracht hatte? Wenn sie aus welchem Grund auch immer – selbst Teil dessen war, was ihn hier seit Tagen verfolgte?

Aber dann, fast im selben Atemzug, trat der Zweifel zurück. Wenn Lena etwas verbergen wollte, hätte sie es dann wirklich in seinem Schreibtisch versteckt? Dort, wo er die anderen Zettel bereits gefunden hatte? Offen zugänglich, so auffällig? Es war absurd. Nicht nur unlogisch, sondern dumm.

Und Lena war vieles – emotional, manchmal vorschnell – aber ganz sicher nicht blöd.

Alex schloss kurz die Augen und atmete tief durch.

Was zur Hölle stimmt nicht mit mir, dachte er.

Ich verdächtige gerade die einzige Person, die mich liebt. Die ich liebe.

Er schüttelte kaum merklich den Kopf. Die Erschöpfung, die Angst, das Misstrauen – sie alle hatten ihm einen Moment lang den Blick vernebelt. Aber nicht mehr. Er würde sich nicht weiter in diese Abgründe ziehen lassen.

Sie war nicht die Schuldige. Das wusste er jetzt.

Doch wenn nicht Lena… wer dann?

Alex spürte, wie sich die Gedanken sofort neu sortierten.

Es gab nur eine andere Person, die Zugang zum Haus gehabt hatte. Die sich ohne Vorwarnung in sein Leben gedrängt hatte. Die sich heute noch in seinem Flur positioniert hatte, als wäre es das Normalste der Welt.

Jonas.

Seine Kiefermuskeln spannten sich unwillkürlich an. Er war in seinem Haus gewesen. Er hatte sich wieder einmal eingeschlichen, hatte Lenas Mitgefühl geweckt – mit welchen Absichten?

Es konnte kein Zufall sein. Nicht dieses Auftauchen. Nicht die aufgewühlte Stimmung danach. Und ganz sicher nicht die Entdeckung dieser Dinge wenige Stunden später.

Jonas hatte Gelegenheit… und ein Motiv.

Was, wenn er das alles inszeniert hatte?

Was, wenn er längst viel weiter war, als Alex bisher geglaubt hatte?

Er richtete sich auf. Die Müdigkeit war noch da, aber der Blick war klarer als zuvor.

Er musste Jonas beobachten. Diskret. Geplant.

Denn, wenn er wirklich hinter all dem steckte, dann würde er nicht noch einmal unvorbereitet sein.

Kapitel 8

Alex wurde durch ein sanftes Rütteln geweckt. Lena beugte sich über ihn, ihre Stimme klang besorgt: »Alex, du hast verschlafen. Es ist schon spät – du musst los zur Arbeit!«

Ihre Worte drangen nur langsam durch den Nebel in seinem Kopf. Als er blinzelnd die Augen öffnete, durchzuckte ihn die Erinnerung wie ein Stromschlag. Die Sonne stand bereits hoch am Himmel. Zu spät.

Er richtete sich mühsam auf. Sein Blick fiel sofort auf den Couchtisch – und das Handtuch, das dort viel zu auffällig lag. Darin: die Ampulle. Die Spritze. Der Zettel.

Panik stieg in ihm auf, aber er zwang sich zur Ruhe. »Oh verdammt, danke fürs Wecken«, murmelte er hastig, griff das Handtuch und rollte es beiläufig zusammen – als sei es bloß ein vergessenes Küchenutensil.

Mit ruhigem Schritt verließ er das Wohnzimmer, steuerte das Arbeitszimmer an und stopfte die Sachen in die Schublade, in der er sie gefunden hatte, und schob sie zu – etwas zu ruckartig, woraufhin er kurz innehielt, um tief durchzuatmen.

Dann ging er ins Bad.

Er drehte das Wasser auf, aber statt sich zu waschen, starrte er auf sein Spiegelbild. Dunkle Schatten unter seinen Augen, blasse Haut, der Bart ungepflegt. Seine Züge wirkten scharf und gleichzeitig müde – als hätte er seit Tagen nicht geschlafen.

Die letzten Nächte hatten ihn aufgerieben. Nicht nur körperlich. In seinem Kopf lag ein bleierner Nebel, der jede Klarheit verschluckte. Paranoia, Angst, das Gefühl, die Kontrolle zu verlieren – es nagte an ihm wie Rost an Metall.

Er beugte sich vor, stützte sich am Waschbecken ab. Das hier war nicht einfach nur Erschöpfung – es war der Anfang vom Zerbrechen.

Und trotzdem: Heute musste er handeln.

Jemand spielte ein perfides Spiel. Und er würde endlich den ersten Zug machen.

Ohne Lena noch einmal anzusehen, schnappte er sich eine trockene Scheibe Toast und schob sie kauend in den Mund. Sie versuchte ein Gespräch zu beginnen, aber er antwortete nur beiläufig. Zu sehr war er in Gedanken. Er verließ das Haus, stieg ins Auto, drehte den Schlüssel im Zündschloss.

Kein Ziel. Nur der Drang loszufahren.

Die Straßen zogen an ihm vorbei, vertraut und fremd zugleich. Die Stadt wirkte auf ihn wie eine Kulisse – zu still, zu sauber, zu starr. Ampeln wechselten auf Rot, als wollten sie ihn zwingen, innezuhalten. Doch er wollte nur eins: fahren.

Weg von allem. Und doch mitten hinein.

Er bog rechts ab, fuhr an seiner üblichen Ausfahrt vorbei.

Zur Arbeit zu fahren – sinnlos. Er wusste, dass er heute nichts schaffen würde, nicht in diesem Zustand. Aber einfach unentschuldigt fernbleiben kam für ihn nicht infrage.

An der nächsten roten Ampel griff er zum Handy. Die Nachricht war schnell geschrieben:

»Bin heute raus. Fühl mich nicht gut. Meldet euch, wenn was Dringendes ist.«

Wenige Sekunden später vibrierte das Handy.

»Alles klar. Ruh dich aus.«

Keine Rückfragen. Keine Umstände.

Alex legte das Handy weg und fuhr weiter. Wohin genau – das wusste er selbst nicht. Aber er brauchte Abstand. Nicht von Lena, nicht von der Arbeit – sondern von den Bildern, die sich in seinem Kopf festgebissen hatten.

Der Zettel. Die Spritze. Die Ampulle. Mark? … Jonas?

Er musste die Gedanken sortieren. Und zwar irgendwo, wo nichts an den Wahnsinn der letzten Tage erinnerte.

Der Park war still um diese Uhrzeit. Groß, offen, anonym. Genau das, was er jetzt brauchte.

Er ließ das Auto am Rand einer Seitenstraße stehen und betrat den Park durch einen schmalen Eingang zwischen zwei Büschen. Die Kieselsteine unter seinen Schuhen knirschten dumpf, das Licht war milchig und gedämpft. Eine dünne Wolkendecke schob sich träge vor die Sonne, und der Wind roch nach feuchtem Laub und kalter Erde.

Alex ging ohne Ziel, bog einmal ab, dann noch einmal – er hätte später nicht sagen können, wo genau er langgelaufen war. Die Bäume, die Wege, die Bänke – alles zog an ihm vorbei, als würde er durch einen Film laufen, den er nur beiläufig schaute. Seine Gedanken wirbelten. Immer wieder dieselben Bilder, dieselben Fragen, dieselben Lücken.

Er bemerkte die Bank erst, als er fast daran vorbeigelaufen

war. Sie stand leicht versetzt zwischen zwei Büschen, das Holz dunkel und vom Wetter gezeichnet.

Alex blieb stehen. Irgendetwas daran ließ ihn stocken.

Er trat einen Schritt näher – und sah die Irritation, die ihn aus seinen Gedanken gerissen hatte. Auf dem rechten Ende der Bank, halb im Schatten der umliegende Sträucher, lag eine Kamera.

Klein, grau, mit grellgrünem Plastikhebel. Ein Modell für den einmaligen Gebrauch, offenbar. Sie konnte noch nicht lange hier liegen.

Kein Staub, kein Laub, kein Dreck.

Als hätte sie jemand eben erst dort vergessen.

Alex runzelte die Stirn und sah sich um. Niemand.

Er beugte sich vor, nahm die Kamera in die Hand. Sie war leicht. Unbedeutend. Und doch seltsam fehl am Platz.

Er drehte sie um. Keine Aufschrift, kein Zettel, kein Name. Nur das reflektierende Logo des Herstellers. Alex sah sich noch einmal um, dann legte er die Kamera zurück an ihren Platz. Vermutlich war sie bei einem Junggesellenabschied im Einsatz und im Trubel hier liegen geblieben.

Alex ließ sich auf die Bank sinken. Seine Bewegungen waren mechanisch, der Blick leer. Die Kamera lag nur einen halben Meter entfernt, still und unscheinbar – als würde sie ihn nicht weiter beachten, solange er dasselbe täte. Er versuchte, die Gedanken zu sortieren, aber sie kamen nicht linear. Eher wie Fragmente, die sich gegenseitig überlagerten.

Wem konnte er noch vertrauen?

Wer spielte dieses Spiel gegen ihn – und wie lange sollte es noch gehen?

Sein Blick verlor sich irgendwo zwischen den Bäumen. Eine Joggerin lief vorbei, er hörte das gleichmäßige Aufsetzen ihrer Schritte, das Rascheln ihrer Jacke. Doch das Geräusch war wie unter Wasser – verzögert, gedämpft, fern. In seinem Kopf tickte eine Uhr, obwohl er keine Uhr trug.

Ein unsichtbarer Countdown.

Er erinnerte sich an Lenas Gesicht am Morgen. Diese kurze Sekunde, in der sie ihn etwas zu lange angeschaut hatte.

Misstrauisch? Besorgt?

Oder beides?

Er hatte sie angelogen. Nicht direkt, aber deutlich genug, dass es sich falsch anfühlte.

Und gleichzeitig: Was hätte er sagen sollen?

»Ich bin nicht krank, ich bin in einem Albtraum gefangen, genau wie du. Es könnte übrigens einen Zusammenhang geben.«

Das konnte er nicht machen, zumindest nicht jetzt, nicht heute und vermutlich auch den Rest der Woche nicht. Ein Windstoß fuhr durch die Baumkronen und ließ das trockene Laub rascheln.

Alex zog den Reißverschluss seiner Jacke höher und verschränkte die Arme vor der Brust. Ein Gefühl von Kälte kroch unter seine Haut, obwohl die Temperaturen mild waren.

Was wäre, wenn niemand hinter alledem steckte?

Was, wenn er sich das nur einbildete?

Aber das konnte nicht sein. Die Dinge waren real. Die Gegenstände. Die Nachrichten. Niemand bildete sich so etwas ein.

Oder?

Er schloss die Augen, nur für einen Moment und versuchte, sich auf den Klang seiner Atmung zu konzentrieren. Doch selbst die war flach und unruhig – wie der Boden unter ihm. Wie alles.

Er öffnete die Augen und sein Blick glitt über die Baumreihe, blieb an nichts hängen – aber sein Verstand tat es. Jonas. Mark.

Beide?

Jonas war labil, das wusste er. Und manchmal unberechenbar. Aber zu so etwas fähig? Und Mark… Der war stets hilfsbereit, zuvorkommend – vielleicht zu sehr?

Er rieb sich das Gesicht.

Ein Verdacht ohne Beweis. Ein Gefühl – und das war das eigentlich Beängstigende. Alex wusste nicht, wie viel Zeit vergangen war. Die Sonne stand hoch am Himmel, und die Schatten auf den Wegen waren kürzer geworden.

Sein Magen meldete sich. Leise zuerst, dann eindringlicher. Es war eine Weile her, dass er gegessen hatte. Er atmete durch, stand auf. Seine Knie fühlten sich steif an. Der Kies knirschte leiser als zuvor, oder vielleicht hörte er selbst nur weniger. Nach ein paar Metern kamen ihm andere Spaziergänger entgegen. Ein Mann mit Hund. Eine Frau mit Kinderwagen. Dann ein älteres Paar.

Nichts Ungewöhnliches. Und doch…

Sie sahen ihn an. Nicht direkt. Aber länger, als es nötig gewesen wäre.

Der Mann mit dem Hund nickte knapp – ein Blick, der zwischen Mitgefühl und Neugier schwankte. Die Frau mit dem Kinderwagen presste die Lippen aufeinander, als hätte sie ihn erkannt, aber den Namen vergessen.

Alex runzelte die Stirn.

Er ging weiter. Noch ein paar Meter. Dann sah er sie.

Menschen. Drei, vier. Am Wegesrand.

Sie standen eng zusammen, leise redend, manche mit verschränkten Armen, andere mit den Händen in den Jackentaschen. Alle blickten in dieselbe Richtung. Keiner achtete mehr auf ihn.

Seine Schritte wurden langsamer.

Etwas lag in der Luft.

Etwas, das er noch nicht verstand – aber spürte.

Er trat näher.

Weitere Menschen waren inzwischen stehen geblieben, hatten sich dazugesellt. Zwei Jugendliche mit Fahrrädern, eine Frau mittleren Alters mit Einkaufstasche, ein Mann im Anzug, der gerade aus dem Park kam und abrupt innehielt. Sie alle standen auf dem schmalen Seitenweg, schauten in dieselbe Richtung. Flüsterten, tauschten Blicke, schüttelten unmerklich den Kopf.

Niemand sprach ihn an. Aber jeder sah – etwas.

Alex' Herz begann schneller zu schlagen.

Er wich leicht von seinem Weg ab, umrundete eine Hecke, trat einen Schritt zur Seite.

Dann sah er es.

Ein einfacher Holzpflock, leicht schief in den Boden gerammt, direkt am Wegesrand – keine fünf Meter vom Parkausgang entfernt.

Daran befestigt: ein laminiertes Foto in Größe eines

Werbeplakats.

Sein Gesicht.

Nicht irgendeins. Nicht von einer öffentlichen Seite.

Es war ein privates Bild. Nah. Klar. Als hätte man es aus seinem Handy gezogen oder mit ruhiger Hand aus wenigen Metern Entfernung aufgenommen.

Direkt darunter: mit schwarzem Filzstift beschriftet:

Alex

Die Buchstaben waren in dicken, schwarzen Strichen geschrieben, die selbst aus der Entfernung unmissverständlich erkennbar waren.

Groß. Deutlich.

Als hätte man sichergehen wollen, dass niemand daran vorbeischaute. Und darunter noch etwas – mit kleiner, fein gezogener Handschrift:

»Ich zeig's euch allen.« – *A.*

Ein Moment lang stand Alex einfach nur da.

Das Rauschen in seinen Ohren übertönte die Umgebungsgeräusche. Seine Gedanken griffen ins Leere, wie nach einem Halt, der nicht mehr existierte. Er wusste nicht, ob er fror – oder ob es nur sein Körper war, der sich weigerte, die Situation zu akzeptieren.

Das war nicht mehr nur ein Spiel.

Nicht mehr nur eine Nachricht im Schatten.

Das hier war öffentlich.
Für jeden sichtbar.
Für ihn bestimmt.
Ein Eingeständnis, das nicht von ihm kam.
Und alle sahen zu.

Kapitel 9

Alex stand da wie festgewurzelt. Die Gespräche der kleinen Menschentraube vor ihm drangen nur gedämpft an sein Ohr, als hätte jemand einen Schal über seine Wahrnehmung gelegt. Seine Beine fühlten sich plötzlich schwer an, seine Gedanken glitten ab – weg von der Szenerie, hinein in ein Gefühl aus Beklemmung und Entsetzen.

Er starrte auf das Plakat, das wie ein Brandzeichen in der Luft hing.

Sein Name.

Sein Gesicht.

Diese verdammte handschriftliche Zeile.

Er hatte es längst gesehen. Und alle anderen auch.

Er spürte die Blicke.

Von rechts, von links, aus dem Augenwinkel – wie feine Nadeln, die sich in seine Haut bohrten.

Keiner sprach ihn an, aber das Schweigen war lauter als jedes Flüstern.

Zwei Jugendliche standen ein paar Meter entfernt, das Handy halb gehoben, als wollten sie ein Foto machen. Eine Frau mit Einkaufstüte schüttelte kaum merklich den Kopf.

Er trat einen Schritt zurück, spürte, wie sich sein Puls

beschleunigte.

Die Worte auf dem Zettel waren wie eingebrannt. *Ich zeig's euch allen. – A.*

Sie wirkten so falsch – und doch erschreckend glaubwürdig.

Alex sah sich um. Die Menschen standen da, als wären sie Teil einer Inszenierung, für die er nie das Drehbuch bekommen hatte.

»Was gafft ihr so blöd?!«

Die Worte rissen ihm aus dem Hals, lauter, schärfer als er selbst erwartet hatte.

»Haut ab, hier gibt's nichts zu sehen!«

Einige zuckten zusammen. Andere wandten sich ab.

Einer murmelte: »Alter...«

Ein Kind fragte leise: »Mama, ist das der Mann auf dem Bild?«

Alex drehte sich um, als hätte ihm jemand die Luft abgeschnitten. Die Welt schien stillzustehen – und gleichzeitig aus den Fugen zu geraten.

Sein Blick huschte von Gesicht zu Gesicht.

Er suchte etwas – Feindseligkeit, Spott, ein Zeichen, dass jemand mehr wusste.

Aber da war nichts.

Die Menschen sahen ihn nur an wie einen Gestörten, wie einen, der zu laut atmete, zu schnell ging, zu viel fühlte. Kein Ausdruck verriet, ob sie ihn kannten, ob sie wussten, was das Schild bedeutete. Und doch fühlte er sich durchleuchtet, entblößt, ausgestellt. Wie ein Tier im Gehege. Er wollte einfach verschwinden. Raus hier.

Aber wohin?

Weglaufen brachte nichts. Weglaufen hieß aufgeben.

Und genau das stand auf dem verdammten Zettel.

Er versuchte, sich zu fassen. Atmete flach, presste die Hände auf die Oberschenkel, als könnte er sich selbst daran festhalten. Doch es war zu spät.

Etwas in ihm riss.

»Hör auf!«, schrie er plötzlich, die Stimme überschlug sich. »Hör endlich auf!«

Die Worte hallten über den Platz, rissen weitere Köpfe herum, ließen Gespräche abreißen – selbst in weiter Ferne.

Ein Kind begann zu weinen.

Eine Frau zog es an sich und trat hastig zurück.

Ein Pärchen auf Fahrrädern bremste erschrocken, der Mann fluchte leise.

Alex wirbelte herum, suchte die Gesichter – als müsste der Täter genau hier sein, irgendwo unter diesen Menschen. Vielleicht sogar direkt vor ihm.

»Komm raus! Zeig dich, verdammt noch mal!«

Niemand reagierte. Nur noch mehr Rückzug, mehr Abstand, mehr stumme Ablehnung.

Er stolperte zum Pfahl, riss das Plakat, sein Bild, die Notiz herunter. Die Klebestreifen hielten sich widerspenstig, als wollten sie ihn demütigen. Er zerrte. Riss. Zerfetzte das Papier. Die Fetzen flogen zu Boden wie schmutziges Konfetti. Doch es half nichts.

Die Worte, das Bild, die Notiz – sie klebten weiter in seinem Kopf.

Sie waren überall.

Er trat gegen den Pfahl. Noch einmal. Noch härter.

Dann schlug er mit der Faust dagegen, bis es in seinem Handgelenk stach.

Ein Mann rief etwas – er nahm es nicht wahr.

Alex hörte nur das Rauschen in seinen Ohren, das Hämmern seines Herzschlags, die Stimme in seinem Kopf:

Warum ich? Was willst du von mir?

Er hob den Blick – kurz.

Die Menge hatte sich zurückgezogen. Ein paar standen noch da, unsicher, fassungslos. Andere hatten längst den Abstand gesucht, als könnten sie die Verzweiflung abschütteln, die in der Luft hing.

Alex blieb allein.

Zwischen den Schnipseln seines Namens.

Mit dem Echo seiner eigenen Worte im Ohr.

Langsam löste sich die Spannung im Park. Die Menschen begannen wieder zu gehen, suchten ihre Wege, mieden den Blickkontakt. Doch für Alex schien der Albtraum kein Ende zu nehmen.

Er wusste nicht, wie lange er auf den Knien verharrt hatte, die Hände immer noch verkrampft um die letzten Fetzen des zerrissenen Plakats, den Blick ins Nichts gerichtet. Die Welt war zu einem trüben Schleier aus Geräuschen und Farben verblasst, als hätte jemand den Kontrast seines Lebens heruntergedreht. Dann, ganz plötzlich, schob sich ein Geräusch durch den Nebel.

Sirenen.

Zuerst weit entfernt, kaum mehr als ein Echo aus einem anderen Leben. Dann drängender. Näher. Langsam dämmerte ihm, was geschehen war. Das Heulen riss ihn aus der Trance –

und mit einem Schlag traf ihn die Realität. Er sah sich selbst wie durch die Augen eines Fremden:

Wie er geschrien hatte.

Wie er das Schild heruntergerissen, zerrissen, zertrampelt hatte.

Wie er die Menge angebrüllt hatte, als wäre er der Einzige auf der Welt, der litt.

Wie er gegen den Pfahl geschlagen hatte, bis seine Knöchel aufplatzten – als könnte er damit eine unsichtbare Wand einreißen.

Er erkannte sich kaum wieder. Ein Bild schoss ihm durch den Kopf, als hätte er einen Spiegel vor sich:

Er selbst – verzerrtes Gesicht, blutverschmierte Hände, irrer Blick.

War das wirklich er gewesen?

Seine Wangen brannten. Die Erinnerung an die entsetzten Blicke, das hastige Zurückweichen, das Wegziehen der Kinder – es fühlte sich an, als hätte er sich bis auf die Seele entblößt. Nicht einmal Lena hatte ihn je so gesehen. Nicht mal er selbst.

Und jetzt, mit den Sirenen in den Ohren, wurde ihm klar: Sie könnten seinetwegen unterwegs sein. »Was hab ich nur getan?«, flüsterte er. Die Worte kamen kaum hörbar. Sein Körper begann zu zittern. Die Wut war verraucht, die Panik versiegt. Übrig blieb nur Erschöpfung – bleiern, bodenlos. Doch die Sirenen kamen näher. Und er wusste: Er konnte hier nicht bleiben.

Kapitel 10

Die Sirenen kamen näher, ihr Heulen durchschnitt die Luft wie ein Messer. Alex' Herz schlug wieder schneller – diesmal nicht vor Angst, sondern vor Klarheit. Die Panik war einer dringenden Entschlossenheit gewichen.
Er musste hier weg. Sofort.

Die Vorstellung, gleich von der Polizei oder einem Krankenwagen angesprochen, abgeführt oder gar mitgenommen zu werden, war unerträglich. Er würde erklären müssen, warum er geschrien, randaliert, zusammengebrochen war. Warum er ausgesehen hatte wie jemand, der andere gefährden könnte. Ihm wurde klar, dass er das nicht konnte. Er fuhr hoch, blickte sich hastig um.

Die Menschen hatten sich größtenteils zerstreut, taten so, als sei nichts gewesen – als würde das, was gerade geschehen war, nicht weitergehen, wenn man einfach wegsah. Vielleicht war aber auch einfach schon zu viel Zeit vergangen – er wusste es nicht.

Alex zögerte nicht. Er wandte sich vom Parkausgang ab, tauchte tiefer in das Grün ein. Der schmale Pfad, den er nahm, war halb zugewachsen, abseits der Hauptwege.
Er lief, nicht ganz rennend, aber schnell, getrieben.

Zwischen den Bäumen fühlte er sich kaum sicherer. Aber wenigstens ungesehen.

Ein Blick auf seine Hände ließ ihn stocken.

Blut an den Knöcheln, getrocknet, bräunlich verfärbt. Die Haut gespannt, aufgerissen. Seine Kleidung zerknittert, schweißdurchzogen. So konnte er sich niemandem zeigen. Er brauchte Wasser. Ruhe. Einen Spiegel.

Sein Blick huschte durch die Umgebung, suchte nach einem Fluchtpunkt, einem Versteck, einem Übergang in die Normalität. Dann fiel es ihm ein: das öffentliche Toilettenhäuschen am Rand des Parks. Jogger nutzten es, Spaziergänger – und jetzt auch er.

Ohne zu zögern, änderte er die Richtung, ging schneller. Die Sirenen verklangen allmählich in der Ferne, ob sie überhaupt ihm gegolten hatten, wusste er nicht. Aber es spielte keine Rolle. Er musste sich wieder zusammenbauen. Zumindest äußerlich.

Als er das kleine Gebäude erreichte, warf er einen kurzen Blick über die Schulter. Nichts. Niemand. Er drückte die Tür auf und trat ein. Ein Moment der Stille, ein Hauch von Privatsphäre und vielleicht der erste Schritt zurück.

Im Inneren des Häuschens war es kühl und still. Der Geruch von Desinfektionsmittel hing in der Luft, vermischt mit feuchter Erde und dem fahlen Grün des Parks. Überraschend sauber, dachte er. Alex trat ans Waschbecken, drehte das Wasser auf und ließ den kalten Strahl über seine Hände laufen. Das Blut löste sich langsam, wurde heller, dünner, verschwand im Abfluss.

Er spritzte sich Wasser ins Gesicht, mehrmals, ohne Hast –

als müsste er Schichten von sich abtragen. Über dem Becken hing ein kleiner Spiegel, leicht beschlagen, der untere Rand war gesprungen.

Alex blickte hinein.

Ein Gesicht, das ihm vertraut sein sollte, starrte zurück. Blass. Gezeichnet. Die Augen gehetzt, dunkel umrändert, als hätte er seit Tagen nicht geschlafen – was auch nicht ganz gelogen war.

»Reiß dich zusammen«, murmelte er. Seine Stimme klang fremd im Raum. Dumpf. Er atmete tief durch, ein paar Mal. Versuchte, die Schultern zu lockern, die Gedanken zu sortieren. Er brauchte einen klaren Kopf. Musste die Kontrolle zurückgewinnen, bevor alles endgültig aus dem Ruder lief.

Nach dem Waschen fuhr er sich durchs zerzauste Haar, glättete den Kragen, strich seine Kleidung glatt. Nicht perfekt, aber besser. Wenigstens kein Bild mehr für die nächste Schlagzeile. Er trat aus dem Toilettenhäuschen. Die Luft draußen fühlte sich anders an – kühler, offener, als hätte sich etwas verschoben.

Alex richtete sich ein Stück auf, zog die Schultern zurück.

Die Ereignisse dieses Morgens hatten ihn überrollt, aber sie hatten ihn nicht gebrochen. Noch nicht.

Irgendjemand spielte ein Spiel mit ihm. Ein bösartiges, durchdachtes Spiel. Und vielleicht war es an der Zeit, die Regeln zu ändern.

Mit festem Schritt setzte er sich in Bewegung.

Nicht kopflos, nicht getrieben – sondern mit einem Ziel.

Jonas war vorerst nicht zu greifen. Er hatte nur dessen

Nummer – kein Ort, keine Adresse, keine Möglichkeit, ihn ausfindig zu machen. Und solange sein Handy mit leerem Akku in der Jackentasche lag, war selbst das nutzlos. Er hatte vergessen, es letzte Nacht an das Ladegerät anzuschließen. Also blieb nur Marc.

Er war nie ganz von der Liste verschwunden – auch wenn Tom ihm eingeredet hatte, dass Marc kein Motiv habe. Vielleicht stimmte das. Vielleicht war es auch nur das, was man glauben sollte.

Marc kannte seinen Kalender, seine Routinen. Er wusste, wann Alex wo war. Das allein reichte, um ihn wieder ins Blickfeld zu rücken. Und wenn Marc unschuldig war, dann war es an der Zeit, genau das zu beweisen – ein für alle Mal.

Er erreichte das Auto, öffnete die Tür, stieg ein. Seine Hände zitterten noch leicht, als er den Zündschlüssel drehte. Der Motor sprang an, und mit ihm kam wieder dieses diffuse Gefühl hoch – als würde gleich etwas geschehen, aber man wüsste nicht was. Er zwang sich zur Ruhe. Konzentrier dich. Beobachten. Denken.

Der Weg zum Büro verlief ruhig. Keine Spur von Verfolgung. Kein auffälliges Fahrzeug. Keine Bewegung im Rückspiegel, die nicht da sein sollte. Und trotzdem blieb das Gefühl, dass er beobachtet wurde, wie ein dunkler Film auf der Haut. Er parkte das Auto eine Straße weiter. Unscheinbar, im Schatten eines Lieferwagens.

Hineingehen kam nicht infrage – nicht so. Nicht mit diesen Knöcheln, dem zerzausten Haar, dem Gesicht eines Mannes, der gerade noch auf einem Holzpfahl herumgedroschen hatte. Außerdem hatte er sich krankgemeldet.

Er blieb im Wagen sitzen. Das Gebäude lag ruhig da, die Fenster glänzten matt im frühen Abendlicht. Alex ließ den Blick über die Straße wandern. Menschen kamen und gingen, die meisten in Eile, einige mit Kaffeebechern in der Hand, andere mit Akten unterm Arm. Ein paar Gesichter kamen ihm bekannt vor. Niemand beachtete ihn. Ein abgewracktes und rostiges Auto fuhr an seinem Parkplatz vorbei. Er nahm kaum Notiz davon und wartete, den Blick auf den Eingang des Büros gerichtet und wartete.

Vielleicht war Marc da. Vielleicht auch nicht. Es spielte keine Rolle. Alex lehnte sich zurück und wartete weiter, die Augen auf den Eingang gerichtet, die Gedanken auf das, was vor ihm lag.

Ein leeres Büro. Keine Fragen. Kein Risiko.

Die Zeit verstrich zäh.

Er saß still im Wagen, die Hände im Schoß, die Augen auf den Eingang gerichtet. Die Bewegung auf der Straße wurde weniger, das Licht im Gebäude trüber.

Er wartete.

Nicht aus Ungeduld, sondern aus Notwendigkeit.

Kein Signal. Kein Akku. Keine Ablenkung. Nur er und seine Gedanken. Hin und wieder gingen Menschen am Wagen vorbei, blickten kurz hinein, wandten sich wieder ab. Niemand nahm Notiz von ihm. Niemand sprach ihn an.

Ein paar Stunden zuvor hatte er noch geschrien, geweint, geblutet. Jetzt war da nur noch diese drückende Stille – und die Frage, wie weit er wirklich gehen würde, um endlich Antworten zu finden.

Er würde warten. Und dann handeln.

Die Stunden dehnten sich.

Alex blieb im Wagen, beobachtete den Eingang des Gebäudes, die letzten Bewegungen darin. Menschen kamen, verschwanden, trugen Taschen, sprachen in ihre Handys. Es war wie das Beobachten einer Welt, die ihn längst ausgespuckt hatte. Sein Magen knurrte irgendwann. Gedankenverloren fuhr er zu einem nahe gelegenen Imbiss, holte sich einen Burger, dazu Pommes, und kehrte zurück an seinen Posten. Er aß im Auto. Langsam. Ohne Appetit.

Der Geschmack war bedeutungslos. Alles schmeckte wie Papier, als wäre sein Körper längst auf Überlebensmodus umgeschaltet.

Die Lichter im Büro wurden weniger. Eins nach dem anderen erlosch. Die Straße lag nun dunkler da, der Rhythmus des Tages brach auseinander, löste sich in Stille auf. Als die letzten Gestalten das Gebäude verlassen hatten, saß Alex noch eine Weile da, unbeweglich. Sein Blick blieb auf dem nun dunklen Haus, das sich wie eine Frage vor ihn stellte.

Dann atmete er tief durch.

Einmal.

Noch einmal.

Und stieg aus.

Die Nachtluft war kühl und feucht. Die Stille lag schwer über dem Asphalt. Mit langsamen Schritten näherte er sich dem Eingang. Keine Bewegung. Kein Licht. Kein Geräusch außer seinem eigenen Herzschlag. Er nahm das Treppenhaus. Der Aufzug war keine Option.

Seine Finger zitterten leicht, als er den Schlüssel drehte.

Ein leises Klicken.

Die Tür gab nach.

Und die Dunkelheit des Gebäudes schluckte ihn.

Das Büro lag still da. Nur das leise Summen der Klimaanlage und ein entferntes Tropfen durchbrachen die Stille. Die Dunkelheit schien schwer auf den Fluren zu liegen, als Alex sich vorsichtig herantastete, Schritt für Schritt, mit gespannter Aufmerksamkeit.

Die Leere wirkte gespenstisch. Ein kalter Schauer lief ihm über den Rücken, als er sich an den Stromausfall erinnerte – noch gar nicht lange her, aber es fühlte sich an wie aus einem anderen Leben.

Er schob die Erinnerung beiseite, konzentrierte sich auf das Jetzt. Jeder Schritt hallte dumpf nach. Das leise Quietschen seiner Schuhe klang wie ein Fremdkörper in der toten Stille. Er prüfte, ob wirklich niemand mehr da war – keine Stimmen, kein Licht, kein Schatten. Dann atmete er tief durch. Zielstrebig steuerte er Marcs Büro an.

Das Büro war dunkel und kühl. Als Alex die Tür leise schloss, schien der Raum ihn einzusaugen.

Vertraut – und doch seltsam fremd.

Das schwache Licht aus dem Flur warf lange Schatten über den Boden. Alex blieb kurz stehen, versuchte, seine innere Unruhe zu zähmen.

Dann setzte er sich in Marcs Stuhl.

Draußen glommen die Straßenlaternen matt durch die Scheiben. Die Stille war fast zu dicht, jeder Handgriff zu laut. Er begann, die Unterlagen auf dem Schreibtisch durchzugehen. Langsam, systematisch. Verträge, Kundenakten, To-do-Listen. Alles wirkte normal.

Ein kurzer Moment der Erleichterung durchfuhr ihn. Vielleicht hatte Tom recht. Vielleicht war Marc wirklich nicht…

Er klappte den Laptop auf, durchsuchte Marcs E-Mails. Er las jede Nachricht sorgfältig, achtete auf Ton, Inhalt, Empfänger. Aber auch hier: nichts. Keine Hinweise. Kein Alarmzeichen. Nach einigen Minuten fuhr der Bildschirm wieder in den Stand-by-Modus. Alex wandte sich den Schubladen zu.

Die erste: Büromaterial.

Die zweite: Notizblöcke, lose Zettel.

Routinekram.

Er begann, sich sicherer zu fühlen. Fast erleichtert.

Dann öffnete er die unterste Schublade.

Sorgfältig abgeheftet: Quittungen, Belege, Rechnungen. Hunderte. Vielleicht Tausende. Alex blätterte halbherzig durch. Büroausstattung, Softwarelizenzen, private Ausgaben.

Und dann:

Stockte er, sein Puls beschleunigte sich.

Eine Apothekenquittung.

Der Name der Apotheke war ihm vertraut – nebensächlich. Was ihn innehalten ließ, war ein Eintrag auf dem Einkaufszettel.

Digitoxin.

Kapitel 11

Alex starrte auf das Wort, als würde es ihn verhöhnen. Er las es zwei… drei Mal, aber es blieb dabei. Auf dem Beleg stand es, schwarz auf weiß – Digitoxin.

Sein Puls beschleunigte sich. Die Luft im Raum schien dünner, kälter, aber ihm wurde wärmer.

Warum zur Hölle sollte Marc so etwas kaufen?

Ein Medikament, das in den falschen Händen tödlich war. Die Erinnerung an die Ampulle in seinem eigenen Haus zuckte durch seinen Kopf, begleitet von einem dumpfen Druck in der Stirn.

Alex hielt den Beleg in der Hand, zögerte. Sollte er ihn mitnehmen? Aber das könnte auffallen – zu riskant. Behutsam legte er ihn zurück, exakt an die Stelle, an der er ihn gefunden hatte. Die Schublade schloss sich mit einem Klicken, das in der stillen Dunkelheit viel zu laut klang. Plötzlich fühlte sich der Raum enger an.

Die anfängliche Erleichterung von gerade eben – verflogen. Stattdessen kroch das Unbehagen zurück in seine Gedanken, stärker als zuvor. Tausende Fragen, die durch seinen Kopf zuckten:

War Marc wirklich tiefer in das alles verwickelt, als er

wahrhaben wollte? Was jetzt? Reichte das aus, um ihn zu konfrontieren, oder musste er weiter graben?

Alex' Gedanken rasten. Er nahm die Quittung noch einmal in die Hand. Sie fühlte sich schwer an – nicht wegen ihres Gewichts, sondern wegen dessen, was sie bedeuten konnte.
War das der Schlüssel? Oder nur ein weiterer Irrweg?
Seine Nerven lagen blank. Panik stieg in ihm auf, pochte hinter den Schläfen.
War das der Beweis, den er brauchte?
Oder der Beginn eines neuen Irrtums?

Er zwang sich zur Ruhe. Er durfte nicht blind handeln. Nicht jetzt. Wenn er Marc zu früh konfrontierte, ohne echte Beweise, konnte alles kippen – und Marc wäre gewarnt. Er brauchte jemanden, der klar denken konnte. Jemanden, der das Geschehene von außen betrachten könnte. Mit neutralem Blick.
Tom.
Er musste mit Tom sprechen.
Doch da war es wieder – das Problem.
Er griff in die Jackentasche. Sein Handy fühlte sich kalt an, leblos. Kein Signal. Kein Akku.
»Verdammt«.
Ohne zu zögern, verließ er Marcs Büro, der Flur lag in tiefer Stille.
Er erreichte sein eigenes Büro, schloss auf und steckte das Handy ans Ladegerät. Während das Handy am Ladegerät hing und langsam zum Leben zurückfand, spürte Alex, wie die Zeit gegen ihn arbeitete. Unruhig stand er wieder auf, ging zurück in Marcs Büro. Er hatte das Gefühl, etwas übersehen zu

haben – einen Hinweis, eine Lücke. Eine Schublade nach der anderen zog er auf, blätterte durch Ordner, Akten, lose Papiere, drehte jedes Blatt um. Alles wirkte sauber, aufgeräumt – fast zu perfekt.

Dann entdeckte er etwas.

Eine kleine, unscheinbare Schachtel im hinteren Teil des Schranks, die ihm zuvor entgangen war. Als er sie in die Hand nahm, lag darin kaum mehr als eine Handvoll Kugelschreiber und ein einzelner Schlüssel. An einem schlichten Metallanhänger des Schlüsselrings stand: »Ersatzschlüssel Wohnung«.

Er starrte auf den Schlüssel, als könnte der kleine Gegenstand die Antwort auf alles sein. Ein Zugang zu Marcs Wohnung. Sein Herz schlug hart gegen die Rippen. Die Gedanken, die sich in seinen Geist drückten, erfüllten ihn mit einem Unwohlsein, das leise, aber beharrlich in ihm zu arbeiten begann – sich auf seinen Magen legte.

Was würde er dort finden? Mehr Hinweise? Eine Bestätigung? Oder etwas, das alles verändern würde? Ein Teil von ihm wollte den Schlüssel sofort zurücklegen. Das hier war eine Grenze. Und er wusste es – eine, deren Überschreitung klare Konsequenzen haben konnte.

Einbruch. Hausfriedensbruch.

Nicht nur moralisch fragwürdig, sondern ganz eindeutig strafbar. Aber was, wenn Marc wirklich hinter all dem steckte? Was, wenn dort Antworten auf ihn warteten, die sich nirgendwo sonst mehr finden ließen? Er spürte den kalten Stahl zwischen den Fingern. Ein paar Sekunden lang bewegte er sich nicht.

Dann atmete er tief durch.

Wenn er diesen Schritt ging, gab es kein Zurück.

Aber wenn er ihn nicht ging – würde er es je bereuen?

Alex schloss die Schublade leise. Der Schlüssel blieb in seiner Hand.

Mit einem letzten, entschlossenen Griff ließ er den Schlüssel in seine Jackentasche gleiten. Sein Herz schlug weiterhin zu schnell, aber sein Entschluss stand. Er eilte zurück in sein Büro. Der Schlüssel drückte in der Tasche, aber seine Gedanken waren längst woanders.

Ein Gespräch mit Tom.

Das Handy am Ladegerät war erst zu einem Viertel geladen, aber er konnte nicht länger warten. Er griff danach, starrte nervös auf den Bildschirm, während es hochfuhr. Die Sekunden dehnten sich, als würde die Zeit absichtlich gegen ihn arbeiten. Endlich erwachte das Telefon zum Leben. Symbole tauchten auf – und mit ihnen eine Liste verpasster Anrufe.

Er blätterte durch – und stutzte.

Jonas?

Ein einzelner Anruf wäre schon merkwürdig gewesen – aber gleich mehrere?

Alex runzelte die Stirn.

Nicht Jonas. Nicht jetzt.

Er wollte gerade die verpassten Anrufe wegwischen, als ein anderer Name ihn innehalten ließ.

Lena. Auch sie hatte mehrmals angerufen.

Ein Knoten aus Schuld und Sorge zog sich in seinem Magen zusammen. Lena rief ihn nie grundlos so oft an. Wenn sie ihn brauchte – dann wirklich. Sein Herz schlug schneller. Er hatte nicht Bescheid gesagt, nicht geschrieben, nicht zurückgerufen. Er war abgetaucht in seiner eigenen Spirale. Was, wenn etwas passiert war?

Was, wenn sie ihn gebraucht hatte – und er war nicht da gewesen? Die Gedanken überschlugen sich, wurden zu einem dichten Netz aus schlechtem Gewissen und aufkeimender Panik.

Er wählte ihre Nummer.

Das Freizeichen dröhnte wie ein Vorwurf.

Einmal. Zweimal. Wieder.

Keine Antwort. Keine Bewegung. Nur die Mailbox.

Er versuchte es erneut – nichts.

Ein kalter Druck legte sich um seinen Hals, als würde ihm die Schuld selbst den Atem abschnüren. Er wollte ein Zeichen. Irgendeins. Schließlich ging er die Nachrichten durch – und sein Herz setzte kurz aus. Lena hatte geschrieben. Die Worte waren scharf. Hart. Voller Wut und Enttäuschung, die wie ein greller Blitz aus dem Display fuhren.

»Ich kann nicht fassen, dass du nicht erreichbar bist! Gerade jetzt, wo ich deine Unterstützung brauche. Und als ob das nicht genug wäre, warst du auch nicht auf der Arbeit – ja, ich habe dort angerufen. Was zum Teufel machst du überhaupt?!«

Jeder Satz traf ihn wie ein Schlag.

Lenas Wut war spürbar – aber was noch mehr schmerzte, war das, was zwischen den Zeilen lag: Enttäuschung. Sie hatte ihn gebraucht, brauchte ihn immer noch. Und er war nicht da gewesen. Wieder einmal.

Alex spürte, wie der Boden unter ihm zu schwanken begann.

Er hatte ihr versprochen, für sie da zu sein, es gemeinsam durchzustehen – besonders jetzt, in dieser Phase, in der sie so viel durchmachte. Und stattdessen hatte er sich in seinen eigenen Strudel aus Verdacht und Angst vergraben, ohne sie einzuweihen.

Er hätte sie einbeziehen sollen.

Er hätte es besser machen müssen. Von Anfang an…

Eine bittere Schwere legte sich auf seine Zunge, die selbst nach mehrmaligem Schlucken nicht verschwinden wollte. Er las die Nachricht erneut – diesmal langsamer – und spürte, was sie wirklich bedeutete.

Sie war verletzt, allein – und das alles war sein Fehler.

Er ließ das Handy sinken. Wollte etwas schreiben, irgendetwas, aber Worte machten das nicht rückgängig. Und Erklärungen klangen schnell nach Ausreden. Sein Kopf begann zu pochen. Die Erschöpfung, die er den ganzen Tag über verdrängt hatte, holte ihn nun mit voller Härte ein. Die Erlebnisse im Park. Die ganzen Menschen. Die Quittung.

Und jetzt auch noch Lena.

Es war zu viel.

Er saß eine Weile reglos da, das Display noch in der Hand, die Nachricht stumm leuchtend vor ihm. Nichts von dem, was er heute herausgefunden hatte, schien in diesem Moment noch wichtig. Nicht im Vergleich zu ihr. Plötzlich richtete sich sein Körper auf, als hätte ein Impuls ihn durchzuckt. Er konnte nicht länger hier sitzen und grübeln.

Er musste zu ihr. Jetzt.

Sie musste wissen, dass er für sie da war – dass er es besser machen wollte, dass sie das nur gemeinsam durchstehen konnten. Mit einem entschlossenen Atemzug stand er auf, steckte das Handy ein und verließ das Büro. Die kalte Nachtluft schlug ihm entgegen, doch er nahm sie kaum wahr. Sein Herz pochte, seine Gedanken rasten.

Er war bereit, ihr alles zu erklären – ohne Ausflüchte, ohne Verzögerung. Sie würde ihn verstehen. Musste sie einfach. Er beschleunigte seine Schritte. Das Bild von Lena, wütend, verletzt, vielleicht auch verzweifelt, trieb ihn voran.
Doch als er sich dem Auto näherte, blieb er abrupt stehen.
Einen Moment lang stand alles still.
Sein Herz wechselte vom schnellen Pochen zum Stillstand.
Dort, auf der Windschutzscheibe – prangte ein großes Blatt Papier.
Der Schriftzug darauf war dick, schwarz, unmöglich zu übersehen.

Alex

Kapitel 12

Alex stand wie erstarrt vor seinem Auto. Sein Blick fixierte den Zettel, der auf seiner Windschutzscheibe geklebt war. Sein Herz begann schneller zu schlagen, als er ungläubig die großen Buchstaben anstarrte. Sein Name prangte in abgehackter, aggressiver Schrift darauf, jede Linie schien vor Wut zu vibrieren. Es war wie gestern im Park – nur näher, direkter. Ein Zeichen, das ihm sagen sollte:
Ich bin dir ganz nah.

Ein Schauer kroch ihm über den Rücken. Hastig blickte er sich um. Niemand sah zu ihm. Die Menschen, die auf dem Parkplatz vorbeigingen, schenkten ihm keine Beachtung. Es fiel ihm immer schwerer, aber er zwang sich zur Ruhe.

Es gab keine unmittelbare Gefahr, jedenfalls keine, die er sah. *Keine Panik – jemand will dich zermürben, lass es nicht zu.*

Mit ruhigen Händen löste er das große Blatt von der Scheibe. Das Papier fühlte sich rau an, fast wie Pappe. Er sah es nicht noch einmal an. Wollte es einfach loswerden, faltete es, öffnete den Kofferraum und ließ es hineinfallen. Ein dumpfes Geräusch, dann das Zuschlagen des Deckels.

»Lena muss das sehen«, dachte er. Alles, was passiert war – er konnte das nicht mehr alleine tragen. Er würde sie einweihen. Endlich. Ihr alles sagen, was passiert war. Allein der Gedanke daran entspannte ihn und gab ihm Halt.

Sie würde ihm helfen und er ihr. So, wie es hätte sein sollen.

Sein Blick glitt ein letztes Mal über den Parkplatz.

Aber wie immer in diesen Momenten war da nichts. Kein Mensch, kein Schatten, kein Geräusch.

Nur dieses allzu ordentliche Schweigen, das in ihm ein ungutes Gefühl auslöste.

Zu ruhig.

Zu normal.

Er öffnete die Autotür, setzte sich hinein. Die Kälte des Sitzes kroch ihm durch die Kleidung. Noch einmal atmete er tief durch, versuchte, das Ziehen in seiner Brust zu ignorieren.

Dann griff er zum Schlüssel, drehte ihn –

…und hörte nur ein Klicken.

Sonst nichts.

Alex runzelte die Stirn, versuchte es erneut, dieses Mal das Gaspedal tretend.

Wieder nur das Klicken.

Kein Zucken, kein Surren, kein Anzeichen von Leben.

Das durfte nicht sein.

»Komm schon«, murmelte er, flüsternd, fast flehend.

Er drehte den Schlüssel ein drittes Mal.

Nichts. Nur Stille.

Aber nicht die beruhigende Art von Stille.

Sondern die, die einem sagt, dass etwas nicht stimmt.

»Verdammt noch mal!«

Alex schlug frustriert mit der flachen Hand auf das Lenkrad.

Sein Herz raste, die Hände zitterten.

All diese Vorfälle, all diese kleinen, verstörenden Beeinträchtigungen – sie entglitten ihm mehr und mehr.

Es war, als würde jemand gezielt die Kontrolle über sein Leben übernehmen. Seine Nerven wurden bis aufs äußerste gespannt.

»Es reicht«, murmelte er und griff nach seinem Handy.

Die Polizei hätte er längst einschalten sollen.

Dass er so lange gezögert hatte, war ein Fehler – einer, den er jetzt korrigieren würde.

Es musste ein Ende haben.

Mit zittrigen Fingern wählte Alex die Nummer der Dienststelle und presste das Handy ans Ohr. Als sich die Leitstelle meldete, rang er um Fassung.

»Ja, hallo. Ich… ich brauche Hilfe. Da ist jemand… jemand verfolgt mich. Ich habe einen Zettel gefunden, mit meinem Namen drauf… und im Park… da war ein Foto von mir. Verstehen Sie? Ich weiß nicht, was ich tun soll!«

»Beruhigen Sie sich, Sir«, sagte die Stimme am anderen Ende ruhig. »Nennen Sie mir bitte Ihren Namen und den genauen Standort.«

»Alex Weber. Ich bin auf dem Parkplatz vor meinem Büro. Und mein Auto springt nicht an, verstehen Sie? Irgendjemand manipuliert mein Leben, verfolgt mich – ich weiß nicht, wer. Überall tauchen diese Zettel auf. Und heute war…«

Er brach kurz ab. Hörte sich selbst reden.

Und wie es klingen musste.

»Ich weiß, das klingt verrückt. Aber Sie müssen mir glauben.«

Ein Moment Stille. Dann die sachliche Stimme:

»Stehen Sie unter dem Einfluss von Drogen oder Alkohol,

Herr Weber? Ihre Aussagen wirken etwas… unklar.«

Alex fuhr sich frustriert durchs Haar.

»Nein! Ich bin nicht betrunken. Ich nehme nichts. Ich bin einfach nur… fertig. Aber alles, was ich sage, ist wahr. Ich werde verfolgt. Sie müssen jemanden schicken – bitte.«

Die Polizistin zögerte. Dann:

»In Ordnung, Herr Weber. Wir schicken einen Streifenwagen, um die Lage zu prüfen. Bitte bleiben Sie ruhig und vor Ort.«

Alex nickte mechanisch, obwohl niemand es sehen konnte – und gab seine Adresse durch. Dann legte er das Handy auf den Beifahrersitz, schloss die Augen und sank zurück.

»Sie kommen«, flüsterte er. Als wolle er sich selbst daran erinnern. Das leise Heulen der Sirenen war erst kaum hörbar, dann wurde es deutlicher.

Ein Streifenwagen bog auf den Parkplatz ein. Zwei Beamte stiegen aus – ruhig, wachsam, professionell. Alex spürte ihren Blick auf sich, und etwas in ihm schrumpfte zusammen. Er zwang sich zur Fassung, aber sein Herz pochte zu schnell. Die Anspannung saß tief in seinen Knochen.

»Herr Weber?«

Der Polizist war ein älterer Mann mit strengem Blick und grauem Haar. Er trat ruhig auf Alex zu, während seine Kollegin – eine jüngere Beamtin mit ernstem Gesicht – etwas weiter hinten stehen blieb, die Hände locker am Gürtel.

»Sie haben einen Notfall gemeldet.«

Alex nickte heftig und zeigte auf sein Auto.

»Ja, danke, dass Sie gekommen sind. Da ist jemand… jemand verfolgt mich. Ich habe einen Zettel gefunden – mit meinem Namen drauf. Mein Auto springt nicht an, und…

und es sind überall solche Zettel. Irgendjemand spielt mit mir!«

Der ältere Polizist zog die Augenbrauen leicht hoch und warf seiner Kollegin einen kurzen Blick zu.

»Herr Weber«, sagte er vorsichtig, »haben Sie heute Medikamente eingenommen? Oder nehmen Sie regelmäßig welche?«

»Medikamente?« Alex blinzelte, verwirrt. Dann schüttelte er energisch den Kopf. »Nein. Keine Medikamente. Warum fragen Sie?«

Die Beamtin trat näher, ihre Stimme blieb ruhig – freundlich, aber distanziert.

»Wir müssen sichergehen, dass es Ihnen gut geht, Herr Weber. Sie wirken… angespannt. Es ist wichtig, dass wir alle Umstände verstehen. Vielleicht haben Sie heute etwas eingenommen, das…«

»Nein! Nichts!« Alex lachte nervös, schüttelte erneut den Kopf. »Ich bin einfach nur… es ist viel passiert. Zu viel.«

Er senkte den Blick. Spürte, wie seine mühsam aufrechtgehaltene Fassade zu bröckeln begann.

»Verstanden.« Der ältere Polizist machte sich eine Notiz in seinem Block. »Könnten Sie sich bitte ausweisen? Und gehört das Fahrzeug Ihnen?« Er deutet auf Alex´ Wagen.

»Ja, natürlich. Das Auto gehört mir.«

Alex kramte hastig in seiner Tasche, zog seinen Geldbeutel heraus und reichte dem Beamten den Ausweis. Die Beamtin nahm das Dokument, prüfte es kurz, reichte es zurück.

Alex spürte ihre Blicke. Prüfend. Wachsam.

Dasselbe Gefühl wie im Park.

Vorsicht. Skepsis. Und ein Hauch Misstrauen.

Plötzlich kam der Moment von heute Morgen zurück.

Das Schreien. Das Reißen. Die Zettel. Die entsetzten Gesichter. Die Sirenen. Vielleicht waren sie schon damals seinetwegen gekommen.

Sein Herz schlug schneller.

Seine Hände zitterten. Unauffällig blickte er hinunter.

Die Knöchel – geschwollen, blutig. Erinnerungen an einen Kontrollverlust, den er nicht zeigen wollte. Hastig schob er die Hände in die Hosentaschen, als könnte das reichen, um sie zu verstecken.

»Wo haben Sie den Vormittag verbracht, Herr Weber?« Fragte die Beamtin mit neutralem Ton.

Während sie sprach, wechselte sie einen kurzen Blick mit ihrem Kollegen – wie bei einer stummen Beratung.

Alex spürte, wie sich sein Brustkorb verengte.

»Ich… ich war auf der Arbeit.«

Der ältere Polizist runzelte die Stirn, flüsterte seiner Kollegin etwas zu. Die Spannung zwischen ihnen schien zu wachsen. Dann wandte er sich wieder Alex zu.

»Sie sehen ziemlich mitgenommen aus. Möchten Sie, dass wir einen Krankenwagen rufen? Vielleicht wäre es besser, wenn Sie sich untersuchen lassen.«

Panik stieg in Alex auf. Sie hielten ihn für verrückt.

Die Fragen. Die skeptischen Blicke.

»Nein, nein.« Er zwang sich zu einem Lächeln. »Mir geht's gut. Kein Krankenwagen nötig.«

Die Beamtin trat einen Schritt näher. Ihre Stimme blieb ruhig – freundlich, aber vorsichtig.

»Sind Sie sicher? Wir könnten Sie mitnehmen. Ein wenig Ruhe würde Ihnen vielleicht guttun.«

Alex spürte, wie sich die Schlinge enger zog. Alles, was er tat, musste wie das Verhalten eines Irren wirken und wenn er darüber nachdachte, konnte er es sogar nachvollziehen.

»Nein, wirklich.« Seine Stimme wurde fester. »Ich will nur nach Hause. Es war ein langer Tag, mein Auto streikt – das ist alles.«

Die Polizisten wechselten erneut einen Blick. Dann nickte der Ältere.

»In Ordnung, Herr Weber. Aber passen Sie bitte auf sich auf.«

Alex beobachtete, wie sie zu ihrem Streifenwagen zurückgingen – aber nicht wegfuhren. Stattdessen redeten sie miteinander. Dann griff einer zum Funkgerät. Alex verstand kein Wort, aber er wusste: Sie riefen nicht zum Spaß irgendwo an. Ein beklemmendes Gefühl legte sich auf seine Brust.

Sie glaubten ihm nicht. Vielleicht riefen sie Verstärkung. Vielleicht fragten sie bei der Leitstelle nach. Egal was – er durfte nicht hierbleiben. Er sah sich um. Die Dämmerung hatte sich über den Parkplatz gelegt. Schatten wuchsen. Die Nacht war auf seiner Seite. Das Auto würde nicht anspringen – das wusste er.

Er musste zu Fuß gehen. Schnell. Leise.

Mit einem flüchtigen Blick auf die Beamten, die ihn weiterhin beobachteten, öffnete er langsam die Fahrertür. Sie folgten jeder seiner Bewegungen. Alex tat so, als hätte er etwas im Kofferraum vergessen.

Er ging hin und hob die Klappe.

Sein Herz schlug wie ein Trommelschlag.

Nur ein paar Meter bis zur Ecke. Wenn er es bis dorthin schaffte, war er vielleicht schnell genug.

Kaltschweiß perlte auf seiner Stirn.

Er schloss den Kofferraum. Drehte sich weg vom Wagen. Ruhig. So ruhig wie möglich. Ein Mann auf einem Spaziergang, sonst nichts. Doch seine Schritte waren zu steif. Sein Blick zu flackernd.

Er spürte die Blicke.

Dann hörte er, wie sich eine der Autotüren öffnete.

»Herr Weber!«

Die Stimme des älteren Polizisten.

»Könnten Sie bitte noch einmal zu uns kommen?«

Alex blieb stehen. Für den Bruchteil einer Sekunde.

Dann riss etwas in ihm. Ohne nachzudenken, rannte er los.

Hinter sich hörte er die Rufe – scharf, überrascht.

Aber es war zu spät.

Der Instinkt hatte übernommen.

Er rannte. Als hinge sein Leben davon ab.

Und vielleicht – tat es das auch.

Kapitel 13

Alex rannte durch die nächtlichen Straßen. Das dumpfe Hämmern seines Herzens dröhnte in seinen Ohren. Er wusste nicht, wohin er lief – nur, dass er wegmusste. Weg von den Polizisten, weg von ihren Blicken, ihren Stimmen.

In einer dunklen Seitenstraße fiel sein Blick flüchtig auf die Umgebung. Er suchte nach einem Versteck, sah aber nur ein abgewracktes, rostiges Auto am Straßenrand stehen.

Er schenkte ihm keine Beachtung.

Rannte weiter.

Vereinzelte Passanten warfen ihm Blicke zu, drehten sich nach ihm um.

Blicke, die sich anfühlten wie Finger im Nacken.

Alex spürte, wie sich seine Nervosität verstärkte.

Er bog in eine schmale Gasse ein, ließ sich keuchend hinter einer Reihe Mülltonnen nieder und drückte den Rücken gegen die kalte Wand. Seine Brust hob und senkte sich unkontrolliert. Er versuchte, seinen Atem zu beruhigen. Die Panik zu unterdrücken. Das entfernte Brummen eines Motors ließ sein Blut kurz gefrieren.

Vorsichtig lugte er um die Ecke – doch die Straße war leer.

Nur ein paar Fußgänger, die sich nicht umdrehten. Keine

Spur von der Polizei.

Die Sekunden zogen sich wie Kaugummi.

Waren sie ihm überhaupt gefolgt?

Er wusste es nicht.

Für den Moment hatte er es scheinbar geschafft – aber die Unsicherheit blieb. Er wartete, bis sich sein Puls beruhigte, spähte immer wieder vorsichtig um die Ecke.

Nichts.

Das Gefühl der Beobachtung blieb bestehen.

Schließlich entschied Alex, dass es sicher genug war, um weiterzugehen. Mit schnellen Schritten verließ er die schmale Gasse, die Schultern immer noch angespannt, als würde ihn jemand beobachten. Gerade als er den Gehweg erreichte, prallte er mit jemandem zusammen.

Jonas.

Ein irritierter Ausdruck lag auf dessen Gesicht. In der Hand trug er eine durchsichtige Plastiktüte, aus der eine große Windelpackung und einige andere Babyartikel ragten. Für einen Moment standen sie nur da, starrten sich an – als wäre die Luft zwischen ihnen eingefroren.

Alex' Brust zog sich zusammen.

»Was machst du hier?« fauchte er. Die Worte kamen schneller, als sein Verstand hinterherkam. Ohne Vorwarnung packte er Jonas am Arm und zog ihn grob zu sich heran.

»Verfolgst du mich? Was willst du?«

Seine Stimme bebte vor angestauter Wut, Misstrauen, Erschöpfung.

Jonas riss sich los, trat zurück, rieb sich den Arm.

»Spinnst du jetzt völlig?« keifte er zurück.

»Ich hab hier auf jemanden gewartet. Nicht, dass dich das was angeht.«

Alex spürte, wie seine Gedanken sich überschlugen.

»Du bist überall, Jonas! Warum trägst du Babyzeug mit dir rum? Die Nummer mit dem Vatersein kauft dir doch keiner ab! Was für ein krankes Spiel treibst du eigentlich?«

Jonas' Blick wurde hart. Ungläubig.

»Was ich mit meinem Leben mache, geht dich einen Scheißdreck an.«

Er trat einen halben Schritt vor.

»Das hat dich bis vor Kurzem ja auch nicht interessiert.«

Seine Augen funkelten im Dunkeln.

»Vielleicht solltest du mal darüber nachdenken, wer hier eigentlich wem folgt.« Dann drehte er sich abrupt um und verschwand in der nächsten Seitenstraße.

Alex blieb zurück.

Mit rasendem Puls. Und noch mehr Fragen.

Was hatte das alles zu bedeuten?

Sein Verstand arbeitete fieberhaft.

War Jonas in das alles verwickelt?

Es lag nahe. Er war immer da – tauchte immer dann auf, wenn etwas passierte. Aber diesmal… fühlte es sich anders an. Seine Überraschung, als Alex ihn gepackt hatte. Der Ausdruck in seinen Augen. Die Windeln in der Tüte. Das alles wirkte zu echt. Zu ungefiltert. Jonas war chaotisch, ja. Undurchsichtig manchmal. Aber kein guter Lügner. Wenn er etwas verheimlichte, merkte man es für gewöhnlich.

Warum sollte er Babyartikel mit sich herumtragen, wenn er Alex wirklich manipulieren wollte? Ein Ablenkungsmanöver?

Ein Trick, um seine Paranoia weiter zu füttern?

Je länger Alex darüber nachdachte, desto weniger passte es zusammen. Jonas' Reaktion war impulsiv gewesen, nicht gespielt. Und trotzdem – das mulmige Gefühl in der Magengegend blieb.

Jemand spielte ein krankes Spiel mit ihm. Alex schüttelte den Kopf, als könnte er seine Gedanken dadurch in eine Linie bringen. Nichts passte zusammen.

Aber er hätte ein Motiv.

Er starrte in die Richtung, in die Jonas verschwunden war. Die letzten Minuten liefen noch einmal in seinem Kopf ab, aber egal, wie oft er sie durchging – sie ergaben keinen Sinn. Die Verwirrung lastete schwer auf ihm. Er brauchte jemanden zum Reden. Jemanden, der ihn wieder erdete.

Lena.

Er musste ihr endlich alles erzählen – bevor noch mehr zwischen ihnen stand, aber ohne Auto würde der Weg zu ihr eine Ewigkeit dauern. Und in seinem Zustand… fühlte sich selbst die nächste Straße wie ein Marathon an.

Da fiel ihm Tom ein. Er könnte ihn anrufen und bitten, ihn nach Hause zu fahren. Tom war der Einzige, der zumindest einen Teil der Geschichte kannte – und auf dem Rückweg konnte Alex ihm endlich den Rest erzählen. All das musste raus. Die Zettel. Die Polizei. Jonas.

Und Tom wäre der perfekte Zuhörer abseits von Lena.

Alex zog sein Handy aus der Tasche, wählte Toms Nummer. Die Anspannung in seinen Schultern ließ ein wenig nach, als er das Freizeichen hörte. Tom meldete sich sofort – und versprach, ihn so schnell wie möglich abzuholen.

Es dauerte nicht lange. Alex hatte kaum Zeit, seine Gedanken zu sortieren, als das vertraute Auto mit dem dunklen Lack vorfuhr und zum Stehen kam. Tom saß am Steuer. Sein Gesicht ruhig, aber in den Augen lag ein Hauch von Sorge, als Alex einstieg.

»Alles klar?«

»Nicht wirklich«, murmelte Alex und sank erschöpft in den Sitz. Seine Stimme war rau, seine Gedanken überfrachtet. »Danke, dass du gekommen bist.«

Tom nickte nur. Fuhr los. Der Straßenlärm füllte für einen Moment die Stille. Dann atmete Alex tief durch – und begann zu erzählen. Erst zögerlich, dann flüssiger, fast drängend, als würde das Sprechen den Druck aus seinem Kopf nehmen. Er berichtete von Jonas. Von seiner Wut. Von der Tüte mit den Windeln. Vom Zettel auf seiner Windschutzscheibe. Vom Auto, das nicht mehr ansprang. Von der Polizei. Und schließlich von den Ampullen. Und der Quittung aus Marcs Schreibtisch. Tom sagte lange nichts. Nur gelegentlich unterbrach er mit einer Frage:

»Digitoxin? Was will er damit?«

Oder: »Bist du sicher, dass es Marcs Quittung war?«

Alex antwortete kurz, konzentriert und während er sprach, spürte er etwas Seltsames – Erleichterung. Das Chaos im Kopf wurde klarer, sobald die Worte draußen waren.

»Es fühlt sich alles so surreal an«, sagte er schließlich.

»Als würde jemand ein krankes Spiel mit mir spielen – und ich habe keine Ahnung, warum.«

Schweigen.

Der Wagen rollte durch die dunkle Stadt. Das leise Brummen

des Motors, das gleichmäßige Rauschen der Reifen – mehr war nicht zu hören. Alex starrte aus dem Fenster. Seine Gedanken kreisten weiter. Aber zum ersten Mal seit Stunden fühlte er sich ein kleines Stück leichter.

Tom war es, der schließlich das Schweigen durchbrach.

»Weißt du, Alex… du bist nicht allein in diesem Wahnsinn. Wir haben schon ganz andere Dinge zusammen überstanden. Und auch das hier – das kriegen wir hin.«

Alex drehte den Kopf, sah Tom an. Sein Gesicht lag im Licht der Straßenlaternen – ernst, aber warm.

»Damals, nach dem Studium… weißt du noch, wie wir die Firma aufgebaut haben? Kein Geld. Keine Kontakte. Keine Ahnung von irgendwas. Und trotzdem haben wir's durchgezogen.«

Tom lächelte schwach, warf ihm einen Seitenblick zu.

»Ich erinnere mich noch an die Sache mit der Finanzplanung. Erste Woche – riesiger Fehler. Wir dachten, das war's. Aber du hast dich nicht unterkriegen lassen. Hast die Nacht durchgearbeitet und das Ding gerettet. Wie viele Tassen Kaffee waren's? Vier? Fünf?«

Ein kurzes Lächeln huschte über Alex' Lippen. Die Erinnerung an schlaflose Nächte, Überforderung – und den eigenen Trotz gaben ihm Hoffnung.

»Das bist du. Du findest Lösungen, wenn alles aussichtslos scheint. Und ganz ehrlich – das hier wird einfach nur eine weitere Geschichte, die wir uns irgendwann bei einem Bier erzählen. Wenn irgendwas ist: Ruf mich. Tag und Nacht. Ich bin da.«

Toms Worte durchdrangen das bleierne Gewicht in Alex'

Brust. Für einen Moment fühlte er sich… getragen.

»Danke«, sagte er leise. »Ich wüsste echt nicht, was ich ohne dich machen würde.«

Als sie bei seinem Haus ankamen, hielt Tom am Straßenrand. Alex blickte auf das vertraute Gebäude, das friedlich im Schein der Straßenlaterne lag. Tom legte ihm eine Hand auf die Schulter.

»Wenn irgendwas ist – melde dich. Ich halte ein Auge auf Jonas. Vielleicht finden wir einen Weg, ihn ein bisschen aus der Reserve zu locken. Ich denke immer noch, er ist der Einzige, der ein Motiv hätte. Für mich gibt's da sonst keine Alternative.«

Alex nickte.

»Danke. Das bedeutet mir viel. Das alles ist einfach… zu groß für mich allein.«

»Du schaffst das und was Lena angeht – sie wird verstehen, warum du so gehandelt hast. Ihr kriegt das hin.«

Alex lächelte schwach, öffnete die Tür.

»Ich hoffe es. Gute Nacht.«

»Gute Nacht.«

Alex sah ihm einen Moment nach, wie das Auto langsam die Straße hinunterrollte. Dann wandte er sich dem Haus zu. Jetzt musste er sich Lena stellen, musste ihr alles erzählen. Sie würde verstehen. Sie hatte ein Recht auf die Wahrheit. Mit festem Schritt ging Alex auf die Haustür zu, atmete tief durch und griff nach dem Schlüssel in seiner Jacke.

Doch kaum war er im Flur, stockte ihm der Atem. Im Flur stand ein Koffer. Sein Blick fror auf dem Gepäckstück fest. Dann hörte er eilige Schritte. Lena stürmte auf ihn zu – wie ein Gewitter.

Ihr Gesicht war eine Maske aus Wut und Schmerz, die Augen glühten vor Zorn.

»Du bist wirklich das Allerletzte!«

Ihre Stimme bebte, brach fast unter der Wucht der Emotionen.

»Wie konntest du nur? Wie konntest du mir das antun?«

Alex war wie gelähmt.

»Wovon sprichst du?«

Die Worte kamen kaum über seine Lippen. Doch Lena ließ ihn nicht zu Wort kommen.

»Wovon ich spreche? Das fragst du ernsthaft?«

Sie packte ihn am Kragen, ihre Hände zitterten.

Dann drückte sie ihm ein Foto gegen die Brust, schubste ihn dabei halb zur Seite.

»Sieh es dir an!«

Ihre Stimme war ein einziger Vorwurf. Alex taumelte zurück, das Foto in der Hand. Lena griff nach dem Koffer. Tränen glitzerten in ihren Augen – doch die Wut war stärker.

»Warum warst du nicht einfach ehrlich? Ich habe dir vertraut – und du hast es zerstört. Du hast UNS zerstört«.

Sie wartete keine Antwort ab, zog den Koffer hinter sich her, ging zur Tür und war draußen, bevor Alex überhaupt einen klaren Gedanken fassen konnte.

»Lena, warte!«

Seine Stimme hallte über den Hof, aber es war zu spät. Die Tür fiel mit einem lauten Knall ins Schloss.

Stille.

Dicht. Schwer.

Alex war wie versteinert.

Unfähig, das Geschehene zu begreifen.

Tränen stiegen in seine Augen, als sein Blick langsam auf das Foto in seiner Hand glitt. Er selbst. Aufgenommen heute Morgen im Park. Er saß auf der Bank – und neben ihm: eine Frau. Eine Hand lag auf seinem Bein, als wäre sie dort zuhause. Ihr Gesicht – zärtlich, beinahe verliebt.

Er kannte sie.

Eine ehemalige Mitschülerin. Verblasst in seiner Erinnerung – aber noch greifbar.

Er wusste, dass sie früher einmal für ihn geschwärmt hatte. Damals, in der Schulzeit.

Damals, als er längst mit Lena zusammen gewesen ist.

Kapitel 14

»Das ist unmöglich...«, murmelte Alex. Seine Gedanken waren ein einziges Durcheinander. Er starrte auf das Foto in seiner Hand, unfähig, es loszulassen. Es sah so echt aus – die Frau, ihr Lächeln, seine eigene Haltung. Doch er wusste mit absoluter Sicherheit: Diese Szene hatte nie stattgefunden.

Der Abgrund zwischen dem, was er kannte, und dem, was dieses Bild zeigte, machte ihn schwindelig. Alles in ihm drehte sich. Sein Leben war aus den Fugen geraten, und nun sollte er Lena irgendwie erklären, dass dieses Bild nichts weiter war als ein weiterer perfider Trick – ein Puzzleteil im Spiel eines Psychopathen, der ihn zermürben wollte.

Die Dunkelheit im Flur drückte auf ihn wie eine zweite Haut. Alex fühlte sich plötzlich kleiner, verletzlicher als je zuvor. Wütend auf sich selbst fuhr er sich durch die Haare. Hätte er nur früher gesprochen. Hätte er Lena eingeweiht – über die Zettel, die Angst, die zunehmende Bedrohung. Jetzt würde sie ihm nie glauben.

Alles, wovor er sich gefürchtet hatte, war eingetreten. Und er selbst hatte es möglich gemacht. Der Ärger über sein Schweigen wog schwer, und das Gewicht der Schuld ließ sich nicht mehr abschütteln.

Sein Kopf begann zu pochen, und das Foto entglitt ihm beinahe. Seine Finger zitterten, während er sich gegen den Türrahmen lehnte. Alles, was er in den letzten Stunden erlebt hatte – die Zweifel, das Misstrauen, die Flucht – gipfelte in diesem Moment. Und jetzt das.

Es schien einfach aussichtslos.

Ein Bild hatte gereicht, um alles zu zerstören.

Und plötzlich tauchte es wieder in seinem inneren Auge auf: die Kamera auf der Bank.

Er hatte sie nicht beachtet.

Jetzt wusste er: Sie war nicht einfach vergessen worden.

Sie stand für etwas.

Und vermutlich war es kein Zufall gewesen, dass gerade er sie gefunden hatte. Er suchte verzweifelt nach einem klaren Gedanken, nach einem Plan, der ihn aus diesem Strudel aus Kontrollverlust und Chaos retten konnte. Doch bevor er ihn fand, holte ihn die Erschöpfung ein – plötzlich, erbarmungslos. Als hätte sein Körper erst jetzt verstanden, was in den letzten Tagen geschehen war. Er konnte nicht mehr.

Und dann brach es aus ihm heraus – roh, unkontrolliert, ohne Vorwarnung. Die Tränen kamen heftig, beinahe stoßweise. Es war kein langes Weinen, aber es war tief, echt und erschütternd. Ein Damm brach, den er viel zu lange gehalten hatte.

Als die Tränen versiegten, blieb nur Leere. Eine bleierne Stille in seinem Inneren, die ihn wie betäubt zurückließ. Mit schwerfälligen Bewegungen griff Alex nach seinem Handy. Er konnte jetzt nicht einfach aufgeben – durfte es nicht. Er

tippte eine kurze Nachricht an Lena:
»Bitte, lass uns reden. Ich kann alles erklären. Es ist nicht, was du denkst.«

Er schickte die Nachricht ab, legte das Handy ans Ladegerät. Ob sie antworten würde? Er wusste es nicht. Aber mehr konnte er in diesem Moment nicht tun.

Ohne Kraft oder Plan für den Rest des Abends schleppte er sich ins Schlafzimmer. Heute war nichts mehr von ihm zu erwarten. Mit einem Seufzen ließ er sich auf die Matratze fallen, schloss die Augen und hoffte, dass der Schlaf ihn bald einholen würde – zumindest für ein paar Stunden Erlösung.

Alex erwachte früh, geweckt von den ersten Lichtstrahlen, die durch die Vorhänge fielen. Ein Gefühl der Beklemmung saß tief in ihm – zu tief, um aufzustehen. Sein Körper fühlte sich wie Blei an. Die Erschöpfung von gestern lag noch immer über ihm, zäh und drückend.

Er griff nach seinem Handy, entsperrte es. Keine Nachricht. Keine Reaktion. Der Bildschirm blieb stumm – so wie Lena. Der Kloß in seinem Hals wurde fester. Er legte das Handy zur Seite und versuchte, die Gedanken zu verdrängen. Er musste sich auf das Nächste konzentrieren. Auf irgendetwas. Aber das Schweigen beschwerte seinen Magen wie Kugeln aus Blei.

Sein Kopf schmerzte. Arbeiten war unmöglich und keine Option. Er griff zum Telefon und meldete sich krank. Ein ungutes Gefühl stieg in ihm auf – nicht nur wegen der Firma, sondern auch, weil er wusste, dass niemand seine Aufgaben auffangen konnte. Doch was sollte er tun? Sein Kopf war zu voll. Alles andere war Nebensache.

Sein Magen knurrte, aber die Übelkeit, die ihn seit dem Aufwachen begleitete, ließ ihn zögern. Trotzdem zwang er sich, aufzustehen und in der Küche ein paar Bissen trockenem Brot herunterzuwürgen. Kaum Geschmack. Kein Hunger. Nur Notwendigkeit. Während er kaute, liefen seine Gedanken im Kreis.

Wie sollte es weitergehen? Was war der nächste Schritt?

Die Bedrohung schien von allen Seiten näher zu rücken. Mit jedem Moment verlor Alex ein Stück mehr Kontrolle. Er wusste, dass er keine klaren Gedanken fassen konnte, solange die Sache mit Lena ungelöst war. Es war nicht nur das Foto – es war die Angst, sie endgültig zu verlieren. Lena zurückzugewinnen hatte jetzt oberste Priorität. Er würde abwarten, ob sie auf seine Nachricht reagierte. Und wenn nicht, würde er sie gegen Mittag anrufen. Vielleicht ließ sie sich zumindest auf ein Gespräch ein.

Während die Uhr langsam weitertickte, schweiften seine Gedanken zu Jonas und Marc. Jonas war nach dem Vorfall einfach verschwunden, und Alex hatte keine neuen Anhaltspunkte. Wieder war er in der Nähe gewesen, als ein Zettel auftauchte – aber sonst? Nichts. Sein Verhalten hatte ihn nur mehr verwirrt als verdächtigt erscheinen lassen.

Jonas' Rolle blieb ein Rätsel. Und ohne klare Hinweise konnte Alex ihm nicht näherkommen. Marc war eine andere Geschichte. Der Ersatzschlüssel zu dessen Wohnung steckte noch in seiner Jacke. Alle Gedanken führten zurück zu dieser einen Spur. Die Quittung. Das Digitoxin. Die Zettel.

Wenn er dort etwas fand, konnte er endlich Klarheit gewinnen. Vielleicht zum ersten Mal.

Der Gedanke, in seine Wohnung einzubrechen, ließ seinen Puls steigen. Es war illegal. Und allein die Vorstellung, tatsächlich dort einzudringen, ließ ihn erschaudern. Alex war kein Gesetzesbrecher. Aber was blieb ihm übrig?

Die Polizei – nach dem Malheur von gestern… Lena – weg. Jonas – ungreifbar. Nur Tom war noch auf seiner Seite – und selbst dessen Hilfe brauchte Zeit. Es blieb nur dieser Weg. Auch wenn er sich falsch anfühlte.

Das schlechte Gewissen nagte an ihm. Doch die Notwendigkeit war größer. Der Zweck rechtfertigt die Mittel. Schließlich fasste Alex den Entschluss. Es gab kein Zurück. Keine Alternative. Mit einem letzten Seufzen griff er zum Telefon und rief bei der Arbeit an. Er versuchte, ruhig und beiläufig zu klingen.

»Hey, ich wollte noch nachfragen, ob Marc heute da ist. Nur um sicherzugehen, dass zumindest er den Überblick behält, weil ich weiterhin ausfalle.«

Die Stimme am anderen Ende zögerte kurz.

»Ja, Marc ist heute da. Alles läuft normal.«

Erleichterung mischte sich mit Anspannung. Marc war im Büro. Das war seine Chance. Während er nichts ahnend an seinem Schreibtisch saß, würde Alex in dessen Wohnung nach Antworten suchen.

Er verabschiedete sich, legte auf und zwang sich zur Ruhe. Sein Magen krampfte, ihm wurde kurz übel, aber er zwang sich, durchzuatmen. Er musste klar bleiben. Noch einmal nahm er den Ersatzschlüssel aus der Tasche und betrachtete ihn. Dann griff er nach seinen Sachen und machte sich auf den Weg.

Kapitel 15

Die Morgensonne stand am Himmel, doch ihre Strahlen schafften es kaum, die Kälte aus der Luft zu vertreiben. Alex zog den Reißverschluss seiner Jacke bis zum Kinn, schlang den dünnen Schal über den Mund und vergrub die Hände tief in den Taschen, während er den Gehweg entlangging.

Die Straßen waren belebt – Menschen redeten, lachten, Fahrradketten klackerten – doch all das klang fern, gedämpft wie hinter Glas.

Sein Kopf war schwer von Gedanken, die sich wie ein Karussell um dieselben Fragen drehten. War es richtig, was er da tat? Konnte er wirklich in Marcs Wohnung eindringen, seine Privatsphäre verletzen – auf eigene Faust, ohne Beweise?

Doch mit jedem Schritt, den er näherkam, verblasste das schlechte Gewissen. Der Gedanke an Lena verdrängte alles andere. Wenn er sie zurückgewinnen wollte, musste er endlich Klarheit schaffen. Für sich selbst. Für sie. Für alles.

Er passierte einen Zeitungskiosk. Ein alter Mann stand davor, vertieft in die Schlagzeilen einer Klatschzeitung. Ein Hund bellte. Ein Auto hupte, als ein Radfahrer knapp die Straße überquerte.

Alex spürte Blicke. Vielleicht, weil er gehetzt wirkte. Vielleicht, weil er es war. Oder er bildete es sich nur ein. Ganz genau wusste er das nicht. Er beschleunigte den Schritt. Versuchte, den Druck in sich zu ersticken.

Dann kam das Haus in Sicht.

Ein sandfarbenes Mehrfamilienhaus, unscheinbar, fast langweilig. Kleine Balkone hingen über der Straße, auf einem flatterte Wäsche im Wind. Eine ältere Frau goss Blumen.

Alex blieb stehen. Zog sein Handy aus der Tasche.

Keine Nachricht. Kein Anruf. Nichts von Lena.

Er biss sich auf die Unterlippe, steckte das Handy zurück.

»Fokus«, murmelte er sich selber zu.

Vor dem Hauseingang blieb er erneut stehen. Atmete tief durch. Eine schwarze Klingelplatte war neben der Tür befestigt, die Nachnamen auf silbernen Schildern. Seine Wohnung befand sich im dritten Stock. Der Schlüssel in seiner Tasche fühlte sich schwerer an als zuvor.

Alex hob den Blick zu den Fenstern der Wohnung. Die Gardinen waren zugezogen. Kein Licht dahinter. Keine Bewegung. Seine Hand griff zur Türklinke – verschlossen. Natürlich. Er tastete nach dem Schlüssel, schob ihn ins Schloss.

Sein Herz hämmerte in der Brust, als würde es ihn verraten. Mit leichtem Widerstand öffnete er die schwere Holztür und trat in den kühlen Hausflur. Ein Gemisch aus Putzmittel und abgestandener Luft stieg ihm in die Nase. Das gedämpfte Klackern seiner Schritte auf den abgetretenen Steinfliesen hallte leise wider. Weiße Wände. Ein dunkelbraunes Holzgeländer. Eine Reihe Briefkästen links an der Wand. Die Tür fiel hinter ihm ins Schloss – leiser, als er befürchtet hatte.

Einen Moment blieb er stehen, regungslos.

Hörte. Fühlte.

Marcs Wohnung befand sich im dritten Stock. Er hatte es gerade gesehen. Aber das Wissen machte es nicht leichter. Jede Bewegung wirkte zu laut. Jeder Laut im Flur ein potenzielles Alarmsignal. Die erste Stufe knackte unter seinem Gewicht – laut, unangenehm. Ein flüchtiger Schauer lief ihm über den Rücken, als er die Treppe hinaufstieg.

Herzklopfen, schwitzige Hände, flacher Atem.

Im dritten Stock angekommen, blieb er stehen.

Vor ihm: Marcs Wohnungstür.

Schlicht. Unspektakulär.

Ein kleines Messingschild, auf dem sein Name eingraviert war. Alex holte tief Luft, versuchte, seine Gedanken zu ordnen. Fragen schossen durch seinen Kopf.

Was, wenn ich erwischt werde?

Was, wenn hier nichts ist?

Was, wenn er doch da ist?

Aber er schob sie beiseite. Es gab keinen anderen Weg. Er musste wissen, was Marc verheimlichte.

Musste verstehen, wie es so weit hatte kommen können.

Er zog den Schlüssel aus der Jackentasche und schloss die Hand fester darum – da hörte er plötzlich Schritte. Von oben. Eine Tür öffnete sich, dann das dumpfe Geräusch schwerer Tritte. Alex spannte sich an wie ein Tier, das Gefahr witterte. Er wagte es nicht, sich umzudrehen. Stattdessen presste er sich dichter an Marcs Tür, als könnte er mit ihr verschmelzen.

Die Schritte kamen näher. Ruhig, gleichmäßig, aber schwer. Noch bevor die Person die Biegung erreichte, steckte Alex den Schlüssel ins Schloss. Ein leises Klicken. Die Tür war offen. Er trat ein und schloss sie leise hinter sich.

Die Luft in der Wohnung war abgestanden. Dunkelheit empfing ihn. Einen Moment lang blieb er reglos stehen, steckte den Schlüssel zurück in die Tasche und ließ die Stille auf sich wirken. Die Einrichtung war schlicht, fast steril. Links ging es in die Küche, rechts lag das Wohnzimmer. Am Ende des Gangs sah er das Schlafzimmer und ein kleineres Arbeitszimmer.

Er bewegte sich leise, seine Schritte gedämpft auf dem Laminatboden. Im Wohnzimmer stand ein graues Sofa, ein flacher Couchtisch, ein großes, fast leeres Bücherregal. Der Raum wirkte unbewohnt, beinahe inszeniert. Die Küche war makellos. Eine leere Spüle, exakt gestapelte Tassen, Teller in gleichmäßigen Reihen. Alles ordentlich. Vielleicht zu ordentlich.

Ein kurzer Blick ins Schlafzimmer zeigte ein straff gespanntes Bett, die Kissen exakt arrangiert. Im offenen Kleiderschrank hingen Hemden, farblich sortiert. Die Präzision war beunruhigend – wie in einem Hotelzimmer, das niemand benutzt. Die gleiche Präzision, die jemand brauchen würde, um so ein perfides Spiel zu planen. Alex spürte ein leises Unbehagen, als sein Blick zur Tür des Arbeitszimmers wanderte. Er zögerte kurz, drückte dann die Klinke herunter und trat ein.

Der Raum war kleiner als erwartet, mit einem großen Schreibtisch vor dem Fenster, einem Drehstuhl und einem

Regal voller Aktenordner. Die Wände waren leer, bis auf eine einzelne Uhr, deren Zeiger sich lautlos bewegten.

Er trat an den Schreibtisch, strich mit den Fingern über die glatte Oberfläche. Auf dem Tisch lagen ein Laptop, ein Notizblock und ein Stift. Vorsichtig öffnete er die oberste Schublade. Papiere, Stifte, Bürobedarf. Alles wirkte banal, alltäglich. Doch Alex wusste, irgendwo hier wartete etwas auf ihn.

Er atmete tief durch, schob die Schublade zu und wandte sich den nächsten Fächern zu. Der Raum war so still, dass jedes Geräusch – das leise Knarren der Schublade, das Rascheln von Papier – wie ein Donnerschlag wirkte. Seine Hände zitterten leicht, während er weitersuchte.

Alex zog die nächste Schublade auf, diesmal entschlossener. Ein Stapel loser Zettel kam zum Vorschein, manche geheftet, andere durcheinandergeworfen. Seine Augen glitten über handschriftliche Notizen, Tabellen, Erinnerungen: »Laptop aktualisieren«, »Reiseunterlagen prüfen«, »Kaffee nachkaufen«. Nichts Auffälliges.

Dann stieß er auf einen kleinen, abgenutzten Tagesplaner.

Er schlug ihn auf. Die ersten Seiten zeigten Marcs Handschrift – akkurat, beinahe pedantisch. Jede Zeile ausgefüllt.

Doch es war nicht nur ein Kalender. Es war ein Protokoll.

Alex blätterte weiter. Termine, Anrufe, sogar Mittagspausen – alles, was er selbst in den letzten Wochen getan hatte, stand hier.

Er schluckte.

Die Einträge reichten mehrere Monate zurück. Ein leises

Unbehagen breitete sich in ihm aus. Ja, Marc war sein Assistent, ja, Organisation war sein Job – aber das hier? Das ging tiefer. Detaillierter. Persönlicher.

Warum behielt er solche Aufzeichnungen? Warum wirkte das alles nicht wie Notizen, sondern wie … Überwachung?

Alex legte den Planer zur Seite und griff nach einem weiteren. Diesmal vom letzten Jahr.

Auch hier: vollgeschriebene Seiten. Lückenlos. Jeder Tag ausgefüllt. Arbeitsbesprechungen. Entscheidungen. Essensgewohnheiten.

Marc hatte ihn nicht einfach begleitet.

Er hatte ihn beobachtet. Festgehalten. Gespeichert.

Eine unangenehme Kälte breitete sich in seinem Inneren aus.

Alex legte den Planer zur Seite und strich sich nachdenklich über das Kinn. War das noch normal? Oder ging es längst über die Pflichten eines Assistenten hinaus? Die Erkenntnis, dass Marc nichts vergaß und offenbar alles archivierte, ließ ihn frösteln.

Er nahm den Planer erneut in die Hand, blätterte wahllos durch die Seiten und fragte sich, ob irgendwo zwischen diesen akkurat aufgereihten Einträgen ein Hinweis versteckt war – oder ob das hier nur ein weiteres Puzzlestück war, das sein ohnehin schon chaotisches Leben noch komplizierter machte.

Alex fuhr sich mit der Hand über das Gesicht, durchsuchte ein letztes Mal das Arbeitszimmer – doch außer den bereits entdeckten Notizen und Planern fand er nichts. Keine geheimen Dokumente, keine kryptischen Notizen. Alles war so funktional und geordnet, wie man es von Marc erwartet hätte.

Er stellte wieder den Ausgangszustand her, warf noch einen prüfenden Blick durch den Raum und verließ das Arbeitszimmer. Als Nächstes begab er sich zum Wohnzimmer.

Hier war es noch steriler. Die Einrichtung modern, aber seelenlos. Eine graue Couch, ein schmaler Couchtisch, darauf nur eine Fernbedienung und eine Fachzeitschrift über Unternehmensführung. Die Wände waren kahl, bis auf ein einziges abstraktes Bild in gedeckten Farben.

Alex öffnete die wenigen Schränke. DVDs. Bücher. Ein paar Aktenordner mit Finanzunterlagen – alles ordentlich, alles belanglos.

Er zögerte, als er vor der Tür zum Schlafzimmer stand.

Der Raum dahinter war ein anderer Ort. Intimer.

Ein schlichtes Doppelbett. Ein Kleiderschrank. Zwei Nachttische. Auf dem linken: eine Lampe.

Alex spürte, wie sich sein Magen zusammenzog.

Es fühlte sich falsch an, hier zu suchen.

Als würde er eine weitere Grenze überschreiten. Aber er wusste – er konnte sich keine Zurückhaltung mehr leisten.

Er öffnete jedes Abteil des Kleiderschranks. Alles wirkte ordentlich, neutral – nichts stach heraus. Und doch blieb das Gefühl, dass etwas nicht stimmte. Als er sich umsah, blieb sein Blick am rechten Nachttisch hängen.

Er erstarrte.

In einem schlichten, silbernen Rahmen stand ein Foto. Von ihm. Alex trat näher. Sein Herzschlag beschleunigte sich. Es war ein Bild aus dem Büro – aufgenommen vor Jahren bei einer Firmenveranstaltung. Er erkannte es sofort. Ein offizielles Porträt, entstanden bei der Feier nach einem gewonnenen Großkunden. Damals hatte man alle leitenden Mitarbeiter fotografiert.

Aber warum stand genau dieses Bild hier? Auf Marcs Nachttisch? Ein kalter Schauer lief ihm über den Rücken. Der Rahmen war poliert, sorgfältig platziert – als wäre das Foto nicht einfach eine Erinnerung, sondern etwas Persönliches.

Besessenheit? Bewunderung? Oder etwas anderes?

Vorsichtig nahm er den Rahmen in die Hand, drehte ihn um. Keine Notizen, keine Botschaften.

Nur das blanke Foto, welches wirkte, als würde es ihn anklagen. Mit einem flachen Atemzug stellte er es exakt so zurück, wie er es vorgefunden hatte.

Dann öffnete er langsam die obere Schublade.

Ein leises Knarren ließ ihn kurz zusammenzucken.

Innen: ein Sammelsurium aus Notizblock, Kugelschreiber, Batterien. Banalitäten.

Doch unter den Gegenständen entdeckte er mehrere Medikamentenschachteln.

Alex zog sie vorsichtig hervor.

Bisoprolol. Captopril. Ibuprofen.

Vielleicht harmlos. Vielleicht auch nicht.

Dann griff er tiefer – und seine Finger blieben an einer weiteren Packung hängen.

Digitoxin.

Einen Moment lang stand alles still. Sogar die Zeiger der Uhr an der Wand schienen sich nicht mehr zu bewegen. Er starrte auf die Schachtel. Der Name brannte sich in seinen Verstand. Das war das Medikament. Er hob die Packung an. Sie war geöffnet. Ein Blister war fast leer. Zwei Weitere noch halb voll. Sein Magen zog sich zusammen.

Die Tabletten wirkten harmlos. Ordentlich verstaut. Aber der Kontext – die Zettel, die Planer, das Bild – war es nicht. Alex hielt die Schachtel fest in der Hand, als könne sie ihm eine Antwort geben.War Marc wirklich Teil von allem? Oder war das hier nur ein weiterer Baustein in seiner wachsenden Paranoia?

Mit einem flauen Gefühl im Magen legte Alex die Medikamentenschachtel zurück. Sein Blick fiel auf etwas, das er zuvor übersehen hatte – ein kleiner Stapel Fotos, ganz hinten in der Schublade.

Er nahm sie heraus. Blätterte durch. Und spürte, wie sich seine Kehle zuschnürte. Auf jedem Bild war er zu sehen. Einige kannte er – Aufnahmen von Firmenfeiern, offiziellen Anlässen. Doch andere wirkten… privater. Eines zeigte ihn allein in einem Café, vertieft in sein Handy. Ein anderes bei Marcs Geburtstagsfeier – aus einem Winkel aufgenommen, den er selbst nie gewählt hätte.

Ein Schauer lief ihm über den Rücken.

Woher hatte Marc diese Bilder? Und warum hatte er sie überhaupt gesammelt und ausgedruckt? Alex schloss kurz die Augen, atmete tief durch. Die Entdeckung brachte mehr Fragen als Antworten.

Er hielt inne.

Sollte er etwas mitnehmen? Die Fotos? Das Digitoxin? Ein Teil von ihm schrie: Ja, nimm es mit.

Es könnten Beweise sein. Aber ein anderer Teil wusste: Wenn Marc das bemerkt…

Nach kurzem Zögern legte Alex alles zurück. Genauso, wie er es vorgefunden hatte. Die Schublade schloss sich leise. Doch in seinem Inneren war es laut. Sein Atem ging flach. Die Gedanken überschlugen sich. Angst, Wut, Zweifel – alles gleichzeitig.

War Marc wirklich ein Psychopath?

Oder projizierte er nur seine eigene Paranoia?

Er stand noch immer vor dem Nachttisch, starrte auf das unscheinbare Holz, als könnte es ihm eine Antwort geben. Die Wohnung war still. Unnatürlich still. Keine Geräusche, keine Bewegung – nur er und die Schatten. Selbst seine Schritte auf dem Teppich wirkten zu laut, als er langsam das Zimmer durchquerte.

Er wollte sich sammeln, wollte einen klaren Gedanken fassen – als es passierte.

Ein lauter, scharfer Ton durchschnitt die Stille.

Ding-Dong.

Kapitel 16

Alex stand wie versteinert im Schlafzimmer. Den Griff der Tür noch immer in seiner Hand, als müsste er sie festhalten, damit sie nicht wieder zufiel. Das letzte Echo des Klingelns war verklungen, doch die Stille, die darauf folgte, war beinahe schlimmer.

Kein Laut. Kein Schritt. Nur sein eigener Puls, der so hart gegen die Halsschlagader pochte, dass er glaubte, man müsste ihn von draußen hören können.

Dann: ein zweites Klingeln. Länger, lauter.

Ding-doooong. Ding-dong.

Fordernd. Ungeduldig. Fast aggressiv.

Als ob der Mensch an der Tür genau wusste, dass jemand drinnen war. Panik zuckte durch ihn, wie Strom. Seine Gedanken rasten. Wer stand da? Was wollte diese Person?

Der Impuls, zum Fenster zu laufen, um einen Blick zu erhaschen, war stark, aber das Risiko zu groß. Also blieb er stehen. Bewegte sich keinen Zentimeter. Die Luft im Zimmer war plötzlich stickig, schwer wie Watte. Seine Handflächen feucht, der Griff der Klinke glitschig in der Faust.

Er musste etwas tun. Aber was?

Sich verstecken? Aufgeben? Die Tür öffnen?

Vielleicht würde der Mensch draußen einfach gehen. Mit Sicherheit würde er es, denn eigentlich ist ja niemand da.

Alex atmete flach. Er musste weg, raus – sofort.

Doch bevor er sich bewegte, überprüfte er instinktiv alles. Das Foto blieb, wo es war. Die Schubladen verschlossen. Alles genau so, wie er es vorgefunden hatte. Er schlich durch die Wohnung, spähte kurz ins Wohnzimmer. Dann zur Tür. Seine Hände zitterten so stark, dass es mehrere Anläufe brauchte, bis der Schlüssel im Schloss saß.

Leise schloss er die Tür hinter sich wieder ab.

Mit schnellen, vorsichtigen Schritten stieg er die Treppe hinauf – zwei Etagen höher, bis zur obersten Ebene.

Nur eine Tür: Dachboden.

Er setzte sich auf die oberste Stufe. Zog die Schultern ein, hielt den Atem an.

Nichts. Kein Geräusch. Keine Stimme.

Nur das eigene Herz, das hämmerte wie ein Presslufthammer in der Brust.

Die Sekunden dehnten sich.

Nach einer Weile zwang er sich zum Atmen. Es musste jetzt sicher sein. Oder zumindest sicher genug. Er schlich zurück zur Treppe, stieg vorsichtig nach unten. Jede Stufe ein kleines Wagnis. Unten angekommen, blieb er kurz stehen. Hörte, lauschte. Dann öffnete er die Haustür.

Die kühle Morgenluft traf ihn wie ein Schlag.

Ohne noch einmal zurückzusehen, trat er hinaus auf die Straße. Bevor er überhaupt die Gedanken sortieren konnte, fiel sein Blick auf etwas, das ihm die Kehle zuschnürte. Direkt an der Straßenlaterne vor Marcs Haustür klebte ein Zettel.

Sein Name.

Wieder nur diese vier Buchstaben:

Alex

krakelig, ungleichmäßig, quer über das Papier geschmiert.

Alex stockte.

Langsam trat er näher, riss den Zettel ab. Das Papier war dünn, die Ecken geknickt, als hätte jemand es in Eile aus einem Block gerissen. Er hielt es einen Moment lang in der Hand, spürte das leichte Zittern in seinen Fingern.

Die Straße war wenig belebt. Nur das übliche Treiben.

Aber plötzlich wirkte alles verändert.

Schatten wurden zu verstecken, Bewegungen zu Bedrohungen. Irgendjemand wusste, dass er hier war.

Er zerknüllte das Blatt, steckte es in die Jackentasche. Die Geste war schnell, aber entschlossen. Sein Blick huschte erneut über die Straße. Niemand. Und doch das Gefühl:

Jemand beobachtete ihn.

Vielleicht war es Marc.

Oder vielleicht war es jemand ganz anderes.

»Das ist es, was er will«, dachte er. »Schwäche. Verwirrung. Kontrollverlust.«

Nicht diesmal. Er hatte lange genug gewartet, reagiert, sich treiben lassen. Immer nur die nächste Eskalation hingenommen.

Jetzt war Schluss damit.

Es war zu viel. Zu gezielt.

Er brauchte Antworten. Und er würde sie sich holen – mit allen Mitteln.

Er würde handeln.

Jetzt.

Alex zog den zerknüllten Zettel aus der Jackentasche, entfaltete ihn und starrte erneut auf seinen Namen. Sein Blick verharrte auf der krakeligen Schrift.

Etwas in ihm formte sich neu.

Wut.

Nicht chaotisch. Nicht laut. Sondern still, scharf und klar. Seine Hände hörten auf zu zittern. Die Atmung wurde ruhiger. Jetzt war nicht die Zeit für Panik oder gar Impuls. Jetzt war Zeit für einen Plan. Er war fertig damit, sich durch das Spiel treiben zu lassen.

Mit einem letzten Blick über die Straße wandte er sich ab und ging los. Diesmal mit Ziel. Er zwang sich, logisch zu denken. Wer immer diesen Zettel angebracht hatte – er musste hier gewesen sein. Vielleicht war er es noch immer.

Niemand konnte wissen, dass Alex heute zu Marcs Wohnung gehen würde. Nicht einmal Marc selbst – vorausgesetzt, er war nicht beteiligt. Der Täter hatte ihn beobachtet. Direkt. In Echtzeit. Alex spürte, wie sich seine Wahrnehmung schärfte. Jedes Geräusch, jede Bewegung wurde registriert. Der Täter war da. Irgendwo.

Aber wenn er unberechenbar handelte, konnte er ihn vielleicht aus der Reserve locken. Er ging los – nicht zum Haus, sondern weg davon. Erst geradeaus, dann eine abrupte Kehrtwende. Dann bog er in eine Seitenstraße ein, gesäumt von Bäumen und niedrigen Hecken. Gut einsehbar, aber mit Deckung. Sein Blick glitt über Passanten. Eine Frau mit Hund. Ein Mann mit Einkaufstasche. Alles wirkte… normal.

Er beschleunigte, wechselte in eine belebtere Straße, nutzte Schaufenster und Seitenspiegel, um Blicke nach hinten zu werfen – unauffällig, aber wachsam.

Nichts.

Die Gedanken ratterten. War der Täter weg? Hatte er ihn nie verfolgt? Er bog wieder ab, diesmal in eine schmale Gasse. Holte sein Handy heraus, als würde er tippen, während sein Blick die Umgebung absuchte.

Wieder nichts. Kein Schatten. Keine Bewegung.

Er atmete tief durch. Vermutlich hatte der Täter den Zettel nur platziert und sich dann entfernt.

Die Ungewissheit nagte an ihm. Aber er zwang sich weiterzugehen.

Nach Hause.

Etwas essen. Nachdenken. Alles sortieren. Als er um die letzte Ecke bog, sah er sein Haus. Vertrauter Anblick. Alex' Blick wanderte über die Fassade, die Straße, die Fenster. Alles sah aus wie immer. Er steckte den Schlüssel ins Schloss. Drehte.

Nichts.

Der Schlüssel bewegte sich nicht.

Verwirrt zog er ihn heraus. Überprüfte ihn. Versuch Nummer zwei.

Das Ergebnis blieb dasselbe.

Der Schlüssel passte nicht mehr.

Kapitel 17

Sein Puls schoss in die Höhe. Das konnte nicht sein. Diesen Schlüssel hatte er unzählige Male benutzt. Es gab keinen Grund, warum er plötzlich nicht mehr funktionieren sollte. Er drückte die Klinke. Nichts. Verriegelt.

Ein flaues Ziehen breitete sich in seinem Bauch aus. Er zog den Schlüssel erneut heraus, betrachtete ihn, als würde sich bei genauem Hinsehen irgendein Fehler zeigen. Aber da war nichts. Kein Makel. Der Schlüssel war derselbe – doch das Schloss war es offenbar nicht mehr.

Alex sah sich um, als könnte irgendwo in der Umgebung die Antwort darauf liegen. Die Straße war ruhig. Keine Menschenseele. Ein kalter Wind fuhr durch die Sträucher, ließ Blätter rascheln. Das Geräusch schnitt ihm in die Konzentration wie ein Messer, ließ ihn instinktiv herumfahren. Doch da war niemand.

Ein Gedanke drängte sich in seinen Kopf, unaufhaltsam wie ein Fluss, der sich seinen Weg bahnte. Jemand hatte das Schloss manipuliert. Sein Atem wurde flacher. Er stemmte die Hände in die Hüften, starrte die Tür an, als könne er sie mit purem Willen öffnen. Er fühlte sich ausgeschlossen – aus dem einzigen Ort, der ihm noch sicher gewesen war.

Verzweiflung und Wut stieg in ihm auf. Dann Panik. Wer hatte das getan? Und… war er noch in der Nähe?

Alex ließ den Blick schweifen, langsamer diesmal. Beobachtete jede Ecke, jeden Schatten. Das Gefühl, erneut in eine Falle getappt zu sein, schnürte ihm die Kehle zu. Er schloss die Augen, wollte sich beruhigen – vergeblich.

Wieder versuchte er es mit dem Schlüssel. Zweimal. Dreimal. Doch das Schloss bewegte sich nicht. Seine Finger umklammerten das Metall der Türklinke, als könnte die Wärme seiner Hand etwas an dem zustand verändern. Nichts. Nur dieses bleierne Gewicht auf seinen Schultern. Wieder ein Hindernis. Wieder ein Schlag ins Gesicht. Er presste die Stirn gegen das Holz, atmete tief durch.

Da war ein Muster.

Es fiel ihm jetzt wie Schuppen von den Augen:

Nach jedem Zettel kam etwas.

Der am Auto. Danach: es sprang nicht an. Der im Büro. Danach: Stromausfall. Und jetzt? Der Zettel an der Laterne. Danach: sein Zuhause – unzugänglich. Sein Blick glitt über die Straße. Nichts. Niemand. Nur die übliche Stille mitten am Tag. Es war, als hätte der Täter eine Spielregel aufgestellt. Krank, perfide, aber konsequent: Ein Zettel bedeutete eine neue Störung. Eine neue Hürde.

Alex hatte es erst jetzt wirklich verstanden und die Erkenntnis ließ ihn frösteln. Jedes Mal, wenn er ein kleines Stück Kontrolle zurückgewann, wurde sie ihm wieder entrissen. Er umklammerte den Schlüssel so fest, dass die Kanten in seine Handflächen drückten.

»Es reicht«, murmelte er.

Doch selbst in seinen Ohren klang es leer.

Was sollte er tun?

Er griff zum Handy. Lenas Nummer war die erste, die ihm in den Sinn kam. Sie war der Schlüssel – im übertragenen wie im buchstäblichen Sinn. Sie hatte einen Zweitschlüssel, ihren eigenen. Vielleicht konnte er ihr alles erklären. Vielleicht war das der erste Schritt, um dieses Chaos zu durchbrechen. Sein Daumen zögerte kurz über dem grünen Hörer.

Dann drückte er.

Keine Verbindung. Keine Wahlwiederholung.

Nur die monotone Stimme:

»Die von Ihnen gewählte Nummer ist derzeit nicht erreichbar. Bitte versuchen Sie es später erneut.«

Die Worte hallten in seinem Kopf nach. Es lief ihm kalt den Rücken herunter.

Er starrte auf das Telefon, als müsste es ihn belügen.

»Nicht erreichbar?«

Seine Finger wanderten fahrig über die Kanten des Telefons.

Zweiter Versuch. Schneller diesmal.

Wieder die gleiche Ansage.

Etwas in seinem Inneren begann zu brodeln.

Lena schaltete ihr Handy fast nie aus. Vielleicht war der Akku leer. Vielleicht lag es irgendwo verlegt. Oder …

Er wagte den Gedanken nicht zu Ende zu denken.

Doch das nagende Gefühl ließ sich nicht abschütteln.

Dritter Versuch. Diesmal impulsiv. Verzweifelt.

Wieder:

»Die von Ihnen gewählte Nummer ist derzeit nicht erreichbar.«

Er ließ das Handy sinken, stützte sich gegen die Wand.

»Verdammt, Lena...«

Die Worte klangen brüchig, mehr Hauch als Stimme.

Er glitt die Wand hinunter, ging in die Hocke.

Und blieb einfach dort.

Ein Kloß schob sich in seinen Hals, so fest, dass er kaum noch Luft bekam. Alles um ihn herum verschwamm – die kühle Luft, das entfernte Rauschen der Straße, das Rascheln der Äste über ihm. Nur dumpfes Hintergrundrauschen.

Alex vergrub das Gesicht in den Händen. Tränen stiegen in seine Augen, brannten, doch er hielt sie nicht zurück. Es war der Moment, in dem alles über ihn hereinbrach. All die Anspannung, die er bis jetzt festgehalten hatte wie ein Seil am Abgrund – jetzt riss es. Seine Freunde. Das Haus. Lena. Nichts fühlte sich noch sicher an.

Er atmete stoßweise, versuchte, seine Gedanken zu ordnen – doch sie kamen nur noch schneller. Wie sollte er Kontrolle zurückgewinnen, wenn ihm jemand immer einen Schritt voraus war? Für einen Moment wollte er einfach loslassen. Aufhören zu kämpfen.

Doch dann, ganz tief in ihm: ein Rest. Ein leiser Widerstand. Ein Funken. Er wischte sich die Tränen aus dem Gesicht. Zog zitternd Luft ein. Nicht aufgeben. Nicht jetzt.

Er griff nochmals zum Handy. Wählte Toms Nummer. Bei jedem Freizeichen schlug sein Herz etwas schneller. Als Tom endlich abhob, klang seine Stimme rau. Aber ruhig.

»Tom… ich muss dich sehen. Es ist wichtig. So früh wie möglich.«

Eine kurze Pause. Dann seine Stimme:

»Klar, Alex. Ich hab ab Nachmittag Zeit. Treffen wir uns in der Alten Eiche?«

»Ja… danke. Bis später.«

Er legte auf. Für einen Moment war da ein Hauch von Erleichterung. Tom war da. Wie immer. Vielleicht würde es einfacher werden. Vielleicht. Aber irgendwo in ihm nagte der Zweifel. Was, wenn selbst Tom keine Hilfe mehr war?

Um sich zu sammeln, zwang sich Alex dazu, etwas zu essen. Er hatte keinen Appetit, aber sein Magen war leer, und sein Kopf brauchte Kraft. In einer kleinen Bäckerei an der Ecke kaufte er sich ein belegtes Brötchen und einen Kaffee. Setzte sich draußen an einen Tisch. Die Sonne stand höher, warf ihr Licht auf die Straße. Aber in ihm war es kalt. Er nahm einen Bissen, kaute langsam. Seine Gedanken? Sie drehten sich weiter. Immer wieder. Immer schneller.

Nach einer endlos scheinenden Wartezeit machte sich Alex auf den Weg zur Alten Eiche. Die Bar war ihnen seit Jahren vertraut, ein Ort für Bier und Gespräche nach stressigen Tagen. Doch heute fühlte sich selbst dieser Ort fremd an – wie eine Hülle, die ihre Bedeutung verloren hatte. Alex betrat den schummrig beleuchteten Raum, bestellte ein Wasser und setzte sich an ihren üblichen Tisch in der hinteren Ecke. Um ihn herum: dunkles Holz, vertraute Bilder an der Wand, ein paar Gäste, die sich über Alltägliches unterhielten. Und doch fühlte sich alles verschoben an, aus der Balance geraten.

Wenig später kam Tom durch die Tür. Sein Blick streifte den Raum, dann entdeckte er Alex. Keine Umarmung, kein Zögern – er kam direkt zum Tisch, setzte sich ihm gegenüber und bestellte eine Limonade. Seine Augen musterten ihn aufmerksam.

»Du siehst aus, als hättest du die Hölle durchquert«, sagte er ruhig.

Alex stützte den Kopf in die Hände und begann leise zu erzählen. Vom Zettel an der Laterne. Vom Moment, als sein Schlüssel nicht mehr passte. Vom Gefühl, ausgeschlossen zu sein – aus dem eigenen Leben. Und dann, stockend, mit hörbarer Scham, vom Einbruch in Marcs Wohnung. Von den Fotos. Von den Medikamenten.

»Ich weiß, wie krank das klingt«, murmelte er,

»aber ich war verzweifelt. Ich musste irgendwas finden, das mir hilft, das alles zu verstehen. Und dann… dieses Bild auf seinem Nachttisch. Die anderen Fotos. Das Digitoxin. Es ergibt keinen Sinn.«

Tom hörte schweigend zu, trank einen Schluck Limonade, lehnte sich zurück. Seine Stimme war ruhig, beinahe sachlich.

»Glaubst du, Marc hat das absichtlich gesammelt? Oder… könnte es eine andere Erklärung geben?«

Alex zuckte mit den Schultern.

»Ich weiß es nicht. Vielleicht werde ich wirklich paranoid. Aber wer würde so etwas machen? Warum?«

Tom trank einen weiteren Schluck, wirkte kurz nachdenklich.

»Die Bilder, das Digitoxin – klar, klingt alles bizarr. Aber vielleicht ist's nicht so, wie es aussieht…Ich mein, manche Leute haben komische Wege, Bewunderung zu zeigen. Gerade wenn sie sonst nicht viel im Leben haben.«

Alex verzog das Gesicht.

»Tom… Er hatte ein Foto von mir auf dem Nachttisch. In einem Bilderrahmen. Und mehrere andere, auch heimlich aufgenommen. Dazu die Tabletten. Das ist nicht mehr normal, das ist… krank.«

Tom hob beschwichtigend die Hände.

»Ich sag ja nur – es könnte eine Erklärung geben, die nicht gleich ‚nen Thriller draus macht. Vielleicht ist er selbst krank. Vielleicht gehört das zu seiner Medikation. Du weißt, dass er nie viel über sich erzählt hat.«

Alex fuhr sich durch die Haare.

»Trotzdem. Es fühlt sich falsch an. Einfach alles.«

Tom nickte langsam. Sein Blick blieb auf Alex gerichtet.

»Vielleicht... hast du recht mit Marc. Oder du liegst völlig falsch.«

Er machte eine kurze Pause, ließ das wirken.

»Hast du mal überlegt, ob vielleicht Jonas... in irgendeiner Form mit drinsteckt?«

Alex sah auf.

Tom beugte sich etwas näher.

»Ich meine – der Zeitpunkt, an dem er aufgetaucht ist... schon wieder? Und dann das mit dem Babyzeug. Kann man sich leicht als Alibi zurechtlegen. Ich sag's nur. Manchmal steckt das Naheliegende direkt vor der Nase.«

Alex schwieg, sein Blick glitt zum Wasserglas.

Tom wirkte nachdenklich, fast fürsorglich.

»Du musst niemandem etwas beweisen, Alex. Aber vielleicht hilft es, noch mal die Perspektive zu wechseln. Wenn nicht Marc – und nicht du selbst... wer bleibt dann noch übrig?«

Er legte eine Hand auf Alex' Unterarm, drückte ihn leicht.

»Ich will nur, dass du auf dich aufpasst. Und dass du nicht allein da durch musst.«

»Was ist mit Lena? Sie hat doch einen Schlüssel fürs Haus, oder? Hat sie gesagt, ob ihrer noch funktioniert?«

Alex zuckte zusammen, sein Blick wich aus.

»Sie ist nicht mehr da. Zwischen uns… ist's vorbei.«

Stille.

Dann fuhr er mit leiser, gebrochener Stimme fort:

»Wegen einem Foto. Einem manipulierten Bild, von mir im Park – mit einer Frau, die sich an mich lehnt. Sie glaubt, ich hätte sie betrogen. Und ich kann ihr nicht mal böse sein. Es sieht echt aus.«

Tom runzelte die Stirn. »Hast du das Bild noch?«

Alex schüttelte den Kopf. »Sie hat's mir an die Brust gedrückt und ist gegangen. Ich hab's behalten. Aber ich weiß nicht mal mehr, wo es ist.«

»Das ist heftig, Mann. Tut mir leid. Ehrlich.«

Tom sagte eine Weile nichts. Dann:

»Hör zu. Du verlierst nicht alles, okay? Nicht dein Zuhause, nicht deinen Verstand. Vielleicht... ein paar Dinge vorübergehend. Aber du kommst da raus. Und ich helf dir dabei.«

Er klopfte ihm auf die Schulter, stand auf, zückte sein Portemonnaie und legte ein paar Scheine auf den Tisch.

»Erster Schritt: Wir bringen dich zurück in dein Haus. Wer weiß, vielleicht ist alles halb so wild. Vielleicht findest du ja etwas, das du vorher übersehen hast.«

Alex nickte langsam. Nicht überzeugt – aber dankbar für den Halt. Oder das, was sich gerade noch danach anfühlte.

Die Fahrt verlief schweigend. Alex starrte aus dem Fenster, während die Welt draußen in dunklen Mustern vorbeizog.

Neben ihm saß Tom, die Hände ruhig am Lenkrad, der Blick konzentriert nach vorn.

Vor dem Haus angekommen, stoppte Tom abrupt. Ohne ein Wort stieg er aus. Alex folgte ihm zögernd. Die Abendluft war kalt, trug das Gewicht eines Tages, der zu viel gewesen war.

Sie standen vor der Haustür. Alex zog den Schlüssel aus der Tasche. Seine Finger zitterten leicht. Zögerlich führte er ihn ins Schloss – doch wie zuvor: nichts. Er drehte, drückte – keine Bewegung.

»Das ist ja wirklich...« Tom trat näher, betrachtete das Schloss. Seine Stirn legte sich in Falten. »Du machst keinen Fehler, oder? Ist das wirklich dein Schlüssel?«

»Natürlich ist es mein Schlüssel!« fuhr Alex ihn an.

»Es ist auch mein verdammtes Haus!«

Tom hob die Hände. »Schon gut, schon gut. Ich glaube dir. Es ist nur... ungewöhnlich. So etwas passiert nicht einfach. Es sei denn...«

Er hielt inne. Die Worte hingen in der Luft.

»Es sei denn, was?« Alex' Stimme klang schärfer als gewollt.

»Keine Ahnung.« Tom wich seinem Blick aus. »Irgendwas läuft hier schief. Ich ruf den Schlüsseldienst.«

Er zückte sein Handy, tippte, hielt es ans Ohr und entfernte sich ein paar Schritte, den Rücken halb zu Alex gewandt. Der Anruf war kurz. Dann kam er zurück.

»In etwa zwanzig Minuten sind sie da. Aber… ich kann nicht mit dir warten.«

Alex runzelte die Stirn. »Wieso nicht?«

Tom zögerte. Dann sagte er ruhig: »Es geht um Jonas. Ich will dich nicht mit Details belasten, aber ich glaube, ich hab eine Spur. Vielleicht war ich zu nachsichtig mit ihm.«

»Jonas?« Alex starrte ihn an. »Und du sagst mir das jetzt?«

»Ich wollte keine falschen Hoffnungen machen. Ich meld mich, sobald ich mehr hab.«

Alex wollte protestieren, doch Toms Blick war fest. Nicht kalt – aber entschlossen.

»Okay«, murmelte Alex schließlich. Das Unbehagen blieb.

Tom klopfte ihm auf die Schulter. Sein Lächeln war kurz, fast sanft. »Bleib ruhig. Und... pass auf dich auf.« Dann drehte er sich um, ging mit zügigen Schritten zum Auto und fuhr los.

Alex blieb allein zurück. Die Straßenlaterne warf ein verzerrtes Schattenbild seiner selbst gegen die Hauswand. Mit einem erschöpften Seufzen ließ er sich auf die Treppenstufe vor der Tür sinken. Die Abendluft legte sich wie ein kalter Mantel um seine Schultern.

Der Schlüsseldienst kam wortlos. Ein breiter Mann mit müdem Blick stieg aus dem Lieferwagen, seine Werkzeugtasche in der Hand. »Weber?«, fragte er knapp. Alex nickte, reichte den Ausweis. Der Mann sah kurz auf Adresse und Namen – dann kniete er sich wortlos ans Schloss.

»Schlüssel verloren?« brummte er. Alex antwortete nicht, verschränkte nur die Arme, während sein Blick suchend über die Straße wanderte. Nach nicht mal fünf Minuten klickte das Schloss. Die Tür sprang einen Spalt auf.

»War kein großer Akt«, murmelte der Techniker und stand auf. »Aber das Schloss ist hin.«

Alex runzelte die Stirn. »Wieso?«

Der Mann wies mit dem Bohrer auf das beschädigte Metall.

»Gab keinen anderen Weg rein.«

Alex bezahlte hastig. Keine weiteren Worte. Er wollte nur noch ins Haus. Die Tür schloss sich leise hinter ihm. Der Flur wirkte still, fast fremd. Sein Blick wanderte umher. Die Jacke an der Garderobe hing noch an ihrem Platz, die Schuhe ordentlich. Alles schien normal.

Dann hörte er es.

Ein abgehacktes, rhythmisches Klicken und Summen, unterbrochen von unregelmäßigen, schiefen Tönen.

Alex hielt den Atem an. Jeder Muskel in ihm spannte sich.

Das Geräusch war nicht konstant – es stockte, setzte neu an, klang mal hohl, mal metallisch. Und es kam von oben.

Seine Augen wanderten zur Treppe. Schritt für Schritt bewegte er sich vorwärts. Das Holz knarzte, als wolle es ihn warnen. Das Summen wurde klarer – aber nicht weniger unheimlich. Oben, im Flur, brannte kein Licht. Aber unter der Tür des Schlafzimmers schien welches hindurch.

Alex blieb stehen. Das Geräusch stockte.

Stille.

Dann – wieder dieses Summen. Verzerrt. Lauter als zuvor.

Mit zitternder Hand griff er zur Türklinke.

Kapitel 18

Alex schob die Tür des Schlafzimmers vorsichtig auf – das abgehackte Geräusch drang ihm nun deutlicher entgegen. Es kam direkt aus dem Raum. Eine schiefe, stockende Melodie lief in Endlosschleife und füllte die Stille wie ein Störsignal.

Sein Blick tastete das Zimmer ab. Auf den ersten Blick wirkte alles normal – so normal, wie es in dieser Situation eben sein konnte. Das Bett war ordentlich und schien unberührt. Und doch spürte Alex, wie sich sein Magen verkrampfte. Das Geräusch kam von dort.

Langsam trat er näher. Es schien unter der Decke hervorzukommen. Sein Puls beschleunigte sich. Er hob die Hand, zögerte. Konnte es gefährlich sein?
Mit einem Ruck zog er die Decke zurück.

Darunter lag eine kleine, hellbraune Schatulle. Unscheinbar. Kein alter Lack, keine kunstvollen Verzierungen – einfach nur Holz, glatt geschliffen, funktional. Sie wirkte neu, als hätte sie jemand gerade erst gekauft.

Das Geräusch kam eindeutig von innen. Diese schiefe Melodie, die immer wieder stockte, als würde sie sich selbst im Kreis drehen. Alex kniete sich vor das Bett, legte zögerlich die Hände auf den Deckel. Er drückte ihn langsam auf – das leise Knacken des Scharniers schien ohrenbetäubend in der Stille. Im Inneren lag eine aufgeklappte Grußkarte. Der Ton kam von dort.

Die Musik – wenn man sie so nennen konnte – quälte sich aus einem kleinen Lautsprecherfeld im Inneren der Karte. Das Motiv auf der Vorderseite war halb abgerissen, ein geplatzter Luftballon, eine verwischte Zahl. Vielleicht war es mal eine Geburtstagskarte gewesen. Jetzt klang sie wie ein Spottlied. Verzerrt. Abgehackt. Fast wie ein langsamer, verfaulter Abgesang.

Alex hob sie vorsichtig an. Die Klänge verstummten kurz, flackerten wieder auf. Der Mechanismus war fehlerhaft – vielleicht absichtlich beschädigt. Es war unklar, ob die Karte sprechen, singen oder nur summen sollte. Doch in dieser Form wirkte sie wie ein Signal aus einem anderen, verdrehten Universum. Einer Welt, in der selbst harmlose Dinge unheilvoll wurden.

Für einen Moment hielt Alex nur inne und starrte die Karte an. Dann nahm er sie in die Hand und entfernte die Batterie. Die Melodie erstarb.

Ein kalter Schauer lief Alex über den Rücken. Die Karte in seiner Hand fühlte sich plötzlich schwerer an, als wäre sie mehr als nur ein bedrucktes Stück Karton mit einem defekten Klangmodul. Sie war ein Beweis. Jemand war hier gewesen – nicht nur vor seiner Tür, nicht nur irgendwo draußen. Nein, mitten in seinem Schlafzimmer. In seinem Bett.
Ein Ort, der privat, sicher, unantastbar hätte sein sollen.

Sein Blick wanderte über das Zimmer. Alles schien an seinem Platz, alles schien wie immer – und doch war nichts mehr wie zuvor. Die Schatulle war kein vergessenes Erinnerungsstück, das zufällig aufgetaucht war. Sie war platziert worden. Präzise. Mit Bedacht. Damit er sie fand. Damit er das hörte. Damit er fühlte, was er jetzt fühlte.

Es war keine einfache Botschaft. Es war ein Eingriff in seine Psyche, eine gezielte Störung seiner Realität. War es eine Warnung? Eine Andeutung? Ein Spott? Oder nur ein weiteres Glied in einer Kette perfider Einschüchterungen?

»Wer ist hier gewesen?«, flüsterte er in den Raum, seine Stimme kaum mehr als ein Hauch.

Er öffnete die Schatulle erneut, starrte auf die Grußkarte darin, als könnte sie ihm Antworten geben. Der kleine Lautsprecher war jetzt stumm. Jemand wusste, dass er hierher zurückkehren würde. Dass er das Bett aufdecken würde. Dass er hören würde, was da abgespielt wurde.

Alex senkte die Hände. Das stockende Geräusch hallte noch immer in seinem Kopf nach, wie ein Echo. Die plötzliche Stille war nicht beruhigend – sie war schlimmer. Was würde noch im Haus auf ihn lauern?

Sein Blick glitt zur Tür, dann zu den Fenstern. Alles war verschlossen, nichts schien manipuliert. Und doch hatte jemand es geschafft. Irgendjemand hatte sich Zutritt verschafft. Und jetzt… war nichts mehr sicher.

Er trat einen Schritt zurück, die Schatulle immer noch in der Hand. Die Wände wirkten enger, der Raum kleiner. Seine Brust zog sich zusammen. Nein – hier konnte er nicht bleiben. Nicht in dieser Stille. Nicht in diesem Wissen.

Er musste raus. Sofort.

Er riss den Kleiderschrank auf und griff mechanisch nach ein paar Sachen. Eine Tasche – mehr brauchte er nicht. Nur das Nötigste: ein paar Kleidungsstücke, Laptop, wichtige Unterlagen. Während er die Teile zusammenlegte, wanderte sein Blick unwillkürlich zurück zum Bett. Dorthin, wo die Schatulle gelegen hatte. Ein kalter Schauer lief ihm über den Rücken.

Es fühlte sich falsch an, zu gehen. Überstürzt. Aber er hatte keine Wahl mehr. Das hier war nicht länger ein Zuhause – es war ein Spielbrett. Und er war längst nicht mehr derjenige, der die Regeln bestimmte.

Während er die Tasche schloss, hämmerten Fragen in seinem Kopf. Wer konnte ihm so etwas antun? Und warum? Wer hatte dieses Spiel begonnen? Und vor allem – wie weit würde es noch gehen?

Er rieb sich mit zitternden Händen übers Gesicht, versuchte, ruhig zu bleiben, während die Welt um ihn herum immer brüchiger wurde. Noch ein letzter Handgriff: Im Arbeitszimmer zog er die unterste Schublade seines Schreibtisches auf. Dort, sorgfältig aufbewahrt, lagen sie – die Zettel. Die, die er an all den verschiedenen Orten gefunden hatte. Er legte sie behutsam in die Tasche, als wären sie Beweise in einem Kriminalfall und vielleicht waren sie genau das.

Als Nächstes nahm er die leere Ampulle Digitoxin an sich. Sie lag kühl in seiner Hand, trügerisch harmlos. Doch sie war der direkte Beleg dafür, dass es um mehr ging als Angst oder Psychospielchen.

Er drehte sich langsam um, die Ampulle noch in der Hand, und ließ den Blick durchs Zimmer gleiten. Es war still.

Unnatürlich still. Als hätte das Haus selbst begriffen, dass es gleich verlassen würde.

Alex trat hinaus in den Flur. Er war fast an der Tür zur Küche vorbei, als ihm ein roter Schimmer im Augenwinkel auffiel. Er blieb stehen. Ein plötzlicher Druck legte sich auf seine Brust. Etwas stimmte nicht. Ganz und gar nicht. Langsam drehte er sich zur Küche – und erstarrte.

An der weißen Wand, direkt über dem Esstisch, prangte sein Name. Groß. Tropfend. In roter Farbe. Die Buchstaben wirkten geschmiert, mit zu viel Druck und Farbe geschrieben. Die Linien verliefen, kleksten, zogen sich in dünnen Schlieren nach unten. Es sah aus wie aus einem Albtraum. Wie ein Filmausschnitt aus einem Schlachthaus.

Er starrte fassungslos auf das makabere Werk. Die Farbe wirkte dickflüssig, klebrig – ein dunkles, glänzendes Rot, das sich wie geronnenes Blut über die Wand zog. Und der Geruch, der in der Luft hing, ließ ihn vermuten, dass es genau das sein konnte. Metallisch. Beißend. Zu echt.

Seine Beine fühlten sich an wie Blei, doch er zwang sich näher heran. Der Schriftzug an der Wand, groß, wütend, bedrohlich – war kein banaler Streich mehr. Es war eine Botschaft. Eine Grenzüberschreitung. Eine perfide

Machtdemonstration. Derjenige, der das getan hatte, wollte nicht nur Angst verbreiten – er wollte Alex spüren lassen, dass er überall war. Im Kopf. In den Wänden. In jeder Bewegung.

Ein Zittern ergriff ihn. Unkontrolliert, tief aus dem Inneren kommend. Je länger er hierbleiben würde, desto schlimmer könnte es werden. Bevor noch etwas passierte. Bevor er komplett die Kontrolle verlor.

Mit einem letzten entsetzten Blick auf die Wand wandte er sich ab, sein Atem flach, das Herz pochte bis in die Fingerspitzen. Er packte die Tasche fester, bereit, alles hinter sich zu lassen – dieses Haus, diese Inszenierung, diesen Albtraum.

Doch dann fiel sein Blick auf den Stuhl am Esstisch.

Alex hielt abrupt inne. Für einen Moment glaubte er, sich zu täuschen – ein Schatten, ein Reflex vielleicht. Aber nein. Da hing sie. Eine Jacke.

Dunkel, schlicht. Die Schultern locker über die Lehne gelegt. So selbstverständlich, als hätte jemand gerade noch dort gesessen. Er blinzelte. Der Stoff war ihm fremd. Kein Teil seiner Garderobe. Und auch Lena – sie hatte nie etwas in dieser Art getragen.

Alex fröstelte. Er wusste es.

Ohne Zweifel.

Diese Jacke gehörte weder ihm noch Lena.

Kapitel 19

Alex stand wie versteinert da, der Blick auf die Jacke gerichtet, die über dem Stuhl hing. Dunkelblau, aus grobem Stoff, mit ausgeleierter Kapuze und einem Riss an der Seitentasche – schlicht, unauffällig. Und doch hatte sie etwas an sich. Etwas Fremdes. Etwas, das nicht hierhergehörte. Langsam ging er näher heran.

Mit vorsichtiger Hand berührte er den Stoff, als könnte das Kleidungsstück in der nächsten Sekunde aufspringen. Kühl, fest. Nicht unangenehm – aber auch nicht vertraut. Er hob sie an, ließ sie in seinen Händen hängen. Schwerer, als er erwartet hatte.

Er drehte sie um, prüfte jedes Detail. Kein Etikett, kein vertrautes Merkmal, keine Erinnerung, die sich an irgendeinem Faden festklammerte. Diese Jacke gehörte hier nicht her. Und doch war sie hier. In seinem Haus.

Alex legte sie auf den Tisch, wo sie ihm wie ein stummes Rätsel gegenüberlag. Er setzte sich langsam, stützte die Ellbogen auf die Platte, die Stirn in die Hände. Die Fragen hämmerten in seinem Kopf – aber eine davon übertönte alle anderen:

Warum?

Er zog die Jacke näher heran. Zögerlich, als würde er etwas Verbotenes tun. Aber er musste wissen. Musste verstehen. Mit zittrigen Fingern tastete er die Taschen ab.

Außen: leer. Keine Schlüssel, keine Quittungen, kein Zettel. Kein Hinweis.

Dann die Innentasche.

Etwas war darin. Dünn. Eckig. Alex hielt den Atem an, griff hinein – und zog ein Foto heraus. Es war leicht verblasst, die Ecken abgerundet. Doch das Motiv traf ihn mit voller Wucht.

Er. Jonas. Und ihre Eltern. Lächelnd vor dem alten Haus. Ihre Mutter mit dem Arm um Jonas, ihr Vater mit der Hand auf Alex' Schulter. Dieses Foto war Teil einer vergessenen Vergangenheit – aus der Box mit alten Aufnahmen in der Garage. Eine, die er seit Jahren nicht mehr geöffnet hatte.

Jetzt lag es hier. In einer fremden Jacke. Auf seinem Küchentisch.

Alex starrte auf das Bild. Die vertrauten Gesichter. Die friedliche Szene. Ein Moment, eingefroren in der Zeit – damals, bevor alles zerbrochen ist.

Bevor Jonas mit Marihuana handelte. Bevor das Vertrauen zersplitterte. Bevor ihre Familie zu dem wurde, was sie heute war: ein Trümmerfeld, über das niemand mehr sprach.

Ein Kloß schnürte ihm die Kehle zu. Das Bild war wie ein Hohn. Ein Symbol für das, was sie einmal waren – und nie wieder sein würden. Und jetzt, ausgerechnet jetzt, tauchte es wieder auf. Nicht in der alten Fotokiste. Nicht in einem Karton in der Garage.

Sondern hier. In einer fremden Jacke. In seinem Haus.

Er legte das Bild auf den Tisch. Seine Finger zitterten. Wer hätte Interesse an solch einem Foto? Wer hätte überhaupt gewusst, dass es existiert?

Jonas.

Alex sah ihn förmlich vor sich: den Jungen von früher, der zu viel wollte, zu früh gefallen war. Und den Erwachsenen von heute – verschlossen, schwer greifbar. Der sich nie entschuldigt hatte. Der nie losließ.

Er griff erneut nach der Jacke, drehte sie um. Das Logo auf der Brust, eine alte Lieblingsmarke von Jonas. Nicht viel, aber genug. Und das Foto? Das war eindeutig. Das war Absicht.

»Er will mir etwas sagen«, murmelte Alex. Oder ihn zermürben. Vielleicht beides.

Sein Herz hämmerte. Das war kein Spiel mehr. Das war ein Angriff. Eine gezielte Demontage seines Lebens. Stück für Stück. Geduldig. Präzise. Alex spürte, wie die Wut in ihm aufstieg. Er hatte Jonas verdrängt, verziehen vielleicht sogar – oder es zumindest versucht. Aber das hier? Das ging zu weit.

»Genug«, sagte er leise. »Ich nehme das nicht mehr hin.«

Das Foto war mehr als nur ein Souvenir aus der Vergangenheit. Es war ein Zeichen. Und für Alex ein Wendepunkt.

Er steckte das Bild in seine Jackentasche. Tief. Sicher.

Es war Zeit zu handeln. Er hatte genug Beweise.

Er griff zu seinem Handy und wählte die Nummer der Polizei. Während das Freizeichen erklang, trommelte er mit seinen Fingern nervös auf die Tischplatte. Er sammelte die Worte in seinem Kopf. Wie sollte er erklären, was passiert war? Die Schatulle, die Jacke, das Foto – all das ergab ein verstörendes Bild. Aber war es genug, um die Polizei davon zu überzeugen, dass Jonas verantwortlich war?

»Polizei Notruf, wie kann ich Ihnen helfen?«

Alex räusperte sich, seine Stimme klang rauer, als er erwartet hatte.

»Ja, äh… mein Name ist Alex Weber. Ich möchte eine Anzeige erstatten. Es geht um Einbruch, Bedrohung und… ich glaube, ich habe Beweise dafür gefunden, wer dahinterstecken könnte.«

Die Beamtin auf der anderen Seite nahm seine Angaben auf und versicherte ihm, dass eine Streife so schnell wie möglich vorbeikommen würde. Als das Gespräch endete, steckte Alex das Handy leicht zitternd in seine Hosentasche. Er fühlte sich einen Moment erleichtert und doch belastete ihn eine Ungewissheit.

Er begann, die Beweise zusammenzusammeln. Die Jacke ließ er über der Stuhllehne hängen, das Foto steckte noch in seiner Innentasche. Die Zettel aus der Schublade seines Arbeitszimmers legte er ordentlich zusammen mit der leeren Ampulle und der Schatulle auf den Küchentisch. Der Gedanke, dass er all diese Dinge gleich der Polizei erklären musste, ließ ihn frösteln.

Alex spürte eine beklemmende Stille im Haus. Es war, als würde die Luft selbst ihn beobachten, drückend und voller unausgesprochener Vorwürfe. Immer wieder wanderte sein Blick zur Tür. Jedes Geräusch von draußen ließ ihn zusammenzucken. Die Zeit zog sich wie Honig, während er auf die Ankunft der Streife wartete.

Draußen krochen durch die Straßenlaternen Schatten an den Wänden hoch, als ein leises Knirschen von Kies den nahenden Polizeiwagen ankündigte. Alex nahm einen tiefen Atemzug und zwang sich, ruhig zu bleiben. »Jetzt wird alles aufgeklärt«, murmelte er zu sich selbst, doch der Kloß in seinem Hals wollte sich nicht lösen.

Er ging zur Tür, als die Beamten ausstiegen, zwei Männer in Uniform mit ernsten Gesichtern. »Herr Weber?«, fragte der Ältere von beiden.

Alex nickte, trat zur Seite und ließ sie eintreten. »Ich habe alles vorbereitet. Es ist… kompliziert. Aber ich kann es erklären.« Er deutete auf den Küchentisch. Und wartete auf ihre Reaktion.

Die beiden Polizisten traten ein – professionell, aufmerksam, mit einem Hauch von Zurückhaltung. Alex führte sie in die Küche, wo er alle Beweise auf dem Tisch ausgebreitet hatte. Die Männer sahen sich kurz um, warfen einen prüfenden Blick auf die Umgebung, die Objekte – und auf ihn.

»Herr Weber, bevor wir uns das hier genauer ansehen, erzählen Sie uns bitte, was genau ist passiert?« Der Ältere sprach mit ruhiger Stimme. Sein Namensschild trug den Namen Kowalski.

Alex nickte. Er holte tief Luft – dann sprach er. Von den ersten Zetteln. Den immer seltsameren Vorfällen. Von der Schatulle. Von der Jacke. Von der Wand. Während er redete, wanderte sein Blick unruhig zwischen den beiden hin und her. »Es hat harmlos angefangen… aber es wurde immer schlimmer. Jetzt das.« Er deutete auf die rote Schrift an der Wand, auf die Jacke, auf die leere Ampulle.

Beide Beamten hörten aufmerksam zu. Erst als er

verstummte, meldete sich Kowalski wieder zu Wort: »Sie sagten, Sie fühlen sich verfolgt. Haben Sie eine Idee, wer dahintersteckt?«

Alex zögerte kurz, dann kam der Name. »Jonas. Mein Bruder. Wir hatten lange keinen Kontakt mehr, aber... ich weiß nicht. Er war früher anders. Und es gab Spannungen – wegen unserer Eltern, dem Erbe. Ich weiß nicht, ob er zu sowas fähig wäre, aber inzwischen traue ich ihm das zu.«

Kowalski nickte knapp. Währenddessen hatte sein Kollege, Reuter, sich der Jacke zugewandt. Er untersuchte sie sorgfältig, strich mit den Fingern über den Stoff. Dann war da dieser Blick. Kurz, aber eindeutig. Zwischen den Beamten passierte etwas – still, aber nicht unbemerkt.
Alex spürte es. »Was ist? Kennen Sie die Jacke?«
Stille.

Reuter sagte nichts. Kowalski überlegte kurz, antwortete dann ausweichend: »Es gibt einen Fall. Eine Jacke, die... dieser ähnelt. Mehr dürfen wir im Moment nicht sagen.«
»Was für ein Fall?« Seine Stimme klang schärfer, angespannter. Doch Kowalski wich seinem Blick aus, nahm stattdessen die Ampulle vorsichtig in die Hand. Als er die Beschriftung las, veränderte sich seine Miene.
»Digitoxin«, murmelte er und reichte Reuter das kleine Glasfläschchen.
Alex schluckte.
»Was bedeutet das? Was hat das zu bedeuten?«
Reuter trat wortlos zurück, drehte sich um und verließ mit schnellen Schritten den Raum.
»Ich muss etwas überprüfen«, sagte er knapp und verschwand

aus der Tür, hinüber zum Streifenwagen. Kowalski blieb zurück. Seine Hand lag nun näher an seinem Holster. Er sah Alex an, scharf, abschätzend.

»Herr Weber«, begann er, ruhig, aber mit neuer Kälte in der Stimme.

»Setzen Sie sich bitte. Wir müssen etwas besprechen.«

Alex rührte sich nicht. Sein Herz donnerte in seiner Brust. Irgendetwas war anders. Die Körpersprache, der Ton, der unausgesprochene Verdacht, der plötzlich im Raum stand. Er zwang sich zu einem dünnen Lächeln.

»Entschuldigen Sie... ich müsste kurz ins Bad.«

Kowalski zögerte. Dann ein knappes Nicken.

»Machen Sie schnell.«

Alex betrat das Badezimmer, schloss die Tür hinter sich, lehnte sich dagegen. Der Spiegel zeigte ihm ein blasses, schweißnasses Gesicht. Er trat ans Fenster, öffnete es einen Spalt und lauschte.

Draußen redete Reuter.

»Bestätigt. Jacke und Körpergröße passt zur Beschreibung aus den Klinikaufnahmen. Und die Ampullen... Ja, ich bin mir sicher.«

Alex erstarrte.

Die Worte hallten nach wie ein Donnerschlag.

Sie dachten, er sei der Mörder.

Kapitel 20

Alex schlich so leise wie möglich aus dem Badezimmer. Im Flur spähte er in Richtung Küche. Kowalski stand über die Jacke gebeugt, die Stirn gerunzelt, die Finger tasteten prüfend an den Stoffkanten, als wolle er ein Geheimnis darin ertasten. Daneben: die Ampullen. Immer wieder glitt sein Blick misstrauisch darüber.

Alex atmete flach, schnappte sich seine Tasche, die glücklicherweise noch im Flur stand, und zog sich hastig ins Bad zurück. Tür verriegelt. Gedanken rasten. Was hatte Reuter draußen gefunkt? Warum dieser Blick von Kowalski — als wäre er der Täter?

Er zwang sich zum Fokus, öffnete das Fenster ganz. Kalte Abendluft schlug ihm entgegen. Der Abstand zum Boden — ohne Probleme machbar. Als er hörte, wie Reuter zurückkam, zögerte Alex keine Sekunde. Ein geschmeidiger Schwung — und er war draußen.

Er rannte. So schnell, so lautlos wie möglich. Erst hinter den Gartenzaun, ein kurzer Blick zurück — dann weiter zur Straße. Die Nachtluft brannte in seinen Lungen, die Tasche schlug schwer gegen seine Hüfte.

Waren da Schritte hinter ihm? Einbildung? Er wagte es nicht, sich umzudrehen. Weiter. Durch eine dunkle Seitengasse, vorbei an flackernden Straßenlaternen, bis in den Park.

Dort duckte er sich hinter ein dichtes Gebüsch, ließ sich in die feuchte Erde sinken. Schwer atmend, das Herz ein Trommelfeuer in seiner Brust. Seitenstiche schnitten ihm ins Fleisch. Er presste eine Hand auf den Brustkorb und versuchte, wieder Kontrolle über seinen Atem zu gewinnen. Alles war still. Nur ein Nachtvogel rief.

Niemand zu sehen.

Niemand zu hören.

Alex schloss die Augen, vergrub das Gesicht in den Händen. Doch seine Gedanken schrien. Die Jacke des Mörders – in seiner Küche. Die Ampullen. Die Schatulle. Die rote Schrift. Nicht nur verstörend. Vernichtend.

Er erkannte das Muster. Die Beweise waren nicht einfach da – sie waren platziert worden. Sorgfältig. Geplant.

Er war der Lebensgefährte einer Krankenschwester. In seinem Haus: eine Jacke, die anscheinend zum Täter in der Klinik passt. Ampullen, die mit den Morden in Verbindung stehen. Der Zustand des Hauses, passend zu einem geistig Kranken. Man würde es zusammenfügen. Lena. Sein Haus. Die Beweise. Sein Verhalten. Die Geschichte würde perfekt auf ihn passen.

Alex erstarrte.

Er war nicht mehr der Zeuge, erst recht nicht das Opfer.

Er war jetzt der Hauptverdächtige.

Seine Stirn auf die Knie gestützt war es, als würde sich ein

Netz um ihn legen – engmaschig, unsichtbar, aber unausweichlich. Jeder weitere Gedanke schnürte ihm die Kehle enger zu.

Er hatte es selbst getan. Die Polizei angerufen. Sie in sein Haus gelassen. Ihnen all das gezeigt. Und jetzt? Jetzt war er genau das, was man ihm vorwerfen würde: ein instabiler Mann mit einem möglichen Motiv, der in Panik Beweise präsentiert – Beweise, die ihn belasten.

»Verdammt«, flüsterte er, kaum hörbar.

Er zog die Beine enger an sich. Die kalte Erde sog ihm die Wärme aus dem Körper, doch sein Kopf brannte. Bilder blitzten auf – Kowalskis Blick, Reuters Tonfall, das Funkgerät. Er sah sie förmlich vor sich: die Kommissare in der Dienststelle, das Konferenzzimmer mit dem Whiteboard, auf dem sein Name in der Mitte stand. Rote Linien führten zu Fotos, Notizen, Karten. Lena. Die Ampullen. Die Jacke. Das Digitoxin. Der Schriftzug an der Wand.

Und das alles – in seinem Haus.

Alex zitterte. Nicht vor Kälte, sondern vor der Erkenntnis: Es gab keine Spur von außen.

Keine Einbruchsspuren.

Kein anderer Zeuge.

Nur er.

Und seine Geschichte klang… konstruiert. Wahnhaft.

Er presste die Finger gegen die Schläfen, bis es schmerzte. Seine Gedanken schweiften zurück – zurück zu Jonas. Wie hatte es so weit kommen können? Eine Erinnerung tauchte auf, klar und bitter wie ein Stich ins Herz.

Ein heißer Sommertag. Er war dreizehn gewesen. Hatte

gerade den Rasen gemäht, wie sein Vater es ihm aufgetragen hatte. Schweiß auf der Stirn, aber ein Lächeln im Gesicht. Sein Vater hatte ihn gelobt, ihm ein paar Euro extra zugesteckt. »Für die gute Arbeit.«

Er war ins Haus gestürmt, hatte das Geld klimpernd in die Spardose geworfen. Noch ein paar Euro, dann wäre das neue Fahrrad zum Greifen nah.

Jonas hatte das aus der Küche beobachtet. »Für was sparst du eigentlich so verbissen?«, hatte er gefragt, spöttisch. Alex hatte geantwortet, ohne aufzusehen. »Für mein Fahrrad.«

Ein paar Tage später war die Spardose leer gewesen. Komplett. Kein Cent mehr da. Panisch hatte Alex das Zimmer durchsucht – jede Schublade, unter dem Bett, sogar hinter dem Schrank.

Jonas hatte nur die Schultern gezuckt.

»Woher soll ich wissen, was mit deinem Geld ist?«

»Du warst es! Niemand sonst geht in mein Zimmer!«

Jonas' Blick war kalt geblieben.

»Hör auf, so zu tun, als wärst du der perfekte Sohn. Immer du. Immer der Liebling. Und dann noch Extrageld.«

Alex hatte geantwortet, laut, verzweifelt. Doch Jonas war gegangen, ohne ein weiteres Wort. Aber Alex hatte etwas in seinen Augen gesehen, das tiefer reichte als ein gestohlenes Taschengeld: Wut. Alte, grollende Wut.

Und vielleicht war genau diese Wut nie verschwunden.

Jonas, der sich immer übergangen fühlte. Der Neid, der nie laut wurde, aber sich sammelte. Alex sah es jetzt klar: Das hier war die Eskalation. Das Erbe. Das gute Leben.

Jonas wollte zerstören, was Alex hatte und es sich selbst unter den Nagel reißen. Der Gedanke brannte sich wie heiße Glut in sein Bewusstsein.

Er rieb sich über die Stirn, während die Erinnerung verblasste. Die Wut, der Schmerz – alles, was sich zwischen ihm und Jonas aufgestaut hatte – fühlte sich plötzlich so nah an. So roh. Doch dafür war jetzt keine Zeit. Die Gegenwart schlug mit voller Härte zurück.

Lena.

Ein Schauer durchlief ihn. Wenn Jonas wirklich hinter allem steckte – war sie dann in Gefahr? Er griff hastig nach seinem Handy, wählte ihre Nummer. Er hielt das Gerät ans Ohr, hoffte, flehte innerlich – doch da war nichts. Kein Freizeichen. Nur diese kalte Stimme:

»Die von Ihnen gewählte Nummer ist derzeit nicht erreichbar. Bitte versuchen Sie es später erneut.«

Sein Magen verkrampfte sich. Er versuchte es erneut. Und wieder…

»Verdammt!«

Panik wuchs in ihm wie eine Flut. War sie schon…?

Er schüttelte den Kopf. Nein. Daran durfte er nicht denken.

»Bitte sei in Ordnung«, flüsterte er, kaum hörbar, als würde die Nacht selbst ihn belauschen.

Ein Geräusch ließ ihn zusammenzucken. Rascheln. Dann Schritte auf Kies. Alex duckte sich tiefer in die Büsche, das Herz ein Trommelfeuer in seiner Brust. Sekunden vergingen. Dann kam die Gestalt ins Blickfeld – ein Jogger. Allein, Kopfhörer in den Ohren, der Blick stur geradeaus.

Er atmete erleichtert aus.

Langsam richtete er sich auf, schob die Zweige beiseite. Der

Jogger verschwand in der Ferne und er wusste nicht wohin. Nicht wirklich. Irgendeine abgelegene Ecke, irgendetwas, das wie Sicherheit aussah. Er musste sich sammeln, einen klaren Kopf bekommen, also ging er.

Doch dann blieb er abrupt stehen.

Am Rand des Parks, kaum zwanzig Meter entfernt, fuhr ein Streifenwagen vorbei. Ohne Blaulicht. Langsam. Suchend. Es war kaum mehr als ein flüchtiger Schatten, der sich durch die Dunkelheit schnitt.

Sie suchen ihn. Nicht vielleicht. Nicht irgendwann. Jetzt.

Die Erkenntnis war ein harter Schlag in den Magen.

Er wich instinktiv einen Schritt zurück, duckte sich hinter einen Baum, die Lippen zu einer dünnen Linie gepresst.

Sein Versteck war nicht mehr sicher.

Er musste verschwinden. So schnell wie möglich.

Kapitel 21

Alex hatte sich entschieden, der Polizei vorerst aus dem Weg zu gehen. Die letzten Stunden hingen wie Blei an ihm. Jeder Schritt, jede Entscheidung fühlte sich an, als könnte sie ihn in den Abgrund reißen. Untertauchen – wenigstens für eine Nacht.

Er buchte ein kleines Hostelzimmer, weit genug vom Zentrum entfernt, um unter dem Radar zu bleiben. Kein Empfang, kein Personal, kein echtes Ankommen. Nur eine Buchung per Handy, eine Bestätigungsmail mit Code, ein Schlüsselkasten. Schnell, anonym, sicher – hoffentlich.

Vor dem Eingang sah er sich noch einmal um. Keine Streifenwagen. Keine neugierigen Blicke. Und doch: Die Unruhe kroch unter seine Haut, während er den Code eintippte. Ein leises Klicken und die Tür ging auf. Er zögerte kurz, als müsste er innerlich noch um Erlaubnis bitten – dann trat er ein.

Kein Mensch, nur ein kühler Flur und der Geruch von Reinigungsmitteln, vermischt mit altem Holz. Alles wirkte sachlich, funktional – genau das, was er jetzt brauchte. Den Schlüssel fand er im Kasten vor der Tür. Als er ihn ins

Schloss steckte, fühlte es sich an, als hätte er das schon unzählige Male getan. Als wäre Flucht längst Routine geworden.

Der Raum war winzig. Ein schmales Bett, ein Tisch, ein Fenster zum Hinterhof. Nichts Bedrohliches. Aber auch nichts Tröstliches. Nur Stille. Alex setzte sich aufs Bett. Zog sein Handy hervor. Wählte.

»Die von Ihnen gewählte Nummer ist derzeit nicht erreichbar. Bitte versuchen Sie es später erneut.«
Wieder kein Freizeichen. Kein Lebenszeichen von Lena.

Er ließ das Handy sinken, lehnte sich zurück. Die Gedanken rasten. Die Jacke. Das Foto. Die Polizei. Alles drehte sich in seinem Kopf wie ein Karussell ohne Ausstieg. Fragen über Fragen – keine Antworten in Sicht.

Er schloss die Augen. Doch der Druck in seinem Kopf ließ ihn kaum atmen. Die Angst, das Gefühl, keine Kontrolle mehr zu haben, fraßen sich durch seine letzte Kraft. Draußen surrte der Verkehr, Lichter flackerten hinter dem Vorhang. Irgendwo rauschte eine Bahn vorbei. Die Welt machte weiter – ohne ihn.
Irgendwann ließ sein Körper los.
Der Schlaf kam nicht leise, sondern wie ein Schnitt.
Und Alex fiel.
Tief.
In eine dunkle, formlos vibrierende Zwischenwelt, in der jede Hoffnung verschwamm.

Er fuhr hoch, als das Klingeln seines Smartphones durch den Raum schnitt. Für einen Moment wusste er nicht, wo er war – dann griff er blind nach dem Handy. Der Bildschirm leuchtete auf. Marc. Mit einem tiefen Atemzug wischte er über das Display.

»Ja?« Seine Stimme klang heiser, verschlafen.

»Alex?«

Marcs Stimme war angespannt, fast fahrig.

»Bist du heute bei der Arbeit? Ich wollte dich nicht stören, aber wir haben ein Problem. Es gibt ein paar Dinge, die dringend erledigt werden müssen.«

Alex setzte sich auf, zog die Decke von sich und ließ die Füße auf den Boden gleiten. »Ich... ich kann heute nicht kommen«, murmelte er, während sich der Druck auf seiner Brust wieder meldete. »Ich seh zu, dass ich's irgendwie geregelt kriege. Ich melde mich später.«

»In Ordnung«, sagte Marc, »aber bitte nicht zu spät. Es wird wirklich knapp.«

Dann nur noch das leise Klicken in der Leitung. Alex blieb sitzen, das Handy noch immer in der Hand. Büro. Verträge. Fristen. All das fühlte sich an, als spräche jemand über das Leben eines anderen.

Er schloss kurz die Augen. Sein Kopf pochte dumpf. Die Arbeit war weit weg – und doch rückte sie unaufhaltsam näher. Er zwang sich, sich die To-dos ins Gedächtnis zu rufen: Die Verträge für den Großkunden – längst geprüft und unterschrieben, sicher im Büro-Tresor. Dann die Finanzübersicht fürs letzte Quartal. Marc hatte ihm die vorbereiteten Unterlagen in die Ablage gelegt – ebenfalls bereits abgesegnet. Es wäre eine Leichtigkeit, wenn nicht alles andere wäre.

Er stand auf, schleppte sich ins Bad. Vielleicht half eine Dusche. Das heiße Wasser prasselte auf ihn herab. Der Dampf legte sich wie ein Schleier über den Spiegel, in dem sich ein fremdes Gesicht abzeichnete. Müde, ausgezehrt. Als hätte man ihm in den letzten Tagen Stück für Stück das Leben aus dem Gesicht geschnitten. War er noch der Mensch, der einst alles mühelos gemeistert hatte?

Was, wenn nicht?

Kaum hatte er das Wasser abgedreht und sich abgetrocknet, da durchbrach erneut das Klingeln seines Handys die Stille. Er griff zum Telefon, sah auf das Display.

Tom.

Ein Zögern. Ein Atemzug.

Dann nahm er ab.

»Alex, wo bist du?«, fragte Tom sofort. Seine Stimme klang aufgebracht, fast hektisch.

»Ich stehe gerade vor deiner Tür. Hier sind Polizisten – sie sehen sich um. Was geht hier vor?«

Alex' Brust zog sich zusammen. Für einen Moment stand die Welt still.

Also wirklich.

»Ich kann dir nicht sagen, wo ich bin«, sagte er leise, aber entschlossen. »Ich bin nicht zuhause. Alles ist außer Kontrolle geraten. Ich brauche Hilfe, Tom. Ehrlich, ich schaff das nicht mehr allein.«

Am anderen Ende war es still.

Dann hörte er, wie Tom hörbar ausatmete.

»Was ist passiert?«, fragte er schließlich.

Alex zögerte. »Ich erklär dir alles – aber nicht jetzt. Ich bin nicht mehr sicher. Sie suchen nach mir, Tom. Und wenn sie mich finden, bevor ich die Wahrheit beweisen kann, ist alles vorbei.«

Wieder Stille.

Dann: »Okay«, sagte Tom ruhig. »Ich hab auch ein paar Infos, die wichtig sein könnten. Über Jonas. Ich dachte erst, das wäre nichts, aber vielleicht hilft es dir weiter.«

Alex blinzelte. »Über Jonas?«

»Ja. Nichts Konkretes am Telefon. Aber ich glaube, es bringt dich weiter. Lass uns treffen – ich bin gleich bei dir.«

Alex schwieg. Toms Stimme klang aufrichtig. Besorgt. Und momentan war er der Einzige, dem er noch vertrauen konnte.

»Die Hundewiese am Fluss. In einer halben Stunde?«

»Kenn ich. Ich bin unterwegs.«

»Danke, Tom.«

Alex legte auf. Für einen Moment hielt er das Handy einfach nur fest in der Hand. Dann raffte er seine Sachen zusammen. Vielleicht ... vielleicht gab es doch noch Antworten.

Er verließ das Hostel, zog die Kapuze tief ins Gesicht und trat auf die Straße hinaus. Der graue Himmel drückte wie Blei über der Stadt. Seine Schritte waren schwer, sein Blick suchte immer wieder die Umgebung ab. Tom wusste etwas über Jonas. Aber was? Und warum ausgerechnet jetzt?

Der Bürgersteig klang hohl unter seinen Sohlen. Seine Gedanken rasten, und in seiner Brust zog sich alles zusammen. Jede Bewegung, jedes Auto, jeder Schatten ließ ihn hochschrecken.

Das Gefühl der Verfolgung war längst kein Hirngespinst mehr. Es hatte sich manifestiert, krallte sich in seine Nerven wie ein Gift. Er konnte es fühlen: Er war nicht mehr allein.

Das Büro? Keine Option. Vielleicht warteten sie dort schon. Wenn er einen Fehler machte, war alles vorbei.

Er musste vorsichtig sein.

Verdammt vorsichtig.

Plötzlich kam ihm ein Gedanke: Tom. Vielleicht war er tatsächlich derjenige, der ihm jetzt helfen konnte. Alex ging das Szenario im Kopf durch. Tom hatte seine Hilfe angeboten – aufrichtig, wie es schien. Warum also nicht die Gelegenheit nutzen? Er könnte ihm Zugang zum Büro verschaffen. Tom könnte die Unterlagen aus dem Tresor holen und sie Marc übergeben. Eine einfache Lösung, um zumindest die dringendsten Fristen zu retten. Während Alex untertauchte.

Aber dann kam der Zweifel.

Vertraute er Tom wirklich?

Was, wenn er mit der Polizei zusammenarbeitete? Wenn dieser ganze Treffpunkt nichts weiter als eine Falle war? Alex verlangsamte seine Schritte. Die Hundewiese lag schon in Sichtweite, offen und verlassen. Ein guter Ort für ein diskretes Treffen – oder einen Hinterhalt.

Er blieb am Straßenrand stehen, scannte die Umgebung. Kein Tom. Keine Bewegung. Nur die graue, gedämpfte Welt eines späten Nachmittags. Langsam ging er weiter. Die Schultern hochgezogen, als könne er sich vor dem Gefühl verstecken, beobachtet zu werden.

Er lehnte sich an einen Baum am Rand der Wiese, hielt sich in Deckung. Minuten vergingen. Die Straße blieb leer, der

Parkplatz still – bis ein Wagen langsam einbog. Ein rostiger, heruntergekommener Wagen stand bereits dort. Dann rollte ein zweites Auto heran.

Toms Wagen.

Alex erkannte ihn sofort. Tom stieg aus, sah sich um, ruhig, aber wachsam. Dann ging er in Richtung Wiesenmitte. Er beobachtete ihn genau. Keine Hektik. Kein Blick über die Schulter. Keine anderen Personen in Sichtweite.

Nur Tom.

Alex trat aus dem Schatten.

»Da bist du ja«, sagte Tom, als er näherkam. Seine Stimme klang erleichtert, aber auch gespannt. »Ich bin froh, dass du gekommen bist.«

»Was hast du über Jonas herausgefunden?« Alex kam ohne Umschweife zur Sache. Tom sah sich kurz um. Erst als er sicher war, dass sie allein waren, sprach er leise weiter.

»Ich habe ihn beobachtet. Die letzten Abende.«

Alex‘ Blick wurde schärfer.

»Er trifft sich regelmäßig in einer Lagerhalle. Im Industriegebiet, beim Hafen. Spät. Immer dann, wenn sonst keiner mehr da ist.«

»Wozu?«, fragte Alex. Seine Stimme war ruhig, aber innerlich brodelte es.

»Ich weiß es nicht genau«, sagte Tom und senkte die Stimme noch weiter. »Die Halle sieht nicht aus wie ein offizieller Lagerort. Keine Kameras. Keine Auffälligkeiten. Nur Leute, die kurz auftauchen und genauso schnell wieder verschwinden. Und Jonas ist mitten drin.«

Ein Kribbeln lief Alex über den Nacken.

»Was glaubst du, was er dort macht?«

»Ich bin mir nicht sicher«, antwortete Tom.

»Aber das Timing passt. Vielleicht versteckt er dort etwas. Oder organisiert etwas im Zusammenhang mit dem, was bei dir passiert. Denk doch mal nach: So etwas macht man nicht allein. Er müsste Hilfe haben.«

Alex schluckte. Die Vorstellung ließ ihn nicht los.

»Du bist dir sicher, dass er regelmäßig dort ist?«

Tom nickte.

»Ich war selbst da. Mehrmals. Heute Nachmittag könnten wir es versuchen. Wenn er wieder auftaucht, sehen wir endlich, was Sache ist.«

Alex überlegte. Der Plan war riskant – aber auch eine Chance. Vielleicht war das der Wendepunkt. Vielleicht war es wirklich Jonas. Vielleicht war das der Weg heraus.

»In Ordnung«, sagte er leise. »Schick mir die Adresse. Ich komme hin.«

Tom legte ihm eine Hand auf die Schulter. »Mach ich. Aber sei vorsichtig. Wenn Jonas was zu verbergen hat… dann wird er nicht zögern.«

Alex wollte ihn gerade gehen lassen, da hielt er ihn zurück. »Tom, warte.«

Tom blieb stehen, wandte sich ihm zu.

»Ich weiß, ich verlange schon viel… aber ich brauche noch einen Gefallen.«

Tom musterte ihn. »Klar. Sag einfach, was los ist.«

»Es geht um die Firma. Ich müsste eigentlich ins Büro, aber… die Polizei könnte es beobachten. Ich kann da gerade nicht auftauchen.«

Tom nickte langsam. »Was genau brauchst du?«

»In meinem Büro – im Tresor – liegt eine blaue Mappe. Sie ist für Marc. Ohne sie kommt alles ins Stocken. Die Verträge, die Übergaben – alles hängt daran. Könntest du sie holen und auf seinen Schreibtisch legen?«

Tom zögerte keine Sekunde.

»Klar. Was brauche ich dafür?«

Alex holte einen kleinen Schlüsselbund aus der Jackentasche, löste einen Schlüssel ab und reichte ihn ihm.

»Der hier ist für das Büro. Der Code für den Tresor ist 052489. Die Mappe liegt ganz oben.«

Er sah sich kurz um.

»Geh erst am Abend. Wenn keiner mehr da ist. Sonst sieht das komisch aus.«

Tom nahm den Schlüssel, sein Blick wurde ernst.

»Ich regel das.«

Alex nickte langsam, ein Anflug von Dankbarkeit in seinem Gesicht.

»Danke, Tom. Ohne dich… ich wüsste echt nicht, wie ich das alles schaffen soll.«

Tom zuckte mit den Schultern, ein mattes Lächeln auf den Lippen. »Schon gut. Wir sind Freunde, oder? Alles wird wieder gut. Mach dir keinen Kopf.«

Alex lächelte schwach, doch das Schuldgefühl wuchs. Tom tat alles für ihn – und er konnte nichts zurückgeben.

»Wir sehen uns nachher«, sagte Tom, steckte den Schlüssel ein und drehte sich zum Gehen.

Alex sah ihm nach. Die Wiese war still. Toms Schritte klangen dumpf auf dem feuchten Boden. Keine Eile. Keine

Nervosität.

Nur dieser gleichmäßige Gang.

Er blieb noch einen Moment stehen. Der Blick ging zu Boden. Dann zu dem Auto, das langsam vom Parkplatz rollte. Tom würde helfen. Daran hatte er keinen Zweifel.

Kapitel 22

Alex steckte die Hände tief in die Jackentaschen, während er sich von der Hundewiese entfernte. Der Wind zerrte an seiner Kapuze, ließ die kahlen Äste knarren und fuhr ihm kalt unter die Jacke. Jeder Schatten wirkte zu lang, jede Hecke zu still. Hinter allem konnte etwas lauern. Vielleicht tat es das auch.

Tom war weg und Alex allein. Die Worte ihres Gesprächs hallten nach, flüchtig und beunruhigend wie ein Fiebertraum. Er versuchte, die Gedanken zu ordnen, doch es war, als würde er in einem dichten Nebel nach Halt greifen.

Er blieb kurz stehen, drehte sich um. Die Hundewiese lag leer und friedlich da. Er sah auf sein Handy. 11:27 Uhr. Noch Stunden bis zum Treffen.

»Was mach ich bis dahin?«, murmelte er.

Ein Café? Zu riskant. Ein belebter Platz? Undenkbar. Die Polizei war sicher längst auf der Suche nach ihm. Das Hostel war keine Option mehr. Er senkte den Kopf, lief weiter. Straßenlaternen warfen matte Schatten auf das Pflaster. Die Stadt wirkte entvölkert. Oder lag es nur an ihm?

Bei jedem Schritt horchte er. Schritte hinter ihm? Stimmen? Sein Name? Nichts. Nur der eigene Atem. Und das dumpfe, fremde Leben der Stadt.

Er dachte an Tom. An die Lagerhalle. Immer wieder hörte er dessen Stimme: *»Jonas trifft sich dort, immer abends...«*

Was, wenn es eine Falle war? Wenn Jonas ihn jetzt gerade wieder beobachtete und bemerkt, dass Alex auf dem Weg zu der Halle war. Er versuchte, den Gedanken zu verdrängen, aber er blieb. Wie ein Jucken unter der Haut.Alex bog in eine Seitenstraße ein. Seine Schritte wurden schneller. Eine Plastiktüte wehte über den Gehweg – er zuckte zusammen, als hätte ihn jemand gerufen.

Die Welt war zu laut und zu leise zugleich.

Er ging weiter, suchte einen Ort. Einen, an dem er verschwinden konnte. Dann sah er ihn – einen alten Spielplatz, halb überwuchert, eingeklemmt zwischen zwei Garagenhöfen. Die Schaukel bewegte sich kaum, der Sand war grau und leer. Die Farben der Spielgeräte waren nur noch matte Schatten ihrer selbst.

Perfekt.

Er schob die knarzende Holzpforte auf und setzte sich auf eine Bank am Rand. Der Wind war hier schwächer, die Welt dumpfer. Nur ein einzelner Vogel krächzte irgendwo in der Ferne. Nicht gemütlich, aber sicher.

Alex stützte die Ellbogen auf die Knie, ließ den Kopf sinken. Er versuchte zu denken. Aber die Gedanken liefen im Kreis: Jonas. Tom. Die Lagerhalle. Wieder sah er aufs Handy. 14:02 Uhr. Noch über drei Stunden. Er öffnete die Anrufliste.

Toms Name flackerte auf dem Display.

Sollte er ihn anrufen?

Nur um sicherzugehen?

Nur um zu hören, dass noch alles nach Plan lief?

Seine Finger schwebten zögernd über dem Bildschirm. Dann ließ er das Handy langsam sinken und steckte es wieder ein. Er stand auf.

Langsam begann er, über den Spielplatz zu gehen. Schritte im Sand, das Quietschen einer rostigen Schaukel im Wind. Die Minuten dehnten sich, wurden zäh. Als wolle die Zeit ihn verspotten.

Er trat gegen einen Stein, beobachtete, wie er durch den Sand rollte. Ging wieder ein paar Schritte. Trat gegen den Nächsten. Die Unruhe ließ ihn nicht los – sie fraß sich immer tiefer in seinen Körper, wie eine Raupe in einen Apfel. Gegen halb vier zog er erneut sein Handy hervor. Kein Anruf, keine Nachricht. Nur die Zeit – erbarmungslos. Vielleicht war es so weit.

Er atmete tief durch, schob das Handy zurück in die Tasche und verließ den Spielplatz. Die kühle Luft schnitt ihm ins Gesicht. Jeder Schritt hallte zu laut. Alles wirkte plötzlich zu hell und zu leer zugleich.

Sein Herz klopfte schneller, als er an die Zettel dachte. An jeden Einzelnen, der ihn Stück für Stück hierhergeführt hatte. Alles begann mit einem Namen. Und jetzt… stand er kurz davor, eine Antwort zu bekommen. Vielleicht.

Nach einer gefühlten Ewigkeit erreichte er das Gewerbegebiet. Die Straßen hier waren leer. Kein Mensch, kein Licht aus den Fenstern. Nur Beton, Stahl, Kälte.

Alex hielt auf ein verlassenes Lagerhaus zu – der Ort, den Tom genannt hatte. Das Gebäude wirkte tot. Der Putz bröckelte, das Dach war eingefallen, die Fenster blind. Über dem Eingang flackerte eine Leuchtreklame, alt, beschädigt.

Buchstaben glimmten auf, verschwanden wieder. Als würden sie mit ihm spielen. Er blieb stehen, außer Sichtweite. Beobachtete. Keine Bewegung. Kein Licht hinter den Scheiben.

Alex suchte sich eine Position mit gutem Blick auf den Eingang, ohne selbst gesehen zu werden. Wieder zog er sein Handy heraus. Keine Nachricht. Kein Tom.

Die Stille summte. In den Ohren. Im Kopf. In der Brust.

Er atmete flach. Die Geräusche der Industriehallen in der Ferne klangen wie das Echo einer Welt, zu der er nicht mehr gehörte. Die Straßenlaterne über ihm sirrte monoton.

Mit vorsichtigen Schritten bewegte er sich weiter.

Jede Bewegung analysierend. Jede Ecke abtastend.

Wo war Tom?

Was hatte er herausgefunden?

Und was, wenn das hier der Ort war, an dem sich alles aufklärte? Was, wenn Jonas Teil von etwas war, das viel größer war, als er bisher zu denken wagte?

Am Rand des Lagerhauses, am vereinbarten Treffpunkt, blieb Alex stehen. Von hier aus konnte er das Gebäude gut beobachten und blieb selbst im Schatten. Der Wind biss ihm ins Gesicht, sein Herz schlug unregelmäßig.

Er wartete.

Doch je länger nichts passierte, desto lauter wurde der Verdacht in seinem Kopf.

Was, wenn er allein war?

Was, wenn er längst mitten in der Falle saß?

Minuten verstrichen. Die Kälte kroch unter seine Kleidung, das Misstrauen unter die Haut. Schließlich zog er sein Handy heraus und wählte Toms Nummer.

»Die von Ihnen gewählte Nummer ist derzeit nicht erreichbar. Bitte versuchen Sie es später erneut.«

Er versuchte es erneut. Und wieder.

Keine Verbindung. Kein Ton. Kein Tom.

Etwas stimmte nicht.

Sein Blick wanderte vom Handy zum Eingangsbereich der Halle. Dort – Bewegung. Menschen tauchten auf. Zuerst einzelne Gestalten, dann mehr. Manche in schmuddeliger Kleidung, andere in Anzügen. Und dann eine Silhouette. Bekannt. Ausgerechnet diese Bewegung, dieser Gang, dieser Blick.

Jonas.

Er kam von der Seite des Gebäudes, trat zu der Gruppe – und verschwand mit ihnen im Innern der Halle. Alex fror. Nicht nur vor Kälte.

Er trat näher, sein Puls raste. Seine Schritte wurden vorsichtig, fast lautlos. Er musste wissen, was dort vor sich ging. Sein Blick wanderte an der Fassade empor. Dort, über der Tür, hing die alte Leuchtreklame. »Afterglow Extreme«. Verblasst. Verrostet. Kaputt.

Aber nicht heute.

Sein Herz stockte, dann raste es los.

Nur vier Buchstaben blinkten.

A – L – E – X

Grün. Unnatürlich hell. Der Rest des Schriftzugs blieb stumm.

Alex wich einen Schritt zurück.

Ein kalter Schauer lief ihm über den Rücken. Für einen Moment vergaß Alex zu atmen. Er starrte auf den Schriftzug. Vier Buchstaben. Immer wieder. Sie flackerten, pulsierten. Als würde die Leuchtreklame ihn anstarren, ihn bloßstellen.

Das war eine Botschaft.

Der Wind schnitt ihm ins Gesicht, aber er spürte ihn kaum noch. Alles schien zu verschwimmen – Zeit, Raum, Logik. Nur dieses Licht war noch da. Grün. Grell. Unerbittlich.

Die alten Buchstaben, einst nur Teil eines toten Firmenlogos, hatten sich in etwas anderes verwandelt – in ein Signal. Eine Anklage. Eine Drohung.

Jemand spielte mit ihm.

Jemand wollte ihn zerbrechen.

Das war mittlerweile unmissverständlich klar.

Alex' Atem ging stoßweise. Das flackernde Licht brannte sich in seine Gedanken. Es war kein technischer Defekt. Es war Absicht. Eine neue Zutat in einem perfiden Spiel, das längst eskaliert war. Er wandte den Blick ab. Aber das Bild blieb. Die Buchstaben blinkten weiter – in ihm.

ALEX.

ALEX.

ALEX.

Er konnte nicht länger warten.

Zettel. Stimmen. Leuchtschrift. Alles führte ihn hierher. Alles wollte ihn in diese Halle treiben.

Er holte tief Luft. Dann setzte er sich in Bewegung – Schritt für Schritt, mit dem Gefühl, dass er dem nächsten Kapitel seines Albtraums direkt entgegenlief.

An der Fassade flackerte sein Name weiter.

Ein Echo, das nicht mehr verstummen wollte.

Kapitel 23

Alex trat langsam in den Schatten der Lagerhalle. Sein Herz pochte laut, der kalte Wind kroch unter die Kleidung. Er erinnerte sich genau an den Moment, als er Jonas hatte hineingehen sehen – zielstrebig, ohne zu zögern. Der Anblick hatte sich eingebrannt. Und Tom?

Seit fast einer Stunde kein Lebenszeichen.

Alex blieb stehen. Die Ereignisse des letzten Tages flackerten durch seinen Kopf wie Bruchstücke eines Traums. *Jonas ist da drin*, dachte er – und ihm stockte der Atem.

Tom hatte ihm etwas zeigen wollen. Aber jetzt war da nur Schweigen. Und Alex allein. Gegen etwas, das er nicht greifen konnte. Er zwang sich vorwärts, Schritt für Schritt. Der Eingang der Halle wirkte wie ein schwarzes Maul. Die Erinnerung an den flackernden Schriftzug, an die Zettel – sie klebten in seinem Kopf wie Spinnweben.

Als er nahe genug war, wagte er einen Blick durch eines der trüben Fenster. Seine Hände zitterten leicht, als er sich auf ein paar lose Steine stellte, um höher zu kommen. Das Glas war stumpf vor Staub, das Licht dahinter fahl. Nur undeutliche Schatten.

Er wechselte die Position. Beim zweiten Fenster war der

Schmutz dünner, der Blick klarer. Und dann sah er sie.

Im Innern der Halle, unter einem provisorischen Licht, arbeiteten Menschen. Vier, vielleicht fünf. Zwischen Holzsplittern und Werkzeugen standen sie über kleine Kisten gebeugt. Ihre Bewegungen waren ruhig, präzise. Sie hämmerten und feilten. Sägende Geräusche. Und dazwischen: Stimmen. Gedämpft. Unverständlich.

Alex beugte sich näher. Sie bauten kleine Kästchen. Sie wirkten seltsam vertraut – kunstvoll teils, andere roh, fast unfertig. Einer der Männer hielt inne. Blickte auf, als hätte er etwas gespürt. Alex zuckte zurück. Etwas stimmte hier nicht.

Es wirkte nicht wie Arbeit. Es war... rituell. Still. Unheimlich konzentriert. Wie ein geheimer Schwur, der mit jedem Hammerschlag erneuert wurde.

Sein Atem ging flach. Erinnerungen stiegen in ihm hoch – die Schatulle auf seinem Bett. Die Gravuren. Das Holz. Jetzt erkannte er dieselbe Machart wieder. Dasselbe Muster. Ein kaltes Ziehen breitete sich in ihm aus.

Dann – ein anderes Geräusch. Kein Werkzeug. Kein Wort. Nur ein kurzes, klirrendes Echo. Es schnitt durch die Stille, verschwand sofort wieder, aber er spürte: Das war kein Zufall. Das hier war mehr als nur Handwerk.
Es war Vorbereitung.

Sein Atem beschlug das Glas. Der Blick durch das Fenster war nur ein verzerrter Ausschnitt – und doch spiegelte sich darin mehr als eine Werkstatt. Es war, als würde er in einen Abgrund aus Fragen schauen, der ihn unaufhaltsam hineinzog.

Alex' Herz schlug schneller. Er strich mit den Fingerspitzen über die Scheibe, als könne er die Szenerie schärfen, die sich ihm entziehen wollte. Das Klopfen, das Klirren, die Schatten – alles wirkte bedeutungsvoll. Und doch verstand er nichts.

Er schloss kurz die Augen. *Was ist das hier? Was hat Jonas damit zu tun?* Als er sie wieder öffnete, lag die Halle vor ihm, regungslos im Zwielicht.

Er wich ein Stück zurück, suchte sich Deckung in den Schatten. Von dort konnte er weiter beobachten – geduckt, ruhig, angespannt. Hinter den Scheiben bewegten sich schemenhaft die Gestalten. Ihre Bewegungen wirkten konzentriert, fast ritualhaft. Werkzeuge klopften leise, Stimmen flüsterten. Nichts an dieser Szene war gewöhnlich. Minuten vergingen.

Dann, langsam, löste sich die Gruppe auf. Einer nach dem anderen verschwand durch eine Tür in einen angrenzenden Raum. Die Geräusche wurden leiser, das Licht schwächer.

Alex verharrte, reglos, den Blick auf die Halle gerichtet. Etwas stimmte nicht. Die Schatullen – sie sahen aus wie die, die bei ihm im Haus gelegen hatte. Zu ähnlich, um Zufall zu sein. Er wartete, bis das letzte Licht flackerte, dann bewegte er sich.

Langsam. Lautlos. Die Tür knarzte leise, als er sie öffnete. Der Raum dahinter lag im Halbdunkel. Holz, Staub, Metall. Zwischen Werkbänken, Werkzeugen und offenen Kisten entdeckte er sie: Schatullen. Roh, verziert, alte, neue.

Alex trat näher. Eine von ihnen sah fast exakt aus wie die, die auf seinem Bett gelegen hatte – schlicht, glatt geschliffen, ohne Verzierungen und mit derselben hellen Maserung und dem funktionalen Design. Die Ähnlichkeit war unübersehbar.

Er griff danach.

Ein kalter Schauer überlief ihn. Er hatte recht gehabt.

Diese Kästchen… stammten von hier.

Er drückte die Schatulle an sich, sah sich um – dann hörte er Stimmen. Gedämpft. Näher. Vorsichtig schlich er sich in Richtung des Geräuschs, fand einen Spalt in einer Tür. Licht flackerte, tanzte über den Boden. Er beugte sich vor.

Ein Raum, spärlich beleuchtet. Beton, Klappstühle. Schatten an Wänden. Mehrere Gestalten saßen im Halbkreis. In ihrer Mitte: ein Mann in einem alten Holzlehnstuhl. Blass, eingefallene Wangen, knochige Hände. Er sprach – ruhig, eindringlich.

Alex verstand nur Fetzen.

»… ich habe ihn über längere Zeit beobachtet. Aber was hätte ich tun sollen? Ich brauchte es. Ich musste es tun…«

Er runzelte die Stirn. Wen hatte er beobachtet? Wovon redete er?

»… Aber dann fing er an, stehen zu bleiben, sich umzudrehen. Hat in jede Richtung geschaut. Ich wusste, dass er mich bemerkt hat.«

Alex schluckte hart. Das kam ihm bekannt vor. Dieses Kribbeln im Nacken, das ihn zwang, immer wieder über die Schulter zu blicken. Diese Unsicherheit, ob er allein war. Anscheinend wusste der Fremde genau, wie man dieses Gefühl auslöst.

»… Also tat ich es. Hab ihm einen Zettel mit einer Nachricht hinterlassen…«

Er fühlte, wie ihm eiskalt wurde. Nachricht? Zettel?

»Und dann?«, fragte eine zweite Stimme.

»Bin weggerannt. So lange, bis ich nicht mehr konnte, glaube nicht, dass er mich gesehen hat…«

Eine Pause. Dann, nach einem Moment der Stille, meldete sich eine dritte Stimme – rau, erschöpft, mit einem müden Hauch von Verständnis:

»So ist das. Irgendwann machst du alles, wenn's nötig ist. Du brauchst dich nicht zu schämen.«

Alex lehnte sich noch näher an die Tür, sein Atem flach, sein Herz hämmernd. Er wollte mehr hören. Musste mehr hören.

Da war ein Zusammenhang. Es konnte kein Zufall sein. Diese Leute wussten etwas – sie sprachen von Zetteln, von Beobachtungen, von jemandem, der fliehen musste. Sein Magen zog sich zusammen. Vielleicht war das die Antwort, nach der er gesucht hatte. Tom musste recht gehabt haben und Jonas hatte mehr mit der ganzen Sache zu tun.

Er verlagerte sein Gewicht vorsichtig auf die Fußspitzen, presste sich dichter an das kalte Holz der Tür, als könne er sich so näher an die Wahrheit heranschleichen.

Dann hörte er es.

Ein Stuhl wurde über den Boden geschoben. Stoff raschelte, ein leises Räuspern.

»Ich geh mal kurz raus«, sagte eine Stimme.

Alex erstarrte.

Die Tür bewegte sich. Ganz leicht.

Sein Herz schlug so heftig, dass er fürchtete, es würde ihn verraten.

Jemand kam auf ihn zu. Direkt auf die Tür zu.

Er wich einen Schritt zurück, sein Rücken traf die kalte Wand des Vorraums. Sein Blick huschte zur Seite, suchte verzweifelt nach einem Ausweg. Hier gab es nur ein paar gestapelte Kisten, eine alte Werkbank, dahinter eine schmale Tür, die wahrscheinlich in einen anderen Teil des Lagerhauses führte. Die Türklinke wurde gedrückt.

Alex machte einen letzten Schritt rückwärts und huschte hastig hinter die Werkbank, gerade rechtzeitig, bevor die Tür aufschwang. Ein Mann trat in den Vorraum. Er bewegte sich langsam, gähnte leise und rieb sich über das Gesicht, bevor er auf eine Tür am anderen Ende zusteuerte. Vielleicht eine Toilette, vielleicht ein weiterer Nebenraum.

Alex presste sich tiefer in den Schatten.

Die Schritte hallten auf dem Betonboden wider, dann fiel eine Tür ins Schloss. Alex wartete noch einen Moment, sein Puls hämmerte in seinen Ohren. Dann nutzte er die Gelegenheit – lautlos zog er sich tiefer zurück und verschwand wieder nach draußen.

Die kalte Nachtluft schlug ihm entgegen, als er vorsichtig aus dem Vorraum hinaustrat. Er sog sie hastig ein, sein Atem bildete kleine Dampfwolken in der Dunkelheit. Sein Herz raste immer noch, aber er zwang sich, ruhig zu bleiben.

Alex wich ein paar Schritte von der Tür zurück, ohne den Blick vom Gebäude zu nehmen. Noch immer hallten die letzten Gesprächsfetzen in seinem Kopf nach. Zettel. Beobachtungen. Eine Flucht. Hatte er gerade etwas Entscheidendes gehört?

Seine Finger schlossen sich fester um die Schatulle in seiner Hand. Er war sich sicher, dass hier irgendwo ein Zettel sein musste – er hatte sich inzwischen daran gewöhnt, immer einen zu finden. Aber diesmal? Nichts.

Ein unwohles Gefühl kroch ihm den Rücken hinauf. Aber als er näher darüber nachdachte, Jonas ist jetzt gerade in der Halle, wie sollte jetzt auch ein Zettel auftauchen?

Er blieb kurz stehen, ließ den Blick über das Lagergelände wandern. Der Hof lag verlassen da, nur ein einzelner Scheinwerfer flackerte über den rissigen Asphalt. Hinter den gestapelten Containern am Rand des Geländes ragten Schatten auf – zu groß, zu unregelmäßig, um sie genau deuten zu können. Sein Instinkt schrie ihm zu, sich zurückzuziehen. Sich in Sicherheit zu bringen.

Doch ein Gedanke ließ ihn innehalten.

Tom.

Er hatte ihn hierhergeführt. Hatte behauptet, Jonas würde sich hier regelmäßig treffen und er würde hier Antworten finden. Doch jetzt war Tom verschwunden. Sein Handy war nicht erreichbar.

Alex ballte die freie Hand zur Faust.

Etwas stimmte hier nicht und jetzt war vermutlich eine der letzten Gelegenheiten allem auf die Schliche zu kommen. Er stand reglos auf dem verlassenen Gelände. Sein Blick war auf den dunklen Horizont gerichtet, doch in seinem Kopf rasten die Gedanken.

All die losen Enden, all die einzelnen Puzzleteile – es musste eine Verbindung geben. Es konnte kein Zufall sein, dass sich alles immer weiter um Jonas drehte.

Die Zettel.

Jemand hatte ihn beobachtet, ihm Nachrichten hinterlassen, ihn in den Wahnsinn getrieben. Immer wieder waren diese verdammten Zettel aufgetaucht – in seinem Haus, an seinem

Auto, an Orten, an denen er sich sicher geglaubt hatte. Und nun diese Menschengruppe, die er nicht einmal kannte, die Schatullen, das seltsame Gespräch von eben… alles schien sich zu Jonas zurückzuverfolgen.

Er erinnerte sich an die Schatulle, die er in seinem Haus gefunden hatte. Eine, die offensichtlich von hier stammen musste. Alex biss sich auf die Unterlippe.

Lena hatte Jonas vertraut. Sie hatte gesagt, dass er sein Leben wieder in Ordnung brachte. Doch wenn sie das alles jetzt sehen könnte – wenn sie sehen könnte, wie tief Jonas in diesem Netz steckte und wie sehr Alex sie jetzt brauchte…
Seine Hände ballten sich zu Fäusten.
Und dann fiel sein Blick darauf.

Ein Auto, abgestellt am Rand des Geländes, halb im Schatten, halb beleuchtet vom flackernden Licht der alten Straßenlaterne. Abgewrackt, mit leicht rostiger Karosserie, ein altes Modell, das seine besten Tage längst hinter sich hatte.
Alex´ Atem stockte.
Dieses Auto.

Ein Schauer lief ihm über den Rücken. Er kannte es. Er hatte es schon einmal gesehen. Nein – nicht nur einmal. Mehrmals. Und dann, als hätte jemand in seinem Kopf einen Schalter umgelegt, fiel es ihm wie Schuppen von den Augen.

Dieses Auto… es war nicht nur irgendein altes, verbeultes Fahrzeug. Es war das Auto. Das, dass immer da gewesen war, wenn etwas Merkwürdiges passiert war.

Er erinnerte sich an den Moment, als er vor dem Büro im Wagen gesessen hatte, geduldig wartend, während sein Blick über die Szenerie gewandert war. Da hatte es schon dort gestanden, leicht im Schatten, unauffällig und vergessen – oder zumindest hatte er das gedacht.

Und dann der Abend auf der Hundewiese. Die Minuten zogen sich endlos, während er immer wieder die Straße und den Parkplatz im Auge behalten hatte. Auch dort hatte es gestanden, schräg auf einem Parkplatz, mit seinem abgewetzten Lack und einer Präsenz, die er erst jetzt als seltsam erkannte.

Alex riss die Augen weiter auf.

Es war die ganze Zeit da gewesen.

Wie hatte er es nur übersehen?

All die Zettel. All die Nachrichten. Die paranoiden Gedanken, das Gefühl, dass ihn jemand beobachtete… Und jetzt stand dieses Auto hier, vor dieser Lagerhalle, vor dem Ort, an dem Jonas gerade war.

Es war der letzte Beweis, den er gebraucht hatte.

Seine Atmung wurde schwerer, sein Herzschlag hämmerte in seinen Ohren.

Jonas.

Er hatte die ganze Zeit über alles gesteuert. Er hatte ihn verrückt gemacht, hatte ihn manipuliert, ihn in die Irre geführt, hatte Spuren gelegt und dabei genau gewusst, dass Alex irgendwann an diesen Punkt kommen würde.

Seine Finger krampften sich um die Schatulle.

Er hatte genug von Rätseln, genug von Hinweisen, genug davon, in der Dunkelheit zu tappen.

Jonas war hier.

Und diesmal würde er Antworten bekommen.

Alex marschierte mit schnellen Schritten auf die Lagerhalle

zu, die Wut kochte in ihm hoch. Doch je näher er kam, desto mehr setzte sich ein anderer Gedanke in seinem Kopf fest.

Was, wenn Jonas noch immer mit den anderen zusammen war?

Er hielt abrupt inne.

Das hatte er gerade beobachtet – Männer, die Jonas wohlgesonnen waren. Vielleicht sogar seine Komplizen. Wenn er jetzt in den Raum stürmte und ihn zur Rede stellte, dann wäre er in der Unterzahl. Im schlimmsten Fall würden sie ihn einfach rauswerfen – oder schlimmer… außer Gefecht setzen?

Sein Blick wanderte zurück zum Auto.

Es gab eine bessere Möglichkeit.

Langsam drehte er sich um und steuerte stattdessen auf den Wagen zu. Die rostige Karosserie schimmerte matt unter dem schwachen Licht der Laternen. Er ließ sich einen Moment Zeit, spürte, wie sich seine Atmung wieder verlangsamte. Dann hob er die Schatulle und stellte sie mit einem dumpfen Klacken provokativ auf die Motorhaube.

Er lehnte sich daneben an den Wagen, verschränkte die Arme und wartete. Die Minuten zogen sich endlos in die Länge. Die kühle Nachtluft brannte in seinen Lungen, sein Herz pochte in seinem Brustkorb. Sein Blick wanderte immer wieder zum Eingang der Lagerhalle.

Und dann – endlich – öffnete sich die Tür.

Jonas trat nach draußen. Er wirkte entspannt, schien in Gedanken versunken. Erst als er sein Auto erreichte, hielt er inne.

Sein Blick fiel auf die Schatulle.

Alex beobachtete ihn aus dem Schatten heraus, sah, wie sich Jonas' Augenbrauen verwirrt zusammenzogen. Zögernd nahm er das kleine Holzstück in die Hand, drehte es, betrachtete es im spärlichen Licht.

Genau in diesem Moment trat Alex aus der Dunkelheit.

»Interessantes Stück, oder?«

Jonas zuckte erschrocken zusammen, ließ die Schatulle fast fallen.

»Verdammt, Alex!«, fuhr er ihn an, während er sich ruckartig zu ihm umdrehte.

»Was zum Teufel machst du hier?«

Alex trat langsam näher. Seine Stimme war ruhig, aber eiskalt.

»Dachtest wohl, mit einer deiner hier gebauten Schatullen und den Zetteln überall machst du mich mürbe, was?«

Jonas runzelte die Stirn. »Was? Wovon redest du?«

Alex ignorierte ihn. Er ging weiter auf ihn zu, sein Blick durchbohrend.

»Planst wohl schon, wo du den nächsten Zettel platzierst, hm? Hast dich schon entschieden?

Weg nach Hause?

Die Nächste Kreuzung oder Ampel?«

Jonas blinzelte verwirrt, schüttelte leicht den Kopf.

»Ehrlich, ich hab keine Ahnung, worauf du hinauswillst.«

Alex ließ ein schnaubendes Lachen hören, doch es war humorlos, bitter.

»Natürlich hast du das nicht«, sagte er sarkastisch.

»Du hast ja nie eine Ahnung. Du bist einfach zufällig immer da, wenn wieder irgendwas passiert, nicht wahr?«

Jonas' Gesicht wurde noch fragender.

»Was soll das heißen? Was ist los mit dir?«

Alex trat nun so nah an ihn heran, dass kaum noch ein halber Meter zwischen ihnen lag. Seine Augen funkelten im spärlichen Licht.

»Weißt du, was mich wirklich wundert?«, fragte er leise.

»Dass du dir nicht mehr Mühe gegeben hast, deine Spuren zu verwischen. Hast du wirklich geglaubt, ich merke es nicht? Dass ich nicht irgendwann eins und eins zusammenzähle?«

Jonas wich einen halben Schritt zurück, die Schatulle immer noch in der Hand.

»Du machst mir langsam Angst«, sagte er.

»Ich weiß nicht, was in deinem Kopf gerade vorgeht, aber was auch immer du glaubst – es stimmt nicht.«

Doch für Alex klang das nur nach einem weiteren Versuch, ihn hinters Licht zu führen.

Seine Finger ballten sich zu Fäusten.

Die Luft zwischen ihnen war aufgeladen, wie die letzten Sekunden vor einem Sturm.

Und diesmal war Alex nicht bereit, sich täuschen zu lassen.

Er spürte, wie sich die Wut in ihm aufstachelte, wie ein Feuer, das durch jeden Atemzug weiter entfacht wurde. Jonas stand vor ihm, mit diesem verwirrten Ausdruck im Gesicht – als hätte er wirklich keine Ahnung, worum es hier ging.

Als wäre er das Opfer.

Alex lachte bitter.

»Hör auf mit der Show«, zischte er. »Du bist verdammt noch mal erwischt worden, also steh wenigstens dazu!«

Jonas schüttelte den Kopf, trat einen Schritt zurück, doch er folgte ihm.

»Alex, verdammt! Beruhig dich! Ich weiß nicht, was du dir da zusammenreimst, aber«

»Halt die Fresse!«, fuhr Alex ihn an und stieß ihn mit beiden Händen gegen die Brust.

Jonas stolperte zurück, rammte mit dem Rücken gegen die Motorhaube seines Wagens. Die Schatulle fiel ihm aus der Hand und landete mit einem dumpfen Geräusch auf dem Asphalt. Sie zerbarst.

Einen Moment lang herrschte Stille.

Dann eskalierte die Situation.

Jonas stieß sich von der Motorhaube ab und packte Alex am Kragen.

»Bist du irre?!«, fauchte er, während er ihn grob zurückdrängte.

Alex riss sich los, sein ganzer Körper angespannt wie eine Feder kurz vor dem Sprung.

»Sag mir ins Gesicht, dass du nichts damit zu tun hast!«, verlangte er.

»Ich hab nichts damit zu tun, verdammt!« Jonas' Stimme überschlug sich vor Frust.

Doch für Alex war das nur eine Lüge, wie eine weitere billige Ausrede. Er ballte die Fäuste, spürte das Adrenalin in seinen Adern rauschen.

»Lüg mich nicht an!«

Dann brach das Chaos los.

Alex holte aus, riss Jonas zu Boden. Sie prallten hart auf den Asphalt, Jonas landete halb auf Alex, doch der Schmerz hielt keinen von beiden auf. Jonas versuchte, sich zu befreien, stieß einen Fluch aus, während Alex ihn mit aller Kraft am Arm packte.

Sie rollten über den kalten Boden, Schotter und kleine Steinchen rissen ihre Haut auf. Jonas traf Alex mit dem Ellbogen an der Rippe, ein stechender Schmerz zuckte durch seinen Körper, doch er ließ nicht los.

Ein Schlag, ein Tritt – sie wälzten sich ineinander verkeilt über den Boden, blind vor Wut.

Alex spürte, wie seine Lippe platzte, schmeckte das Eisen vom Blut auf seiner Zunge. Jonas' Hand riss an seinem Kragen, sein Knie schlug gegen Alex´ Bein. Ein dumpfer Knall, als sie gegen die Seite des Autos prallten.

Dann – Stimmen.

»Hey! Was zum Teufel?!«

Rasch näherkommende Schritte.

Alex hörte, wie sich mehrere Personen von der Lagerhalle aus auf sie zubewegten.

Jonas schaffte es, sich loszureißen, keuchte schwer.

»Verdammt, was ist los mit dir!« Er hielt sich die Schulter, sein Gesicht vor Wut und Schmerz verzogen.

Alex war ebenfalls schwer atmend zurückgewichen, seine Hände blutverschmiert, sein Kopf hämmerte. Seine Rippe schmerzte bei jedem Atemzug.

Die Männer kamen näher, ihre Stimmen drangen wie aus weiter Ferne zu ihm durch.

»Was geht hier vor?«

»Jonas? Alles okay?«

»Wer ist das? Was passiert hier?«

Alex ließ langsam von Jonas ab. Sein Puls raste noch immer, sein Körper vibrierte vor aufgestauter Energie.

Die Blicke der Männer ruhten auf ihm.

Sein Körper brannte von der Auseinandersetzung, aber seine Gedanken waren noch lauter.

Er hatte ihn fast gehabt.

Er hatte Antworten gewollt.

Doch jetzt war das alles egal.

Jonas richtete sich mühsam auf, wischte sich mit dem Handrücken über den Mund.

»Was… zur Hölle… stimmt nicht mit dir?«, brachte er hervor.

Alex wich zurück.

Fürs Erste war die Eskalation vorbei. Doch das bedeutete nicht, dass er aufgab.

Nicht jetzt.

Nicht, wo er so kurz davor war, alles zu verstehen.

Er atmete schwer, sein Blick wanderte zwischen den Männern hin und her. Jonas hielt sich die Schulter, sein Gesicht verzogen vor Schmerz und ungläubiger Wut. Um sie herum standen nun mehrere der Gruppenmitglieder, die ihn mit einer Mischung aus Argwohn und Besorgnis musterten.

»Verdammt noch mal, was sollte das?!« Jonas' Stimme klang erschöpft, aber gereizt.

Alex schüttelte den Kopf, als wolle er die Stimmen in seinem Kopf vertreiben. Seine Gedanken waren ein einziges Chaos, die Wut noch nicht ganz verraucht.

»Dieser Typ…«, begann er atemlos und richtete seinen Blick auf einen Mann mit eingefallenen Wangen und tiefen Schatten unter den Augen. »Ich hab dich vorhin gehört. Ich weiß, dass du mit Jonas unter einer Decke steckst. Dass du Bescheid weißt.«

Der Mann runzelte die Stirn. »Was?«

»Du hast gesagt, du hast ihn beobachtet. Ihm einen Zettel hinterlassen. Und dann bist du weggelaufen!« Alex trat einen Schritt näher, seine Hände noch immer zu Fäusten geballt.

Der Mann blinzelte verwirrt. Dann schüttelte er langsam den Kopf.

»Ich… hab von meinem Dealer geredet, Mann«, sagte er schließlich mit rauer Stimme.

»Vor ein paar Jahren. Hab ihn aus der Ferne beobachtet, bis ich mir sicher war, dass er gerade alleine war. Ich habe ihn ausgeraubt und ihm einen Zettel geschrieben auf den ich mich entschuldigt habe. Ich wollte nie kriminell sein, und an dem Tag bin ich zum Verbrecher geworden.«

Alex starrte ihn an.

Sein Magen zog sich zusammen.

Die Gesprächsfetzen…

Die verdammten Gesprächsfetzen.

Sie hatten nichts mit ihm zu tun gehabt.

Jonas seufzte schwer, rieb sich die Schläfen und schüttelte dann den Kopf.

»Alex… das hier ist eine Selbsthilfegruppe.«

Er blinzelte. »Was?«

Jonas ließ seine Hand sinken, sah ihn müde an.

»Ich leite sie. Schon seit einiger Zeit. Ich bin clean, seit Jahren. Das hier sind keine Komplizen, keine Verschwörung, oder wovon du da auch immer redest. Nur Menschen, die versuchen, ihr Leben auf die Reihe zu kriegen.«

Ein leiser Schauer lief Alex über den Rücken.

Sein Blick glitt über die Männer um ihn herum. Ihre

angespannten Gesichter, die Müdigkeit in ihren Augen, die stillen Blicke zwischen ihnen.

Er hatte sich geirrt.

Er hatte sich so unglaublich geirrt.

Die Holzarbeiten sollten die Menschen hier ablenken, auf eine normale Bahn lenken.

Ein leises Murmeln riss ihn aus seinen Gedanken. Er drehte sich ruckartig um – einer der Männer stand ein Stück abseits, das Handy ans Ohr gedrückt.

Alex konnte nicht hören, was gesagt wurde.

Aber er wusste es.

Sein Puls setzte für einen Moment aus – dann raste er los.

»Hey!«, rief Jonas hinter ihm, aber Alex war bereits in Bewegung. Er sprintete über das Lagergelände, sein Herz schlug wie ein Hammer gegen seine Rippen. Sein Kopf dröhnte, seine Gedanken schrien.

Er hatte keine Wahl.

Er musste verschwinden.

Bevor es zu spät war.

Kapitel 24

Jede weitere Vibration ließ ihn zusammenzucken. Die Dunkelheit war überall. Alex stolperte durch die Nacht, sein Atem flach und unregelmäßig. Seine Schritte hallten auf dem nassen Asphalt, verloren sich zwischen den hohen Gebäuden, die sich wie stumme Riesen über ihm auftürmten. Die Welt war still – zu still.

Schmerz pulsierte durch seinen Körper, ein dumpfes Echo der vergangenen Minuten… oder waren es Stunden? Seine Rippen von der Rauferei mit Jonas, sein Finger war geschwollen, und schmerzte bei jeder noch so kleinen Bewegung. Sein Gesicht fühlte sich taub an, doch als er mit der Zunge über seine Lippe fuhr, schmeckte er immer noch Blut. Er wusste nicht mehr, wie weit er gelaufen war.

Seine letzte klare Erinnerung war der Moment, als er das Handy auf den Boden fallen ließ. Das Display vibrierte weiter, immer wieder dieselbe Nachricht.

Alex

Ein Name. Sein Name. Immer wieder.

Er hatte es wieder hochgehoben, versucht, die Nummern zurückzurufen – nichts. Kein Freizeichen. Kein Signal.

Nur Stille.

Seitdem bewegte er sich, irrte durch die Straßen, ohne Plan, ohne Ziel. Seine Gedanken kreisten endlos, als wären sie in einem Labyrinth gefangen, aus dem es kein Entkommen gab.

Er blickte sich um.

Alles wirkte fremd.

Sein Körper fühlte sich schwer an, seine Muskeln müde, aber er konnte sich nicht ausruhen. Er musste weiter.

Nur… wohin?

Sein Zuhause war keine Option. Dort erwartete ihn nichts außer Stille, sein Name in Blut an der Wand, womöglich die Polizei – und die Gewissheit, dass es längst nicht mehr sicher war.

Die Polizei…? Würden sie ihm glauben? Oder würden sie ihn für verrückt erklären? Er presste die gesunde Hand gegen seine Stirn, versuchte seine Gedanken zu ordnen. Doch es war, als würde sein Verstand gegen eine Wand schlagen.

Dann – wieder eine Vibration.

Sein Herz setzte einen Schlag aus. Er wollte sein Handy eigentlich schon gar nicht mehr in die Hand nehmen, aber seine Finger griffen instinktiv in die Tasche, holten das Handy hervor.

Eine neue Nachricht.

Er legte seinen Daumen auf das Display.

Alex

Sein Magen zog sich zusammen.

Er wollte es ignorieren. Er musste es ignorieren. Doch sein Finger bewegte sich wie von selbst über das Display, rief die Nummer an.

Kein Freizeichen.

Nur Stille.

Dann vibrierte das Handy erneut.

Eine neue Nummer.

Alex

Seine ganzer Körper fühlte sich taub an.

Er spürte, wie sich die Panik ausbreitete, kalt und lähmend.

Er war allein.

Isoliert.

Jemand spielte mit ihm. Und er konnte nichts dagegen tun.

Alex presste die Zähne zusammen, zwang seine Beine weiterzugehen. Er konnte sich nicht einfach hier hinstellen und warten. Er musste einen Ausweg finden.

Doch ein neuer Gedanke schob sich langsam in seinen Kopf.

War er wirklich allein?

Oder wartete jemand nur auf den perfekten Moment?

Er schlurfte weiter durch die Nacht. Seine Beine fühlten sich schwer an, sein Kopf pochte mit jedem Schritt. Er wusste nicht, wohin er ging – er bewegte sich einfach, weil das Stehenbleiben schlimmer wäre.

Sein Atem war flach, ungleichmäßig. Der Schmerz in seinen Rippen pochte dumpf, eine ständige Erinnerung an die letzte Eskalation. Seine Finger waren taub von der Kälte, aber das war nicht mehr wichtig.

Nichts war mehr wichtig.

Dann vibrierte es wieder.

Alex blieb abrupt stehen.

Seine Hand wanderte in die Jackentasche, zog das Handy heraus. Das Display leuchtete in der Dunkelheit auf, ein einzelner Name in klaren Buchstaben:

Alex

Er ballte die Hand um das Gerät, sein Griff wurde fester. Seine Brust hob und senkte sich unruhig.

Er wusste, was passieren würde, wenn er es wieder versuchte.

Kein Freizeichen. Keine Stimme am anderen Ende.

Nur Stille.

Die nächste Vibration kam schneller als erwartet.

Alex.

Dann noch eine.

Alex.

Es musste bereits die fünfzigste Nachricht sein.

Die Kälte der Nacht war nichts gegen das, was in ihm

brodelte. Er konnte nicht mehr.

Er wollte nicht mehr.

Seine Finger zitterten, als er das Handy anstarrte. Er könnte es ausschalten. Einfach wegstecken, ignorieren. Aber das würde nicht helfen. Die Nachrichten würden trotzdem weiter existieren.

Die Namen. Die Stimmen, die keine Stimmen waren.

Sein ganzer Körper spannte sich an.

Dann ließ er los.

Das Handy glitt aus seiner Hand, fiel lautlos auf den Boden. Ein leiser Aufprall auf nassem Asphalt, kaum hörbar in der weiten Stille der Nacht.

Es vibrierte noch einmal. Er wusste, was er sehen würde, wenn er es nun aufheben würde.

Alex.

Er starrte darauf hinunter, sein Herz raste in seiner Brust.

Er hätte es aufheben können. Er hätte es ausschalten können. Aber er tat nichts.

Langsam drehte er sich um.

Er setzte einen Schritt nach vorne. Dann einen weiteren.

Er ging einfach weiter, ließ das Handy hinter sich.

Die Vibrationen wurden schwächer, gedämpft von der Distanz. Aber er drehte sich nicht mehr um.

Er wollte es nicht mehr hören.

Er wollte einfach nur, dass es endlich aufhörte.

Die Stadt wirkte unwirklich.

Alex bewegte sich durch leere Straßen, die im fahlen Licht der Laternen wie verlassene Korridore einer Welt erschienen, die nicht mehr ihm gehörte. Die Geräusche um ihn herum – das entfernte Brummen eines Autos, das gelegentliche Klappern eines losen Schildes im Wind – wirkten wie verzerrte Echos, als wäre er der letzte Mensch, der noch übrig war.

Seine Schritte hallten auf dem Pflaster, ein monotoner Rhythmus, der ihn in Bewegung hielt. Er wusste nicht genau, wo er war, aber es war egal. Er wollte nur weg. Weg von den Nachrichten, weg von den Stimmen in seinem Kopf, weg von der verzerrten Realität, die ihm den Boden unter den Füßen wegzog.

Seine Gedanken rasten.

Er war sich sicher gewesen. Jonas war der Schuldige. Doch jetzt… jetzt war alles nur noch ein einziges Durcheinander.

Jemand wollte ihn brechen.

Jemand wollte, dass er endgültig den Verstand verlor.

Jemand… spielte ein Spiel mit ihm. Und er war derjenige, der immer wieder die falschen Züge machte.

Alex zog die Schultern hoch, als ein kalter Windstoß durch die Straßen fegte. Die Nacht kroch unter seine Haut, doch diesmal war es nicht nur die Kälte. Es war das Wissen, dass er allein war – ohne Handy, ohne Freunde, ohne Lena… ohne Antworten. Er kam an einem Supermarktparkplatz vorbei – und dann sah er es.

Ein Auto.

Unspektakulär. Fast provokant dort geparkt – quer über zwei Parklücken. Sein Blick glitt darüber hinweg, ohne es richtig wahrzunehmen – es war eines von vielen, nur ein weiterer Wagen auf einem leeren Parkplatz.

Doch als er ein paar Schritte weiterging, fiel sein Blick erneut darauf.

Etwas daran war falsch.

Alex blieb stehen.

Er kannte dieses Auto. Er hatte es erst vor wenigen Minuten gesehen. Er hatte danebengestanden, es Dutzende Male angesehen, während er Jonas erwartet hatte.

Er kannte sie, diese runtergekommen rostige Karre.

Es war Jonas' Auto.

Oder?

Er schaute sich um und wusste nicht einmal mehr genau, wo er gerade war. Konnte das möglich sein?

Alex trat vorsichtig einen Schritt näher.

Sein Magen zog sich unangenehm zusammen.

Es stand nicht einfach nur da – es war fast provokant geparkt. Nicht so, als hätte es jemand zufällig abgestellt, sondern als wäre es mit einer gewissen Absicht genau hier platziert worden.

Er runzelte die Stirn.

Sein Blick glitt über die Karosserie. Ja, es war dasselbe Modell.

Dieselbe Farbe.

Doch dann fiel sein Blick auf das Nummernschild.

Alex erstarrte.

Es war anders. Er wusste es ganz genau. Dutzende Male hatte er vorhin auf Jonas Auto gestarrt und sich dabei unweigerlich das Nummernschild eingeprägt.

Sein Herz begann schneller zu schlagen.

Nicht Jonas' Auto.

Ein anderes. Ein identisches Fahrzeug – aber nicht dasselbe.

Alex atmete tief durch, während sein Verstand sich langsam um die Bedeutung dieses Moments schlang.

Jemand hatte sich dieses Auto gezielt besorgt.

Jemand hatte gewollt, dass er es mit Jonas' Wagen verwechselte.

Und er war genau in diese Falle getappt.

Ein Zittern breitete sich in seinem Körper aus – nicht aus Angst, sondern aus einer plötzlichen, messerscharfen Klarheit.

Er war getäuscht worden.

Alex schloss die Augen für einen Moment, zwang sich, ruhig zu bleiben. Er hatte keine Antworten – aber er hatte endlich wieder ein Ziel.

Und dieses Mal würde er nicht blind ins Messer laufen.

Vorsichtig trat er näher an das Auto heran.

Er musste wissen, was darin war.

Alex trat vorsichtig näher an das Auto heran.

Seine Augen huschten über die dunkle Karosserie, sein Atem ging flach. Er umrundete das Fahrzeug langsam, mit angespannten Schultern, jeder Muskel in seinem Körper bereit, auf das kleinste Anzeichen von Gefahr zu reagieren. Von außen wirkte es unscheinbar. Kein Geräusch aus dem Inneren, keine Bewegung hinter den Scheiben. Doch er wusste, dass etwas nicht stimmte.

Er versuchte, durch die getönten Fenster ins Wageninnere zu spähen, doch das Licht der Straßenlaternen war zu schwach. Das Armaturenbrett lag im Schatten, die Sitze wirkten leer. Keine Zettel, keine auffälligen Gegenstände, nichts.

Sein Herzschlag verlangsamte sich leicht.

Vielleicht war es doch nur ein Zufall. Vielleicht hatte er sich geirrt. Vielleicht war das einfach nur ein anderes, identisches Modell, das nichts mit ihm zu tun hatte. Aber wenn das stimmte – warum fühlte es sich dann so falsch an?

Alex biss sich auf die Lippe und zuckte zusammen, wegen seiner Wunde. Er könnte die Scheibe einschlagen. Die Gewissheit erzwingen. Seine Finger zuckten leicht. Eine schnelle Bewegung, und er könnte das Glas mit seinem Ellenbogen zertrümmern, hineingreifen, herausfinden, was sich darin verbarg. Doch was, wenn er damit eine Alarmanlage auslöste?

Was, wenn er genau das tat, was jemand von ihm erwartete?

Er trat einen Schritt zurück, spannte den Kiefer an.

Dann fiel sein Blick auf das Zündschloss.

Er blinzelte.

Der Schlüssel steckte.

Sein Atem stockte.

Das konnte kein Zufall sein. Niemand ließ seinen Autoschlüssel einfach stecken. Niemand parkte ein Fahrzeug offen zugänglich mitten in der Nacht. Alex spürte, wie sich eine kalte Welle durch seinen Körper zog.

War das hier eine Einladung? Oder eine Warnung?

Seine Finger zitterten leicht, als er die Hand ausstreckte und vorsichtig die Tür öffnete.

Kein Widerstand.

Kein Alarm.

Nur ein leises Klicken, als der Riegel nachgab.

Alex schluckte, spähte kurz über die Schulter. Die Straße lag verlassen da. Keine Bewegung. Keine Geräusche.

Er nahm einen tiefen Atemzug und schob sich ins

Wageninnere. Es lag ein modriger Geruch im Inneren in der Luft. Staub glitzerte schwach im spärlichen Licht, das durch die Windschutzscheibe fiel. Seine Hände glitten über die Sitze, das Armaturenbrett, das Handschuhfach.

Er öffnete es.

Sein Atem stockte.

Da lag etwas.

Ein einzelnes Stück Papier.

Er griff danach, zog es vorsichtig heraus. Seine Finger waren kalt, während er es langsam auseinanderfaltete.

Das Licht der Straßenlaterne fiel gerade so schräg ins Wageninnere, dass er die Buchstaben erkennen konnte.

Nur ein einziges Wort.

ENDE

Sein Herz setzte einen Schlag aus.

Er starrte auf das Wort, während sich eine eisige Kälte in seinem Magen ausbreitete. Es war nicht sein Name wie sonst.

Keine bewusst gestreute Spur, keine mehrdeutige Botschaft.

Das hier war eine Nachricht mit einer Information.

Ein Schlussstrich.

Er hatte es die ganze Zeit geahnt – jemand wollte ihn brechen, ihn zermürben, ihn so weit treiben, dass nichts mehr von ihm übrig blieb

Und jetzt…

Jetzt war er am letzten Punkt angekommen.

Alex schluckte schwer, seine Kehle fühlte sich trocken an.

Dann hörte er es.

Schritte.

Leise.

Hinter ihm.

Sein Atem beschleunigte sich.

Sein Blick flog zur offenen Fahrertür, doch alles, was er sah, war Dunkelheit.

War da jemand?

Er versuchte, sich aufzurichten, aber dann –

Ein Luftzug.

Ein dumpfer Aufprall gegen seinen Hinterkopf.

Sein Körper sackte nach vorne, das Licht der Laternen verschwand, die Geräusche der Nacht wurden dumpf, verzerrt.

Sein Bewusstsein entglitt ihm.

Und dann.

Nichts.

Dunkelheit.

Kapitel 25

Schmerz.

Das war das Erste, was er spürte.

Ein dumpfes, pochendes Brennen in seinem Hinterkopf, das sich mit jeder Sekunde verstärkte. Es fühlte sich an, als hätte jemand einen Hammer auf seinen Schädel niedersausen lassen und dabei vergessen, den Schlag zu beenden.

Alex blinzelte.

Sein Blick war verschwommen. Schatten tanzten vor seinen Augen, das schwache Licht, das von irgendwoher kam, flackerte unstet. Sein Kopf dröhnte, so wie er es noch nie getan hatte.

Er wollte sich aufrichten.

Doch da war Widerstand.

Ein Ruck.

Ein leises metallisches Klirren.

Sein Herzschlag beschleunigte sich.

Er versuchte es erneut, doch seine Arme bewegten sich kaum.

Erst jetzt bemerkte er, dass etwas seine Handgelenke fest umschloss. Kaltes, raues Material. Keine Handschellen – zu grob. Seile.

Panische Energie schoss durch seinen Körper, als er endlich

richtig wahrnahm, wo er war.

Ein Raum. Kalt. Alt.

Die Wände waren von Schimmel und Feuchtigkeit durchzogen, dunkle Flecken zogen sich über die bröckelnde Tapete. Ein modriger Geruch hing in der Luft, als wäre der Ort seit Jahren vergessen worden.

Und er lag auf einem Bett.

Kein richtiges Bett – eine alte, rostige Liege mit einem durchgelegenen Matratzenrest darauf. Seine Arme waren an die eisernen Bettpfosten gebunden, ebenso seine Füße. Die Seile schnitten ihm in die Haut, straff genug, dass er sich kaum bewegen konnte, aber nicht so, dass es unmöglich wäre.

Sein Atem ging schneller.

Er war gefesselt.

Er war gefangen.

Und er hatte keine Ahnung, wo er war.

Sein Kopf pochte schmerzhaft, als er ihn zur Seite drehte. Das letzte, woran er sich erinnerte, war das Auto. Die Dunkelheit. Der Zettel mit dem einen Wort.

Ende.

War das hier – der Schluss?

Alex schloss für einen Moment die Augen, versuchte, den Schmerz auszublenden, seine Gedanken zu ordnen. Doch alles, was er fand, war Angst.

Und dann – ein Geräusch.

Ein leises Knarren.

Jemand war hier.

Er hielt den Atem an.

Das Knarren war leise, fast unmerklich.

Aber es war da.

Ein Geräusch, das nicht zu diesem trostlosen Raum gehörte. Nicht zu der Stille, die ihn bis eben noch umschlossen hatte wie ein bleierner Mantel.

Jemand war hier.

Er konnte ihn nicht sehen – noch nicht. Aber er spürte die Präsenz. Wie eine unsichtbare Hand, die sich langsam um seine Kehle legte.

Alex riss an den Fesseln. Ein Reflex. Panik durchzuckte ihn wie ein Stromschlag, als die Seile sich nur noch tiefer in seine Haut gruben.

Verdammt.

Er zwang sich, ruhig zu bleiben.

Denken.

Er blinzelte, versuchte mehr von dem Raum zu erfassen. Seine Augen hatten sich mittlerweile an das düstere Halbdunkel gewöhnt. Die Wände waren kahl, die Tapete hing in schmutzigen Fetzen herab. In der Ecke stand ein umgekippter Holzstuhl, daneben eine verstaubte Kommode mit einer Schublade, die halb offenstand. Das Licht kam von irgendwo rechts hinter ihm – vielleicht eine schwache Glühbirne, vielleicht eine Taschenlampe.

Das Bettgestell unter ihm knirschte leise, als er sich minimal bewegte. Er wusste nicht, ob er allein war. Aber er wusste, dass er es nicht bleiben würde.

Dann – wieder ein Geräusch.

Ein weiteres Knarren.

Langsamer diesmal. Näher.

Alex spannte jeden Muskel an, während sich eine Gänsehaut

über seine Arme zog. Sein Nacken fühlte sich heiß und kalt zugleich an.

Er starrte auf die offene Tür.

Sie war nur einen Spalt weit offen. Dahinter – nichts als Dunkelheit.

Oder?

Sein Atem ging flacher, kontrollierter. Sein Herzschlag pochte in seinen Ohren, übertönte fast das leise Ziehen der Seile, als er noch einmal ruckte.

Er musste sich befreien.

Aber wenn er es zu früh versuchte…

Ein dritter Laut.

Diesmal war es anders. Kein Knarren, kein leises Schaben.

Es war ein Atemzug.

Langsam.

Tief.

Alex erstarrte.

Da war jemand.

Direkt hinter der Tür.

Er konnte ihn nicht sehen – aber er war sich sicher, dass die Dunkelheit ihn gerade anstarrte.

Sein Mund wurde trocken. Das Warten war das Schlimmste.

Dann – ein neuer Laut.

Langsames, gleichmäßiges Klopfen.

Klopf. Klopf. Klopf.

Nicht laut. Nicht hektisch. Es hatte eine absurde Ruhe.

Alex spürte, wie seine Finger zuckten. Sein Verstand raste.

Warum?

Warum dieses verdammte Klopfen?

Warum tat niemand etwas?

Warum stand er einfach da?

Alex öffnete den Mund, doch sein Hals war wie zugeschnürt.

Dann hörte das Klopfen auf.

Stille.

Sekunden verstrichen. Oder waren es Minuten?

Alex wagte nicht, sich zu rühren.

Und dann –

Die Tür bewegte sich.

Ganz langsam. Ein schwarzer Spalt wurde größer.

Zentimeter für Zentimeter.

Jemand trat ein. Alex hielt die Luft an.

Sein Herz pochte so laut, dass er glaubte, der ganze Raum könnte es hören.

Er wollte sehen, wer es war. Wer sein Peiniger ist.

Aber gleichzeitig wollte er es nicht wissen, denn er hatte Angst.

Kapitel 26

Alex blinzelte.

Die Tür war offen.

Und dort – im schwachen Licht, das von irgendwoher durch den Raum fiel – stand eine Gestalt.

Seine Augen mussten ihm einen Streich spielen. Sein Kopf pochte, sein Verstand raste, aber sein Körper wurde mit einem Mal starr, als sich die Silhouette vor ihm langsam schärfte.

Sein Herz setzte einen Schlag aus.

Das war nicht möglich.

Das konnte nicht sein.

»Tom…?«

Seine Stimme war rau, kaum mehr als ein heiseres Kratzen. Sein eigener Name hallte noch in seinem Kopf wider, immer wieder und wieder, als wäre er in den letzten Stunden zum Zentrum seines ganzen Universums geworden.

Tom trat einen Schritt näher.

Alex schluckte schwer, blinzelte erneut, als würde das Bild vor ihm sich gleich auflösen, als wäre es nur eine weitere Halluzination, ein weiterer Wahnsinn, der aus der Dunkelheit kroch.

Aber Tom war echt.

Alex konnte die Konturen seines Gesichts erkennen. Das dunkle, zerzauste Haar, die ruhige Haltung, als wäre dies hier nichts weiter als ein zufälliges Aufeinandertreffen.

Sein Atem zitterte.

»Oh Gott, Tom…« Seine Stimme war schwach, überlagert von einer Mischung aus Erleichterung und Erschöpfung. »Du… du hast mich gefunden.«

Für einen Moment war da Hoffnung.

Für einen Moment glaubte er wirklich, dass sein bester Freund ihn retten würde.

Alex zog an den Fesseln, zerrte daran, sein Blick flehte ihn an. »Kannst du mich losmachen? Ich weiß nicht, was passiert ist, irgendwer hat mich«.

Dann sah er es.

Das Lächeln.

Ein winziges Zucken in Toms Mundwinkel.

Kaum merklich. Nur ein Hauch.

Aber es war da.

Und es war nicht das Lächeln eines Freundes.

Nicht das Lächeln, das Alex kannte.

Es war anders.

Falsch.

Ein kalter Schauer lief ihm den Rücken hinunter.

Seine Gedanken rasten.

Nein.

Nein.

Das konnte nicht sein.

Tom trat einen weiteren Schritt näher. Seine Bewegungen waren ruhig, kontrolliert – viel zu ruhig für die Situation.

Alex spürte, wie sich seine Brust zusammenzog. Alles in ihm sträubte sich gegen die Wahrheit, die sich gerade in seinen Kopf drängte.

»Was…?« Seine Stimme war kaum mehr als ein Flüstern.

Toms Blick ruhte auf ihm. Lässig. Kein Anzeichen von Überraschung, keine Panik, kein Hauch von Sorge.

Alex keuchte. Sein Körper fühlte sich plötzlich noch schwerer an, als hätte jemand eine Last von einer Tonne auf ihn gelegt.

Er konnte es nicht glauben.

Er durfte es nicht glauben.

»Tom…« Seine Kehle war trocken. Seine Gedanken rasten. Er versuchte es erneut, als könnte er die Realität mit Worten umschreiben.

»Mach mich los. Bitte.«

Toms Kopf neigte sich leicht zur Seite, als würde er über den Vorschlag nachdenken.

Dann kam das Lächeln wieder.

Und diesmal war es noch deutlicher.

Es war nicht freundlich.

Es war nicht aufmunternd.

Es war… bösartig.

Alex riss an den Fesseln. Sein Herz schlug wie ein Vorschlaghammer in seiner Brust.

Nein.

Nein, nein, nein.

Seine Atmung wurde flacher.

»Tom?«

Nichts, nur das Lächeln.

Und dann, mit einer Ruhe, die Alex den letzten Rest Boden unter den Füßen wegriss, sagte Tom:

»Endlich.«

Alex´ Blut gefror.

Die Wahrheit drückte sich in seinen Kopf, ob er wollte oder nicht. Tom hatte ihn gefunden.

Nein.

Tom hatte ihn hierhergebracht.

Alex konnte nicht atmen.

Seine Gedanken waren ein chaotisches, wild um sich schlagendes Durcheinander. Sein Körper fühlte sich schwer an, seine Brust war eng, als würde die Luft aus dem Raum gesogen.

Tom stand vor ihm.

Sein bester Freund. Sein engster Vertrauter seit… immer.

Und doch – alles in Alex´ Innerem schrie, dass er hier vor einem Fremden saß.

»Tom…« Seine Stimme war kaum mehr als ein raues Flüstern. Er spürte, wie seine Kehle sich zuschnürte, wie sich sein Herz so schmerzhaft in seiner Brust zusammenzog, dass es fast brannte.

»Was… was soll das? Was machst du hier?«

Tom schwieg einen Moment, als würde er Alex´ Worte in der Luft hängen lassen, ihnen Raum geben, bevor er sie endgültig zerschmetterte. Dann zog er sich langsam einen alten Holzstuhl heran, setzte sich ihm gegenüber.

Alex zog unwillkürlich an den Seilen, die seine Handgelenke und Beine fixierten. Das Bettgestell unter ihm knirschte.

Toms Augen folgten der Bewegung, und wieder zuckte dieses Lächeln über sein Gesicht.

Es war nicht übertrieben. Kein Grinsen, kein lautes Lachen.

Nur ein leichtes, zufriedenes Zucken der Mundwinkel.

»Ich habe dich gewarnt, Alex.«

Sein Ton war ruhig. Fast… bedauernd.

Alex blinzelte. »Was?«

Tom schüttelte kaum merklich den Kopf, verschränkte locker die Arme.

»Ich habe dir so viele Gelegenheiten gegeben, selbst aufzuhören. Hätte dich nicht so weit treiben müssen. Aber du wolltest ja nicht hören.«

Alex keuchte. Ein Schwall von Emotionen drohte, ihn zu überrollen. Angst. Verwirrung. Wut.

»Du —« Er suchte nach Worten, doch nichts ergab Sinn. Er versuchte noch immer, eine andere Erklärung zu finden, sich eine Realität zurechtzulegen, in der das hier nicht das war, was es offensichtlich war.

Tom lehnte sich leicht nach vorne, seine Augen musterten ihn aufmerksam.

»Du hast wirklich nichts verstanden, oder?«

Seine Stimme war weich. Zu weich.

Alex riss an den Fesseln. Er ignorierte den brennenden Schmerz in seinen Handgelenken, ignorierte die Enge in seiner Brust.

»Tom, verdammt, was soll das?! Was zum Teufel machst du hier?!«

Er sah ihn nur an. Sein Blick war nicht kalt, nicht hasserfüllt.

Er war… ruhig. Fast enttäuscht.

»Alex, Alex, Alex…« Er sagte seinen Namen, als würde er ihn auf der Zunge kosten. Dann schüttelte er leicht den Kopf. »Ich muss zugeben, du hast es mir nicht leicht gemacht.«

Alex spürte, wie sich ein Kloß in seiner Kehle bildete. Er schüttelte den Kopf.

»Nein… Nein, das kann nicht«

»Nicht was?« Tom hob eine Augenbraue.

»Nicht real sein? Nicht ich sein? Komm schon, Alex, so dumm bist du nicht.«

Alex fühlte, wie sein Verstand gegen die Wände seiner eigenen Realität prallte.

Das hier war falsch. Das hier konnte nicht sein.

Und doch…

»Warum?«

Das Wort kam leise.

Fast tonlos.

Ein einziges, ausgehauchtes Fragezeichen in die Dunkelheit.

Toms Lächeln wurde eine Spur breiter.

Er hatte darauf gewartet.

Tom ließ sich Zeit.

Er saß völlig entspannt auf dem alten Holzstuhl, seine Ellenbogen locker auf die Knie gestützt. Es war, als wäre dies hier sein Raum, als hätte er ihn schon seit Ewigkeiten bewohnt, als hätte er nie etwas anderes getan, als genau hier zu sitzen – Alex dabei zuzusehen, wie er in seinen Fesseln zappelte, während langsam die Wahrheit über ihn hereinbrach. Alex rang nach Worten, doch sein Kopf war eine einzige Leere.

»Warum?«, krächzte er erneut, als könnte das Wort allein ihm eine Antwort geben. Tom lehnte sich leicht nach hinten, betrachtete ihn mit etwas, das fast wie Mitleid aussah – aber Alex wusste es besser.

»Weißt du …«, begann Tom in beinahe freundschaftlichem Ton.

»Ich habe oft darüber nachgedacht, wie dieser Moment aussehen würde. Wie lange es dauern würde, bis du endlich begreifst.«

Seine Stimme war ruhig, bedächtig.

Alex fühlte, wie sein Brustkorb sich enger und enger zusammenzog.

»Und?«, flüsterte er.

Tom schmunzelte.

»Ich hätte ehrlich gesagt gedacht, dass du schneller bist.«

Alex zog an den Seilen. Nutzlos.

Tom ließ seinen Blick beiläufig durch den Raum wandern. Er schien es nicht eilig zu haben. Er genoss das.

»Du hattest so viele Chancen, Alex«, fuhr er fort, sein Tonfall fast tadelnd.

»Aber nein… du musstest es ja übertreiben. Immer weiter graben, immer weitersuchen. Hat es sich gelohnt?«

Alex keuchte, sein Hals fühlte sich trocken an.

»Die Zettel…«, murmelte er. Seine Gedanken überschlugen sich. »Du hast sie hinterlassen.«

Toms Blick flackerte amüsiert.

»Natürlich.«

Alex schluckte hart. Sein Magen zog sich schmerzhaft zusammen. Er hatte sich gefragt, wer ihn verfolgte. Wer ihn aus dem Nichts mit diesen Botschaften in den Wahnsinn treiben wollte. Die Antwort saß direkt vor ihm.

Tom stützte das Kinn nachdenklich auf eine Hand.

»Es war faszinierend zu sehen, wie du auf sie reagierst. Anfangs warst du nur irritiert. Dann misstrauisch. Und irgendwann?« Er zuckte beiläufig die Schultern. »Irgendwann hast du angefangen, *wirklich* daran zu glauben, dass dich jemand verfolgt.«

Er lachte leise, als wäre das alles nur ein harmloses Experiment gewesen.

»Was… war das für ein verdammter Plan?«, stieß Alex hervor.

Tom schmunzelte.

»Ach, Alex… glaubst du wirklich, das waren nur Zettel?«

Alex wollte etwas sagen, doch sein Verstand weigerte sich noch immer, die Puzzleteile zusammenzusetzen.

»Was ist mit dem Auto?«, keuchte er.

Toms Lächeln wurde breiter.

»Oh. Das.«

Er beugte sich leicht vor, als wolle er sichergehen, dass Alex jedes Wort verstehen würde.

»Du hast wirklich gedacht, Jonas war hinter dir her, oder?«

Alex spürte, wie ihm schwindelig wurde.

»Das… war dein Auto.«

Tom nickte langsam. »Nicht nur eins. Zwei.«

Ein eiskalter Schauer lief Alex über den Rücken.

Er sah die Bilder wieder vor sich – das Auto, das in dunklen Straßen parkte, das Auto, das vor der Hundewiese stand, das Auto, das er mit Jonas' Wagen verwechselt hatte.

Er hatte nie zweimal hingesehen.

Er hatte sich so sicher gefühlt.

Und jetzt…

Jetzt brach alles in sich zusammen.

Er schüttelte den Kopf. »Nein… nein, das… das kann nicht sein…«

Tom ließ ihm die Zeit. Er beobachtete ihn einfach nur.

»Was glaubst du? «Sagte er leise. »Was passiert, wenn man jemanden lange genug belügt? Wenn man ihn lange genug mit *Wahrheiten* füttert, die keine sind?«

Alex schloss die Augen.

Seine Gedanken schrien.

Sein Herz raste.

Er riss die Augen wieder auf, seine Stimme brach.

»Was hast du getan?!«

Tom zuckte mit den Schultern.

»Ich habe nur dafür gesorgt, dass du langsam… aber sicher… den Verstand verlierst und das alle um dich herum, dass noch mehr glauben, als du selber«.

Alex rang nach Luft.

Es fühlte sich an, als würde sein eigener Körper ihn im Stich lassen, als hätte jemand die Wände seines Verstandes eingerissen und ihn ohne Schutz in der Kälte zurückgelassen.

Tom hatte die Zettel hinterlassen.

Tom hatte das Auto platziert.

Tom hatte ihn langsam, gezielt und mit chirurgischer Präzision in den Wahnsinn getrieben.

Aber es war noch mehr. Alex konnte es fühlen.

Da war noch etwas. Etwas Schlimmeres.

Sein Körper war angespannt, sein Herz raste, während Tom ihn weiter musterte.

Dann – mit dieser entsetzlichen Ruhe in der Stimme – sagte er die Worte, die Alex endgültig zerrissen:

»Und die Morde?«

Alles in ihm fror ein.

Die Morde.

Die Krankenhausermordungen.

Die Morde, für die er verdächtigt wurde.

Sein Atem ging schneller.

»Du…« Er konnte den Satz nicht beenden.

Tom lehnte sich zurück, sein Blick war fast neugierig.

»Was ist los, Alex?«, fragte er leise. »Hast du wirklich gedacht, du wärst einfach nur… unglücklich ins Netz der Umstände gefallen? Dass die Polizei nur aus reiner Willkür hinter dir her ist?«

Alex riss an seinen Fesseln. Sein ganzer Körper schrie nach Flucht, nach Bewegung, nach etwas, das ihn aus diesem Albtraum weckte.

»Nein.« Seine Stimme zitterte. »Nein, das hast du nicht…«

Toms Mundwinkel zuckten.

»Natürlich habe ich das.«

Alex schüttelte den Kopf.

Sein Magen drehte sich um.

»Du… du hast sie getötet?«

Tom hob nur eine Augenbraue. »Klingt das so überraschend?«

Alex keuchte.

Er versuchte, die Worte zu finden. Irgendetwas, das ihn davon überzeugte, dass das hier nicht wahr sein konnte.

Aber Tom ließ ihm keine Zeit.

»Weißt du, was das Beste war?« Seine Stimme klang fast

amüsiert. »Wie einfach es war, die Beweise auf dich zu lenken.«

Alex schluckte hart.

Die Ampullen.

Die Jacke.

Die Spuren, die nie hätten dort sein dürfen, die aber in seinem Haus lagen, als hätte er sie eigenhändig dort abgelegt.

»Ich habe dich vorbereitet, Alex. Stück für Stück. Ganz langsam. Habe alles so hingelegt, dass du irgendwann keinen Ausweg mehr hattest.«

Toms Augen funkelten, während er die Worte genoss.

»Und weißt du, was das gemeinste daran war?«

Alex konnte nichts sagen.

Er konnte nur starren.

»Du hast mir die ganze Zeit vertraut.«

Ein dumpfer Schlag in die Magengrube.

Er hatte Tom vertraut.

Er hatte ihn als seinen engsten Vertrauten gesehen, als den Einzigen, der ihm geglaubt hatte. Und die ganze Zeit über war es Tom gewesen, der die Schlinge um seinen Hals immer enger zog.

Alex keuchte.

Er war in eine Falle gelaufen, die er niemals hätte sehen können.

»Und Lena?« brachte er mühsam hervor.

Toms Blick blieb ruhig.

»Lena hat keine Ahnung von irgendwas.«

Alex atmete zitternd aus.

»Aber du… du hast sie manipuliert. Hast sie gegen mich

aufgebracht. Hast sie–«

»Habe ich?« Tom lächelte.

»Oder hast du das ganz alleine geschafft?«

Alex öffnete den Mund, um etwas zu sagen – doch Tom fuhr fort:

» Sie war dein wunder Punkt. Und das wusste ich.«

Alex spürte eine eisige Kälte in seinem Magen.

Er wollte es nicht wissen.

»Ich musste gar nicht viel tun.« Tom lehnte sich nach vorne.

»Nur ein Bild bearbeiten.«

Alex blinzelte verwirrt.

»Ein… Bild?«

Tom nickte. »Ein einfaches, harmloses Foto. Nichts Großes. Nur eine kleine Anpassung. Ein Detail hier, eine Verzerrung dort…«

Dann grinste er.

»Plötzlich sah es so aus, als wärst du mit einer anderen Frau zusammen gewesen. Während Lena in bitterer Traurigkeit zu Hause auf dich gewartet hat.«

Alex spürte, wie ihm das Blut aus dem Gesicht wich.

»Nein…«

»Oh doch.« Tom machte eine kurze Pause, dann fuhr er fort:

»Findest du nicht auch, dass das fast schon… genial war? Die gesamte Symbolik, die ich aufgebaut hatte. So sauber durchgezogen. Erst die Kamera auf der Parkbank. Dann das Bild am Pfahl. Und schließlich das, was Lena gegen dich aufgebracht hat.«

Er wippte leicht mit dem Kopf, als würde er sich selbst für seine Präzision feiern.

»Und du hast die Kamera erst nicht gesehen. Ich musste drei platzieren, bis du sie endlich bemerkt hast.«

Alex starrte ihn nur an.

Toms Stimme war sanft, fast triumphierend.

»Ich musste ihr das Bild nicht mal zeigen. Sie hat es selbst im Briefkasten gefunden.«

Alex spürte, wie ihm die Luft wegblieb.

Er erinnerte sich an den Moment, als Lena gegangen war. Er hatte nie verstanden, woher das Bild kam.

Jetzt wusste er es.

Tom hatte es perfekt gespielt.

Lena hatte ihm nicht den Rücken gekehrt, weil sie dachte, er sei verrückt.

Sie hatte ihn verlassen, weil sie geglaubt hatte, er hätte sie betrogen.

Und Tom hatte sie genau dorthin geführt.

Mit einer Perversion, die ihn übel werden ließ.

Alex schloss die Augen.

Er hatte verloren.

Alex spürte, wie sein Kopf dröhnte.

Es war zu viel.

Zu viele Wahrheiten, zu viele Lügen, die keine waren.

Sein Verstand klammerte sich noch an einen letzten Funken Hoffnung, einen letzten Strohhalm, dass irgendetwas von alledem noch ein Missverständnis sein konnte.

Doch dann begann Tom zu sprechen.

Und dieser letzte Funke wurde mit einem einzigen Satz ausgelöscht.

»Marc.«

Alex blinzelte.

Seine Kehle war trocken. »Was?«

Tom seufzte, als hätte er darauf gewartet. »Marc. Dein netter, loyaler, ach so hilfsbereiter Freund.«

Alex wollte protestieren, wollte sagen, dass Marc nichts mit diesem Wahnsinn zu tun hatte – doch Tom kam ihm zuvor.

»Ich wusste, dass er auf dich steht, lange bevor du es geahnt hast.«

Alex starrte ihn an.

»Oh, Alex… du bist manchmal wirklich schrecklich blind.« Tom lehnte sich nach vorne.

»Marc hat dich geliebt. Nicht nur als Freund. Er war schon fast besessen von dir. Ich denke, wenn du genau darüber nachdenkst, wirst du es irgendwo tief in deinem Kopf schon immer gewusst haben.«

Alex wollte den Kopf schütteln, doch es fühlte sich an, als würde sich sein Körper gegen ihn sträuben.

Tom fuhr unbeirrt fort:

»Ich wusste, dass es nicht schwer sein würde, ihn in dieses Chaos mit hineinzuziehen. Ein paar Andeutungen hier, ein bisschen Manipulation da… und Schwupps, plötzlich hattest du einen neuen Verdächtigen in deinem Kopf, oder nicht?«

Alex keuchte.

Er erinnerte sich an den Moment in Marcs Wohnung. Die Fotos. Die seltsame Atmosphäre. Das Gefühl, dass etwas nicht stimmte.

Er erinnerte sich an das Digitoxin.

Sein Blick schnellte zu Tom.

»Du… du hast gewusst, dass er das nimmt.«

Tom grinste. »Natürlich wusste ich das. Er braucht es. Wegen seinem Herzfehler. Und was könnte besser sein, als die Spur genau dorthin zu lenken?«

Alex wollte schreien.

Tom hatte von Anfang an gewusst, dass Marc unschuldig war. Aber das hatte keine Rolle gespielt.

»Das war das Geniale daran?«, fuhr Tom fort.

»Ich musste nicht mal viel tun. Ich habe das Digitoxin bei dir platziert, ich habe Marc verdächtig gemacht – aber *du* warst es, der am Ende in seine Wohnung eingebrochen ist. Ich hätte nie gedacht, dass du so weit gehst. Aber hey… das hat mir meine Arbeit erleichtert.«

Alex riss an seinen Fesseln, sein Kopf brannte vor Wut, Verzweiflung, Schmerz.

»Du…«, er rang nach Luft, »du hast mich die ganze Zeit beobachtet.«

Tom nickte.

»Natürlich.«

Alex keuchte.

»Wie lange?«

Tom schmunzelte. »Länger als du denken würdest.«

Alex schnappte nach Luft.

»Das Schloss.«

Ein dunkles Glitzern lag in Toms Augen.

»Ja, das war ein schöner Trick, oder? Dir einfach den Zugang zu deinem eigenen Zuhause nehmen – langsam, subtil, Stück für Stück.«

Alex wurde plötzlich etwas klar.

»Wann hast du den Schlüssel nachgemacht?«

Tom lehnte sich lässig zurück. »Weißt du noch, als du mit Lena im Urlaub warst? Und ich so großzügig war, dein Haus im Auge zu behalten?«

Alex erstarrte.

Sein Herz setzte für einen Moment aus.

»Ich wusste, dass ich ihn irgendwann brauchen würde«, sagte Tom beiläufig. »Also habe ich eine Kopie anfertigen lassen. Nur für den Fall.«

Alex schüttelte langsam den Kopf.

»Nein…«

Tom grinste.

»Doch.«

Er ließ Alex einen Moment, um es zu verarbeiten.

»Und dann, als du dachtest, du würdest langsam durchdrehen, als du nach Hause kamst und plötzlich nicht mehr reinkamst? Als du das Gefühl hattest, dass selbst dein eigener Schlüssel sich gegen dich verschworen hatte?«

Toms Augen funkelten kalt.

»Das war ich. Es war eine Leichtigkeit das Schloss auszutauschen, als du nicht da warst.«

Alex zitterte.

Sein Zuhause.

Sein sicherer Ort.

Alles war eine Lüge gewesen.

Tom hatte ihn darauf vorbereitet.

Seine Brust hob und senkte sich unruhig.

Sein ganzer Körper war angespannt, seine Hände zitterten.

Es gab kein Entkommen.

Nicht aus dieser Situation.

Nicht aus der Wahrheit.

Er war nie verfolgt worden.

Er war nie dem Wahnsinn verfallen.

Es war nie eine Reihe von Zufällen gewesen.

Es war immer Tom gewesen.

Sein bester Freund.

Sein größter Feind.

Alex schloss für einen Moment die Augen.

Sein Körper fühlte sich schwer an.

Er konnte nicht mehr.

»Was willst du von mir?«

Seine Stimme war rau, gebrochen.

Tom lächelte.

Und dann, mit einer erschreckenden Leichtigkeit, sagte er die Worte, die alles beendeten:

»Oh, Alex… ich will gar nichts mehr von dir.«

Er lehnte sich nach vorne, sah ihm direkt in die Augen.

»Ich will, dass du stirbst.«

Kapitel 27

Tom lehnte sich zurück, verschränkte die Arme und betrachtete Alex mit einem Ausdruck, der irgendwo zwischen Zufriedenheit und Mitleid lag.

»Du hast wirklich alles getan, um nicht verrückt zu werden, oder?« Seine Stimme war sanft, beinahe bewundernd. »Hast dich gegen die Polizei gewehrt, gegen Jonas, gegen deine eigenen Gedanken. Du hast gekämpft, Alex.«

Alex zitterte. Sein Verstand war ein einziges Trümmerfeld.

Er konnte nicht mehr.

Er wollte nicht mehr.

Doch Tom sprach immer weiter – und Alex wurde klar, dass er noch nicht einmal die schlimmste Wahrheit kannte.

»Aber weißt du, was das Tragische daran ist?« Tom legte den Kopf leicht schief. »Am Ende warst du immer nur ein Bauer auf meinem Schachbrett.«

»Deine zufälligen Treffen mit Jonas? Tja…« Tom zuckte beiläufig mit den Schultern. »Die habe ich eingefädelt.«

Alex erstarrte.

Tom lachte leise.

»Du hast ihn immer und immer wieder gesehen, weil ich es so wollte. Ich wusste genau, wo du bist, und habe nur dafür gesorgt, dass er sich dort aufhielt. Eine kleine falsche Information hier, ein manipuliertes Treffen dort… schon sah es für dich aus, als wäre er der Drahtzieher. Und du hast es geglaubt.«

Alex schüttelte langsam den Kopf.

»Nein…« Seine Stimme war brüchig.

»Doch.«

Dann griff Tom in seine Jackentasche und zog einen Gegenstand hervor. Er ließ ihn in seine Handfläche fallen und hielt ihn Alex hin.

Alex sog scharf die Luft ein.

Es war die Schatulle.

Die Schatulle, die er in seinem eigenen Haus gefunden hatte.

Die Schatulle, die aus Jonas' Gruppe stammte.

»Erinnerst du dich?« Tom drehte sie langsam in den Händen.

»Ich musste mir nicht einmal besonders viel Mühe geben. Ich habe sie einfach nur… umplatziert und etwas präpariert.«

Alex starrte ihn an und seine Welt – alles zerbrach.

Tom ließ sie achtlos auf den Boden fallen, als wäre sie bedeutungslos.

»Ich habe dafür gesorgt, dass du dich isolierst, dass du Angst bekommst, dass du die Menschen um dich herum nicht mehr einschätzen kannst.« Tom lehnte sich wieder zurück, seine Stimme blieb ruhig. Genüsslich.

»Und dann… kamen die Nachrichten.«

Alex lag regungslos da.

Er fühlte sich gebrochen.

»Die… Nachrichten«

Tom grinste.

»Oh Alex, das war der einfachste Teil.«

Er zog ein zweites Handy aus seiner Jacke, tippte ein paar Mal darauf herum und hielt es dann hoch.

»Es gibt erstaunlich viele Internetdienste, die dir ermöglichen, Nachrichten von beliebigen Nummern zu versenden.«

Alex schnappte nach Luft.

»Es war nicht schwer, immer neue Absender zu generieren. Und dein wunderbarer, verwirrter Kopf hat sich darum gekümmert, dass du langsam paranoid wurdest. Du hast mich meine Arbeit machen lassen.«

Alex spürte Übelkeit in sich aufsteigen.

Tom beugte sich leicht vor, seine Stimme wurde noch sanfter, fast genießerisch. »Und die Beweise? Die lagen doch direkt vor deiner Nase. Die Ampullen, das Chaos in deinem Haus – du glaubst doch nicht wirklich, dass das Zufall war? Ich hatte deinen Zweitschlüssel, seit du mir damals vertraut hast. Es war ein Leichtes, alles dort zu deponieren, genau da, wo es die Polizei finden würde.«

Alex keuchte, sein Kopf arbeitete fieberhaft, aber es gab keine Lücken in dieser Geschichte.

»Und dann«, fuhr Tom fort, »habe ich dich genau dorthin gestoßen, wo ich dich haben wollte. Erkennst du es jetzt? Jonas und Lena – denk mal nach. Wer hat sie zusammengebracht? Wer hat sie dazu gebracht, genau an diesem Tag, genau in dieser Situation zusammen zu sein, damit du sie sehen konntest? Was denkst du, warum ich plötzlich losmusste? Ich musste doch sichersetllen, dass du ihn noch bei dir Zuhause antriffst «

Alex‘ Atem stockte.

Tom hatte die gesamte Zeit über gewusst, wie er ihn brechen konnte. Seine Fesseln drückten sich tief in seine Haut, aber er hatte keine Kraft mehr, sich dagegen zu wehren.

Er schloss die Augen.

Sein Körper fühlte sich schwer an, als hätte ihn die Welt endgültig unter sich begraben. Sein Verstand war leer, ein einziges Chaos aus gebrochenen Erinnerungen und der unerträglichen Realität, die sich unaufhaltsam vor ihm ausbreitete.

Er hatte verloren.

Es war immer Tom gewesen.

Sein bester Freund… jetzt sein größter Feind.

Alex öffnete die Augen wieder, sein Blick war glasig, seine Stimme nichts weiter als ein heiseres Kratzen.

»Warum?«

Tom hob kaum merklich die Augenbrauen.

Alex schluckte, kämpfte gegen die brennende Wut und die Verzweiflung in seiner Brust an. »Warum, Tom? Warum hast du das alles getan?«

Tom sah ihn ruhig an.

Alex zitterte. »Ich verstehe es nicht…« Seine Stimme brach. »Wie kann ein Mensch so ein krankes Arschloch sein?«

Sein Atem zitterte, während er ihn ansah. »Warum habe ich es nicht bemerkt? Wieso…« Er schüttelte den Kopf. »Wieso habe ich dich nicht erkannt?«

Für einen Moment herrschte Stille.

Dann geschah etwas.

Etwas, das Alex bis ins Mark erschütterte.

Tom lachte.

Es war kein langes, schallendes Lachen. Kein Wahnsinn, keine Übertreibung.

Es war leise. Kurz.

Und es war voller Verachtung.

Dann sprang Tom auf.

Sein Stuhl kippte krachend nach hinten, doch er schenkte ihm keine Beachtung. Sein Gesicht, eben noch beherrscht, zuckte jetzt vor unbändiger Wut.

»Warum?!« Seine Stimme explodierte in dem Raum, die Wände schienen unter der Lautstärke zu beben.

»Das fragst du mich jetzt?!«

Alex riss die Augen auf.

Toms Brust hob und senkte sich schwer. Er starrte auf Alex hinab, und für einen Moment war da nichts als purer, unverhüllter Hass. Dann beugte er sich vor, stützte sich mit beiden Händen auf die Seite von Alex' Bett, sodass ihre Gesichter nur noch eine Handbreit voneinander entfernt waren.

»Weil du alles hattest, was mir zusteht!« fauchte Tom.

Sein Atem ging heiß gegen Alex' Wange.

»Ich war zuerst da!« Seine Stimme bebte vor Emotion.

»Ich habe mit dir zusammen die Firma aufgebaut! Ich habe mit dir die verdammten Nächte durchgearbeitet! Und was hast du getan?«

Alex starrte ihn nur an, während Tom weitersprach, seine Stimme nur noch ein bedrohliches Zischen.

»Du hast mich abgehängt. Du hast mich zurückgelassen, als wäre ich ein Nichts! Als wäre ich irgendein Idiot, der einfach aussteigen kann und den du dann ersetzen kannst!«

Er richtete sich wieder auf, fuhr sich mit fahrigen Bewegungen durch die Haare.

»Und ich dachte… na ja, du wirst irgendwann schon auf mich zurückkommen, oder? Aber nein.«

Sein Blick wurde kalt.

»Du hast mich nie gefragt, ob ich zurückwill. Nie. Und du hast gewusst wie schlecht es bei mir lief. Irgendwann wurde mir klar: Du hast mich einfach ersetzt.«

Alex schluckte schwer.

»Tom…«

»Halt die Fresse!« Tom trat einen Schritt zurück, ballte die Fäuste. Seine Augen funkelten gefährlich, und seine Stimme wurde dunkler, tiefer.

»Und dann noch Lena.«

Alex keuchte.

»Ich war die ganze Zeit da. Ich war die ganze verdammte Zeit da!«

Toms Hände zitterten, als er weitersprach.

»Du hast es nie bemerkt, hast es nie sehen wollen. Ich habe sie zuerst geliebt. Ich. Nicht du.«

Er schrie die letzten Wörter mit einer fiebrigen Überzeugung – als müsste die Welt endlich verstehen, was ihm zusteht.

»Unsere Dreiergruppe damals in der Schule – wir waren alle Freunde. Beste Freunde, dachte ich zumindest.«

»Und ich habe Lena geliebt. Schon immer.«

»Als angeblich bester Freund hättest du das merken müssen.«

»Du wolltest sie am Anfang nicht mal. Und trotzdem hast du sie mir weggenommen.«

»Tom… ich wusste das nicht…«

Tom schnaubte. »Natürlich nicht. Du hast das alles nicht gewusst, nicht wahr? Und dann kommt sie zu dir. Natürlich zu dir. Wer könnte dir schon widerstehen? Alex, der erfolgreiche Unternehmer. Alex, der perfekte Freund. Alex, der alles hat, ohne es zu merken. Alex, der schon seit der Schulzeit einfach perfekt ist!«

Alex blinzelte.

»Du hast das alles nur… wegen Lena und der Firma getan?«

Tom lachte bitter.

»Du kapierst es immer noch nicht, oder?«

Sein Blick wurde scharf, eiskalt.

»Ich will dein Leben, denn ES STEHT MIR ZU«.

Er sprach mit zusammengebissenen Zähnen und schrie die letzten Worte.

»Du verstehst es nicht, weil du nie in meiner Haut gesteckt hast. Nie. Ich habe Jahre damit verbracht, dir dabei zuzusehen, wie du alles bekommst, was ich hätte haben sollen, wo ich einen Teil von abkriegen sollte. Und weißt du, was das Lustigste ist?«

Tom beugte sich wieder näher zu ihm.

»Ich wusste, dass du es nie sehen würdest. Weil du dich für einen guten Menschen hältst.«

Seine Stimme war jetzt ein Flüstern.

»Aber du bist nicht besser als ich. Du hast nur nicht hingesehen. Eigentlich bist du nicht einmal ein schlechter Mensch. Du bist Abfall und ich werde das mit dir machen, was man mit Abfall macht. Ich entsorge dich, wie ein zerbrochenes Glas. Jede Scherbe einzeln. Aber vorher möchte ich dir noch etwas zeigen«.

Tom lehnte sich zurück, zog sein Handy aus der Jackentasche und entsperrte den Bildschirm mit einer lässigen Fingerbewegung. Alex konnte nichts tun, außer zusehen. Sein Atem ging flach, seine Brust hob und senkte sich in unregelmäßigen Stößen.

»Ich dachte mir, es wäre nur fair, dass du es zuerst siehst«, sagte Tom und hielt das Display leicht schräg, gerade so, dass Alex es erfassen konnte.

Er blinzelte.

Es dauerte eine Sekunde, bis er verstand, was er da sah.

Seine Kehle wurde noch trockener.

Auf dem Bildschirm war Lena.

Sie lag auf einer Couch – Toms Couch. Ihre Augen waren geschlossen, ihr Atem ruhig, die Decke halb über sie gezogen.

Das Licht im Raum war gedämpft, fast warm.

Alex fühlte, wie sich sein Körper verkrampfte.

Seine Gedanken rasten.

»Was…?«

Tom schmunzelte. »Sie sieht friedlich aus, nicht wahr?«

Alex riss an den Fesseln, sein Herz pochte unregelmäßig. »Du… du bist bei ihr?«

»Sagen wir, sie ist bei mir.« Tom betrachtete das Bild für einen Moment selbstgefällig, bevor er es Alex wieder hinhielt. »Ich hab ihr erzählt, dass ich für sie da bin. Dass sie mir vertrauen kann. Dass ich **immer** für sie da gewesen bin.«

Alex schüttelte den Kopf.

»Nein…«

Seine Stimme war ein krächzendes Flüstern.

»Oh doch.« Tom lächelte kühl. »Weißt du, Trauer ist eine

wunderbare Sache. Sie macht Menschen schwach. Sie lässt sie an Dinge glauben, die sie vorher nicht einmal in Betracht gezogen hätten.«

Alex keuchte.

»Ich musste ihr nicht einmal viel erzählen. Nur das, was sie selbst schon ahnte.« Tom sah ihn mit einem bedauernden Ausdruck an. »Dass du ein Betrüger bist. Ein Lügner. Ein Mann, der es nicht verdient, geliebt zu werden.«

Alex wollte schreien, doch die Worte blieben in seinem Hals stecken.

»Und du würdest es nicht glauben, aber…« Tom grinste. »Sie hat es mir abgenommen.«

Alex konnte es nicht fassen.

»Ich habe es perfekt gespielt. Ich war immer da, wenn sie mich gebraucht hat. Ein guter Freund. Ein Fels in der Brandung. Und du?«

Er lachte leise.

»Du hast dich selbst ins Abseits manövriert.«

Seine Finger glitten über das Handy, die Kamera bewegte sich näher an Lenas Gesicht heran.

Alex hätte schwören können, dass sein Herz in diesem Moment aufhörte zu schlagen.

»Das… hast du nicht getan…«

Toms Lächeln wurde breiter. »Oh doch.«

Er steckte das Handy langsam in seine Jackentasche zurück, als hätte er seine Arbeit erledigt. Dann atmete er zufrieden durch und richtete sich langsam auf. Sein Blick wanderte durch den Raum, als wollte er jeden Moment dieses Augenblicks genießen.

»Weißt du …« Seine Stimme war ruhig, fast belustigt.

»Es ist schon eine Ironie des Schicksals, nicht wahr? Ich habe all die Jahre darauf gewartet, dass du endlich fällst. Dass du irgendwann erkennen würdest, dass du mir all das schuldest.«

Er schüttelte den Kopf, als würde ihn Alex´ Unverständnis enttäuschen.

»Aber du hast nie hingesehen. Nie. Du hast einfach weitergelebt. Hast Erfolg gehabt. Hast alles bekommen, während ich… vergessen wurde.«

Es schwappte Wehmut mit in Toms Stimme.

Sein Blick wurde kälter. »Und das werde ich jetzt ändern.«

Er griff in die Innentasche seiner Jacke und zog langsam ein Blatt Papier hervor. Mit einer eleganten Bewegung faltete er es auseinander und hielt es Alex hin.

Alex erkannte sofort seine eigene Handschrift – zumindest sah sie seiner verblüffend ähnlich.

Sein eigener Name.

Er wollte nicht lesen, was dort stand, aber seine Augen flogen über die Zeilen.

»Ich, Alex, kann mit der Schuld nicht mehr leben. Die Morde… die Stimmen in meinem Kopf… Ich kann nicht mehr. Ich übergebe alles an meinen langjährigen Freund Tom. Er ist der Einzige, der die Firma weiterführen kann. Bitte verzeiht mir.«

Alex´ Magen zog sich zusammen.

»Was… ist das?« keuchte er.

»Dein Abschiedsbrief.«

Alex schüttelte heftig den Kopf. »Nein. Nein, das ist nicht meine Schrift.«

Tom lachte. »Nicht ganz. Aber gut genug.«

Er ließ das Blatt langsam sinken. »Glaubst du, jemand wird das hinterfragen? Die Polizei wird es finden. Dein Büro. Dein Schreibtisch. Und ich habe natürlich auch noch ein offizielleres Dokument angefertigt, in dem du mich wieder als Co-Geschäftsführung einsetzt«.

Sein Blick funkelte vor triumphierender Bosheit.

»Du hast mir selbst Zugang zu allem gegeben.«

Alex blickte ungläubig an die Decke und wünschte sich, er hätte irgendetwas bemerkt.

»Die Unterlagen im Tresor? Dein Vertrauen in mich? Dein gutgläubiges, naives Herz?«

Tom schüttelte spöttisch den Kopf.

»Du hast mir jede Möglichkeit gegeben, das hier perfekt zu planen und auszuführen.«

Er drehte sich langsam um und schritt auf den Tisch zu, der an der Wand stand.

Dort lag eine kleine, unscheinbare Schachtel.

Tom ließ seine Finger sanft über sie gleiten.

»Weißt du, Alex…« Seine Stimme wurde sanft. »Es wird nicht wehtun.«

Alex starrte ihn an, dann auf die Schachtel.

Er wusste, was darin war.

Digitoxin.

Sein Atem ging flach.

»Nein…«

Tom lächelte und hob die Schachtel leicht an, als würde er eine wertvolle Antiquität bewundern.

»Ich muss nur noch warten, bis es spät genug ist, um dich unbemerkt in deinem Büro zu hinterlassen.«

Alex erstarrte.

»Natürlich mit deinem Geständnis auf dem Tisch. Vielleicht ein umgefallenes Glas Wasser neben dir. Alles sauber. Perfekt.«

Sein Lächeln war eiskalt.

»Morgen früh wird dein tragischer Tod entdeckt. Ein Mann, der mit der Schuld nicht leben konnte.«

»Tom… du kannst das nicht tun…«

Toms Blick verdüsterte sich. »Oh, Alex. Ich kann alles tun.«

Dann zog er langsam ein weiteres Fläschchen aus seiner Tasche. Alex erkannte es nicht sofort.

Nicht Digitoxin.

Etwas anderes.

Eine farblose Flüssigkeit in einer kleinen Pipettenflasche.

»GHB – eine Partydroge, oder auch bekannt als K.O.-Tropfen« Tom lächelte nun ein wahnsinniges Lächeln.

Alex riss an den Fesseln. Er strampelte und zerrte, aber es brachte nichts.

»Wir wollen doch keine Szene machen.«

Tom hielt das kleine Fläschchen mit gespielter Zärtlichkeit.

»Das ist nur eine kleine Vorsichtsmaßnahme. Ich kann dich nicht herumschreiend durch die Nacht tragen, oder?«

Alex schüttelte den Kopf, Panik durchströmte ihn.

»Nein… Nein, Tom, bitte…«

Doch Tom trat näher, sein Griff fest um das Fläschchen.

»Ganz ruhig, Alex.« Seine Stimme war wieder sanft, fast beruhigend. Dann zog er Alex´ Kopf grob nach hinten.

Alex wollte den Mund geschlossen halten, wollte sich wehren, aber Tom drückte ihm brutal die Finger in die

Kiefermuskulatur, zwang ihn, den Mund zu öffnen.

Ein Moment des absoluten Horrors.

Dann – das brennende Gefühl der Tropfen auf seiner Zunge.

Alex hustete, würgte, doch Tom hielt seinen Kopf fest, während er mit der anderen Hand Alex´ Nase und Mund zuhielt.

»Schluck.«

Alex versuchte, sich zu wehren, versuchte sich aufzubäumen – doch es war zwecklos.

Dann, nach einem letzten Kampf – schluckte er.

Tom lächelte zufrieden.

»Braver Junge.«

Tom stand auf, warf Alex einen letzten, abschätzigen Blick zu und atmete genüsslich durch, als wäre alles nach Plan verlaufen.

»Es hat keinen Zweck, hier zu warten, bis es wirkt«, sagte er leise, während er sich Richtung Tür bewegte.

Alex war angespannt, seine Muskeln verkrampft, doch er spürte noch nichts von der Wirkung der Tropfen. Sein Herz schlug hart gegen seine Rippen, sein Verstand raste – aber sein Körper gehorchte ihm noch.

Tom trat zur Tür, doch kurz bevor er den Raum verließ, stieß sein Fuß gegen etwas Hartes. Ein dumpfes Geräusch. Er blieb stehen, sah nach unten und hob die kleine, unscheinbare Schatulle auf, die er fallen lassen hatte. Einen Moment lang betrachtete er sie, drehte sie in der Hand, als würde er sich an etwas erinnern. Dann lachte er leise.

»Ach, das hier…« Er schüttelte belustigt den Kopf und stellte Sie auf Alex´ Bett.

Er öffnete sie, verspielt, als würde er ein Geschenk auspacken. Dann steckte er seine Finger hinein. Ein leises Knirschen. Dann setzte die Musik ein.

Die schaurige Melodie erklang wieder – verstimmt, ruckartig, wie ein zerbrochener Trauermarsch, der in der beklemmenden Stille des Raumes hängen blieb. Tom ließ die Töne kurz auf sich wirken, dann richtete sich sein Blick wieder auf Alex. Er lächelte – dieses Lächeln, das Alex nur als bösartig interpretieren konnte.

»Ich habe eine neue Batterie reingemacht.« Seine Stimme war weich, fast verspielt.

Dann neigte er leicht den Kopf.

»Eine schöne Melodie, um für immer einzuschlafen, nicht wahr?

Alex sagte nichts.

Er konnte nichts sagen.

Nicht, weil er bereits benommen war – sondern weil seine Wut ihm die Kehle zuschnürte.

Tom drehte sich um, öffnete langsam die Tür und trat hinaus.

Ein leises Klicken, als die Tür hinter ihm ins Schloss fiel.

Die Melodie spielte weiter.

Stockend. Verzerrt.

Langsam. Unaufhaltsam. Genauso unaufhaltsam, wie die Tropfen GHB, die sich einen Weg in seinen Blutkreislauf bahnten.

Kapitel 28

Alex lag still.

Sein Atem ging flach, seine Muskeln waren angespannt, aber sein Kopf arbeitete fieberhaft. Er durfte nicht einfach loszerren oder blindlings kämpfen – er musste nachdenken. Tom war weg, aber nicht für lange. Und wenn er zurückkam, war es vorbei.

Alex ließ langsam seinen Blick durch den Raum schweifen. Es musste einen Weg geben. Die Seile um seine Handgelenke schnitten tief in seine Haut. Jede Bewegung ließ das raue Material in sein Fleisch graben. Er spannte kurz die Muskeln an, testete, wie viel Spiel er hatte – nicht viel, aber genug, um nach einer Lösung zu suchen.

Dann kam der Schmerz.

Nicht von den Fesseln. Von Verletzungen seit dem Kampf mit Jonas. Ein stechendes Ziehen in seiner Seite – seine Rippenprellung. Er biss die Zähne zusammen. Die Auseinandersetzung mit Jonas hatte ihn bereits gezeichnet, und jetzt forderte sein Körper den Tribut.

Seine Finger zitterten leicht, als er die Handgelenke drehte. Sein verletzter Finger erschwerte die Prozedur. Jede Bewegung jagte einen brennenden Schmerz durch seine

Hand.

Aber es war egal.

Schmerz bedeutete, dass er noch kämpfte.

Schmerz bedeutete, dass er noch am Leben war.

Sein Blick blieb am Bettgestell hängen.

Rostige Metallstangen, alt und morsch. Eine der Streben war verbogen, an einer Stelle scharfkantig, wo der Lack abgeplatzt war.

Sein Herz schlug schneller. Das könnte funktionieren.

Langsam bewegte er seine Arme, zog die Fesseln ein Stück in Richtung der scharfen Kante. Jeder Zentimeter kostete ihn Mühe, aber er ignorierte den Schmerz.

Er musste es schaffen.

Sein Rücken pochte von der Rauferei, seine Rippen schienen bei jeder Bewegung zu protestieren, doch er konnte sich keine Pause erlauben. Endlich.

Das Seil lag direkt über der rauen Metallkante. Alex atmete tief durch. Dann begann er zu reiben. Das grobe Material rutschte über das Metall, zunächst ohne merkliche Veränderung. Doch er zog fester, bewegte seine Handgelenke langsam hin und her, spürte, wie die ersten Fasern nachgaben.

Jede Bewegung war eine Qual. Sein verstauchter Finger krampfte, seine Rippen fühlten sich an, als würden sie bei jeder Anspannung in Flammen aufgehen. Doch dann – ein kleines, kaum hörbares Knirschen ließ ihn aufhorchen.

Es funktionierte.

Aber es würde dauern.

Sekunde für Sekunde, Bewegung für Bewegung, begann das Seil zu fransen. Sein Atem war flach, Schweiß lief ihm über die Stirn, während er weitermachte.

Er war noch lange nicht frei – aber er hatte eine Chance.

Und er würde sie nutzen.

Alex biss die Zähne zusammen.

Der Schmerz in seiner Seite pochte im Takt seines rasenden Herzschlags. Seine Handgelenke brannten, sein verstauchter Finger protestierte mit jeder Bewegung, aber er konnte jetzt nicht aufhören.

Er zog die Seile fester gegen die scharfe Kante des Bettgestells, rieb sie hin und her. Das Material kratzte über das Metall, leise, unaufhörlich.

Reißen. Loslösen. Befreien.

Die Faserstränge begannen, sich langsam aufzulösen. Millimeter für Millimeter gab das Seil nach. Er wagte nicht, innezuhalten, wagte nicht, sich eine Pause zu erlauben.

Sein Atem ging stoßweise, seine Muskeln zitterten vor Anstrengung. Jede Bewegung war eine Qual, als würde sein Körper ihn bestrafen, doch er ignorierte es.

Knirschen. Reißen.

Dann – ein plötzliches Zucken in seinem Handgelenk.

Das Seil gab nach.

Sein rechter Arm war frei.

Für einen Moment blieb Alex einfach liegen, ungläubig.

Er packte mit zitternden Fingern das Seil an seiner anderen Hand. Es war nicht so festgebunden – Tom war sich seiner Sache zu sicher gewesen. Mit der neu gewonnenen Beweglichkeit nestelte er an den Knoten herum, seine Finger fühlten sich taub an, aber er zwang sich dazu, weiterzumachen.

Sekunden vergingen.

Dann – das zweite Seil löste sich.

Seine Arme sanken schwer auf das Bett. Die Erleichterung war nur von kurzer Dauer, denn jetzt musste er noch die Fesseln an seinen Füßen lösen.

Doch mit freien Händen war es einfacher.

Ein Ruck, ein Ziehen – und auch seine Beine waren frei.

Alex war befreit.

Sein ganzer Körper war angespannt, Adrenalin rauschte durch seine Adern.

Aber er hatte keine Zeit, diesen Moment zu genießen.

Seine Finger zitterten, als er sich langsam aufrichtete. Der Raum schwankte leicht – er hatte zu lange gelegen, zu lange in derselben Position ausgeharrt. Er rieb über seine Handgelenke, die Seilabdrücke brannten heiß auf seiner Haut.

Dann spürte er es. Ein Kloß in seinem Magen. Sein Körper fühlte sich schwer an.

Sein Blick war noch klar – aber wie lange noch?

Die K.O.-Tropfen.

Er musste sie loswerden. Jetzt.

Er lehnte sich vornüber und stocherte hemmungslos mit seinen Fingern in seinem Hals herum.

Sein Magen zog sich zusammen.

Er würgte tief, sein Körper sträubte sich, doch er ließ nicht nach.

Dann – ein Krampf, ein brennendes Gefühl im Hals.

Sein Magen drehte sich um, und mit einem erschütternden Ruck übergab er sich auf den Boden.

Er hustete, sein Brustkorb bebte, sein Körper war von

Schweiß durchnässt.

War es genug?

Er wusste es nicht. Aber er hatte keine andere Wahl, als weiterzumachen. Langsam richtete er sich auf, seine Glieder waren schwer, aber sein Kopf war noch klar.

Das musste reichen. Er musste jetzt fliehen.

Tom würde nicht lange wegbleiben.

Alex wischte sich mit dem Handrücken über den Mund, schwankend stand er im Raum.

Dann blickte er zur Tür.

Er wusste nicht, was ihn dahinter erwartete. Aber er wusste, dass er nicht hierbleiben konnte. Alex bewegte sich vorsichtig zur Tür. Jeder Schritt fühlte sich an, als würde sein Körper gegen unsichtbare Fesseln ankämpfen – als wolle etwas in ihm ihn zwingen, stehen zu bleiben.

Seine Finger berührten den Türgriff.

Er drückte ihn langsam nach unten.

Abgeschlossen.

Alex biss die Zähne zusammen. Verdammt.

Seine Gedanken rasten. Er hatte keine Zeit, um nach einem anderen Ausgang zu suchen – Tom konnte jeden Moment zurückkommen. Sein Blick flog durch den Raum. Keine Fenster, keine anderen Türen. Das hier war seine einzige Chance.

Sein Herz schlug hart in seiner Brust.

Dann spürte er es.

Ein leichtes Schwindelgefühl.

Es war kaum merklich, aber es war da.

Ein dumpfes, seltsames Gefühl in seinem Kopf, als würde ein

unsichtbarer Schleier sich langsam über seine Gedanken legen. Die K.O.-Tropfen.

Er rieb sich die Schläfen, versuchte sich zu fokussieren. Sein Körper war noch nicht vollständig davon erfasst – sein Adrenalin kämpfte wie eine Maschine gegen die Wirkung an.

Doch er wusste: Er hatte nicht mehr viel Zeit.

Er drückte sich gegen die Wand neben der Tür, presste den Rücken dagegen und atmete tief durch. Wenn Tom zurückkam, musste er bereit sein. Er konnte ihn nicht frontal angreifen – nicht in seinem Zustand.

Aber er konnte ihn überraschen.

Sein Herz pochte. Er spannte die Muskeln an, bereit zum Handeln.

Dann – ein Geräusch von draußen.

Alex hielt den Atem an.

Schritte. Sie kamen näher.

Alex hielt den Atem an.

Die Schritte vor der Tür wurden langsamer. Bevor er den Raum betrat, blickte sich Alex noch einmal schnell um. Sein Blick fiel auf die kleine, flackernde Lampe auf dem alten Tisch neben dem Bett. Ein tragbares Modell mit einem eingebauten Akku – wahrscheinlich von Tom hier aufgestellt. Langsam streckte er die Hand aus, die Finger zitterten leicht. Mit einem leisen Klicken erlosch das Licht.

Gerade noch rechtzeitig

Tom war da.

Sein Herz raste, sein Körper war angespannt wie eine gespannte Feder – aber er wusste, dass er sich auf seine Instinkte verlassen musste.

Er wartete.

Die Klinke wurde langsam nach unten gedrückt.

JETZT!

Mit aller Kraft warf Alex sein gesamtes Gewicht gegen die Tür.

Krach!

Ein ersticktes Keuchen von draußen, gefolgt von einem dumpfen Aufprall. Die Tür quetschte Tom ein, klemmte ihn zwischen Holz und Rahmen ein. Alex konnte ihn keuchen hören, aber er wusste, dass Tom nicht lange brauchen würde, um sich zu befreien. Er holte tief Luft, wollte sich in Bewegung setzen – doch Tom war schneller.

Die Tür wurde mit brutaler Kraft aufgerissen, schleuderte Alex nach hinten. Er taumelte, verlor das Gleichgewicht und stolperte über das Bettgestell.

Dann war Tom über ihm.

Alex riss die Arme hoch, versuchte ihn wegzustoßen, aber Tom war stark – zu stark.

Ein brutaler Schlag in die Rippen.

Schmerz explodierte in Alex´ Körper.

Dann das Blitzen.

Ein kurzes, silbriges Aufleuchten in der Dunkelheit. Ein Messer. Alex riss die Augen auf, versuchte sich zu drehen, aber die Klinge schnitt durch seine Haut.

Ein heißes, stechendes Gefühl an seinem Unterarm.

Er keuchte, als das Adrenalin in seinem Körper mit dem Schmerz kollidierte.

Er blutete.

Nicht stark genug, um direkt zu verbluten – aber stark genug, dass er die Wärme über seine Haut laufen spürte.

Toms Atem war langsam, seine Stimme kalt.

»Du hättest einfach leise sterben können«

Doch er hörte ihn kaum.

Er musste hier raus. Jetzt.

Alex ignorierte den brennenden Schmerz in seinem Unterarm. Jetzt war nicht der Moment, um an die Wunde zu denken. Er keuchte, als er Toms Gewicht auf sich spürte. Der Druck auf seine Rippen wurde stärker, jede Bewegung war eine Qual. Er musste sich befreien.

Sein gesunder Arm schlug blindlings aus, traf Tom mit einem kraftlosen Schlag gegen die Schulter. Es reichte nicht, um ihn zu verletzen, aber es brachte ihn für einen Sekundenbruchteil aus dem Gleichgewicht.

Genug um es auszunutzen.

Alex spannte jede verbliebene Muskelkraft an und riss sich mit einem verzweifelten Ruck zur Seite.

Tom versuchte, ihn festzuhalten, doch Alex´ plötzliche Bewegung ließ ihn zur Seite kippen.

Er war frei.

Er rollte sich über den Boden ab, seine blutige Hand drückte sich gegen den kalten Boden, während sein Kopf raste. Fliehen. Jetzt. Er kam auf die Knie, riss sich hoch, sein Blick flog durch den Raum.

Die Tür.

Tom bewegte sich hinter ihm. Ein wütendes Knurren.

Alex sprintete los.

Seine Beine fühlten sich schwer an, als wären sie nicht ganz seine eigenen – die Wirkung der K.O.-Tropfen.

Er erreichte den Türrahmen, riss sich durch die Öffnung und stolperte in den dunklen Flur.

Hinter ihm ein Geräusch.

Tom kam wieder auf die Beine.

Alex wusste, dass er ihn nicht abhängen konnte – Tom war schneller.

Er brauchte Zeit.

Sein Blick flog über den Gang.

Da!

Eine alte, umgekippte Kommode an der Seite. Nicht schwer – aber sie würde ihren Zweck erfüllen.

Mit letzter Kraft packte Alex das Holz, zog und zerrte. Seine verletzte Hand brannte, aus seiner Schnittwunde quoll das Blut, sein Körper schrie nach einer Pause, doch er ignorierte es. Mit einem lauten Rumpeln fiel das Möbelstück zur Seite und verkeilte sich genau zwischen Türrahmen und Wand.

Ein kurzer Moment der Ruhe.

Alex taumelte rückwärts, seine Brust hob und senkte sich hektisch. Hinter der Tür hörte er ein dumpfes Krachen, als Tom gegen das Hindernis schlug.

Dann seine Stimme.

»Alex… dafür wirst du leiden.«

Er schluckte schwer und wusste, dass er nicht viel Zeit hatte.

Sein Atem war flach, seine Brust brannte, sein Kopf fühlte sich an, als wäre er in Watte gepackt. Die K.O.-Tropfen waren noch immer in seinem Blut – nicht genug, um ihn komplett außer Gefecht zu setzen, aber genug, um seine Reaktionen zu verlangsamen.

Alex rannte.

Sein Atem war kurz, sein Brustkorb hob und senkte sich heftig, während seine Füße durch den Schmutz und Staub der verfallenen Flure schlitterten.

»HILFE!«

Sein Schrei hallte durch das alte Gebäude, zerschlug die Stille, wurde von den Wänden zurückgeworfen. Doch keine Antwort. Nur das dumpfe Echo seiner eigenen Stimme.

Sein Kopf raste. Verstecken? Er überlegte kurz, in einen der dunklen Räume zu huschen, sich hinter einer umgestürzten Trage oder einem alten Metallschrank zu verbergen.

Doch dann sah er es.

Sein Blut.

Es lief weiter aus seiner Armwunde, tropfte mit jedem Schritt auf den staubigen Boden. Eine Spur. Er verwarf die Idee sofort. Verstecken war sinnlos, wenn er eine Blutlinie hinter sich herzog.

Seine Beine spannten sich erneut an, er rannte weiter.

»HILFE! IST DA IRGENDJEMAND?!«

Wieder nur das Echo.

Sein Blick flog durch den Gang, die Dunkelheit schien sich enger um ihn zu schließen.

Dann – ein Krachen.

Ein lauter, brutaler Aufprall.

Er riss den Kopf herum.

Tom hatte die Tür durchbrochen.

Die Kommode hatte ihn nicht lange aufgehalten.

Alex konnte ihn sehen – nur für einen Moment, ein Schatten im Dunkeln, bevor er sich wieder in Bewegung setzte.

»Danke für das Fährtenlegen, Alex.«

Die eiskalte Stimme ließ ihm das Blut in den Adern gefrieren.

Verdammt.

Er bog um eine Ecke, seine Gedanken überschlugen sich. Er musste ihn abhängen. Seine Augen scannten die Umgebung hektisch – er brauchte einen Plan.

Dann sah er es.

Eine alte Treppe, die nach unten führte.

Ein Stockwerk tiefer.

Alex stürzte sich darauf, rannte die Stufen hinunter, übersprang zwei auf einmal, sein Kopf pochte vor Anstrengung.

Hier war er nicht sichtbar.

Und hier konnte er Tom zumindest kurz verwirren.

Sein Blick fiel auf eine blätternde Wand, auf den verstaubten Boden. Er musste eine falsche Fährte legen.

Mit dem Blut an seiner Hand strich er über die Wand, ließ eine deutliche rote Spur zurück, bevor er in einen schmalen Nebenraum huschte. Dort drehte er um – und rannte in die entgegengesetzte Richtung.

Wenige Sekunden gewonnen – vielleicht genug.

Er hörte, wie Tom oben im Flur stoppte.

»Schlau.«

Seine Stimme war amüsiert, aber nicht beeindruckt.

Alex rannte weiter. Dann – vor ihm der offene Raum.

Eine alte Halle, vielleicht eine frühere Untersuchungsstation oder ein Aufenthaltsraum. Der Boden war teilweise eingestürzt. Ein Spalt klaffte zwischen ihm und dem nächsten Bereich des Gebäudes. Nicht riesig – aber weit genug, dass ein Sprung riskant war.

Er bremste ab, riss sich herum.

Hinter ihm – Tom war bereits da.

»Jetzt wird's eng, Alex.«

Sein Schatten fiel in den Raum. Sein Blick kalt. Sein Griff fester um das Messer.

Alex schluckte schwer.

Er hatte nur eine Chance. Springen oder kämpfen.

Alex entschied sich für den Sprung, ein Kampf wäre aussichtslos. Für einen Sekundenbruchteil hing er in der Luft, schwerelos, während der klaffende Abgrund unter ihm drohte, ihn zu verschlingen.

Dann traf er auf der anderen Seite auf – hart.

Ein dumpfer, markerschütternder Schmerz explodierte in seiner Brust.

Knack.

Ein brennender Riss zog sich durch seinen Brustkorb, als hätte jemand eine unsichtbare Klinge durch seine Rippen getrieben.

Er schrie auf.

Seine angeschlagene Rippe war gebrochen.

Panik raste durch ihn. Das Atmen fiel ihm schwer und wurde mit jedem Atemzug von einem Stechen begleitet. Er versuchte, sich mit den Händen festzuhalten, doch seine verletzte Hand und sein blutender Arm waren zu schwach.

Seine Finger rutschten auf dem staubigen Boden ab.

Er konnte sich nicht halten.

Alex fühlte, wie er wegrutschte, sein Körper in Richtung Abgrund kippte.

Und dann fiel er.

Er schlug unkontrolliert auf, sein Rücken prallte gegen eine alte, verrottete Holzplatte, bevor er hart auf den Boden der darunterliegenden Etage krachte.

Ein weiterer Schmerzblitz.

Sein linker Knöchel knickte unnatürlich ein, als sein Fuß auf dem unebenen Boden aufschlug. Er keuchte, der Aufprall presste ihm die Luft aus den Lungen. Ein dumpfer, lähmender Schmerz schoss durch seinen Knöchel.

Sein Kopf dröhnte, seine Sicht flackerte, als würde sein Verstand sich für eine Sekunde verabschieden. Er lag reglos da, schwer atmend, der Schmutz und Staub in seine Wunden beißend. Oben, an der Kante des Lochs, tauchte eine dunkle Silhouette auf.

Tom.

Er grinste schief und ließ seinen Blick abfällig über Alex' reglosen Körper schweifen. Dann lachte er. Langsam. Hämisch.

»Das war's dann wohl.«

Alex versuchte, sich zu bewegen, doch sein Brustkorb protestierte mit einem höllischen Brennen.

»Du hast es weit geschafft, ich geb's zu. Aber jetzt…« Tom seufzte gespielt enttäuscht.

»Jetzt ist es vorbei.«

Alex keuchte. Sein Kopf war noch immer schwer, seine Sicht schwamm.

 Für einen Moment wurde ihm schwarz vor Augen.

Kapitel 29

Dunkelheit drohte ihn zu verschlingen. Alex´ Bewusstsein flackerte wie eine kaputte Glühbirne – kurz davor, endgültig zu verlöschen.

Sein Körper schrie nach Aufgeben. Jeder Muskel, jede Sehne brannte, seine gebrochene Rippe stach wie eine heiße Klinge in seinen Brustkorb. Sein verstauchter Fuß pochte dumpf, sein blutender Arm fühlte sich taub an. Er wusste nicht, wie er überhaupt noch bei Bewusstsein war. Aber irgendwie war er es und irgendwie musste es weitergehen.
Sonst würde er heute, hier und jetzt sterben.
Sonst würde Tom gewinnen.
Lena würde glauben, er sei das Monster. Nicht Tom.

Er keuchte und blinzelte gegen die Schwarze an, die drohte, ihn einzuhüllen. Sein Kopf ruckte nach oben, sein Blick verschwamm – doch er erkannte Bewegung auf der oberen Ebene.
Toms Silhouette. Seine Schritte hallten dumpf wider, gleichmäßig, nicht hektisch.
Er hatte es nicht eilig.
Er genoss es.
Das Wissen, dass er sich Zeit nehmen konnte, weil Alex

nirgendwo mehr hinkonnte. Die Wut, die in Alex aufstieg, trieb seine letzten Reserven im Körper an. Er biss die Zähne zusammen und zwang seine tauben Glieder zum Gehorsam. Aufstehen.

Seine Arme zitterten, sein Bein knickte fast unter ihm weg, doch mit aller verbliebenen Kraft zog er sich hoch. Rennen ging nicht mehr. Er konnte nur noch humpeln. Jeder Schritt war eine Qual, doch er bewegte sich. Er wusste nicht, wohin – es gab keinen Plan.

Er musste weiter, nur weg von hier.

Dann sah er es. Ein Fenster. Seine Finger griffen nach der Wand, während er sich mühsam dorthin schleppte. Draußen. Wenn er draußen war, gab es noch eine Chance. Er lehnte sich gegen den Fenstersims, holte tief Luft – und schrie.

»HILFE!«

Seine Stimme war rau, brüchig, aber laut genug, um durch die Nacht zu schneiden. Das Echo seiner eigenen Verzweiflung hallte in den Ruinen wider. Doch dann – sein Blick fiel auf etwas. Direkt vor dem Fenster ragte ein kleiner, verästelter Baum aus dem überwucherten Gelände.

Nicht groß, nicht stabil – aber erreichbar.

Alex´ Herz setzte für einen Moment aus.

Seine letzte Chance. Er konnte klettern. Er musste klettern.

Sein Kopf schrie ihm zu, dass es Wahnsinn war, dass er in seinem Zustand niemals daran denken sollte – doch sein Körper reagierte, noch bevor er selbst darüber nachdenken konnte. Er setzte den Fuß auf den Fenstersims, denn er hatte keine andere Wahl. Der Wind pfiff durch das zerbrochene Glas, ließ den Staub in kleinen Spiralen tanzen. Seine Hände klammerten sich an den Rahmen, seine Muskeln zitterten unter der Anstrengung. Sein Körper protestierte.

Sein verstauchter Fuß, seine gebrochene Rippe, sein blutender Arm – jede Bewegung jagte messerscharfe Schmerzen durch seinen Körper. Doch es gab kein Zurück. Mit einem tiefen Atemzug schwang er sich hinaus.

Seine Finger krallten sich in die raue Rinde des kleinen Baums. Die Äste knackten bedrohlich unter seinem Gewicht, doch sie hielten – gerade so. Er atmete keuchend aus, spreizte seinen verletzten Finger ab.

Langsam.

Jeder Griff musste sitzen, jede Bewegung durchdacht sein. Er ließ sich vorsichtig nach unten gleiten, rutschte von einem Ast zum nächsten. Sein verstauchter Fuß zitterte vor Belastung, aber er biss die Zähne zusammen.

Jetzt nicht versagen.

Dann hörte er es.

»ALEX?!«

Ein wütender Schrei von oben.

Alex spürte, wie ihm das Adrenalin erneut durch den Körper jagte. Er drehte den Kopf nach oben – und sah Tom im Fenster stehen. Sein Gesicht war für einen Moment ausdruckslos. Als könnte er nicht fassen, dass Alex immer noch kämpfte, dass er trotz allem nicht einfach aufgab.

Dann verzog sich sein Gesicht.

Er schüttelte langsam den Kopf.

»Das gibt's doch nicht.«

Seine Stimme klang nicht einmal mehr wütend – nur ungläubig.

Dann kam es.

Ein leises, fast amüsiertes Lachen. Zuerst nur ein Schmunzeln. Dann ein kehliges, dunkles Lachen, das immer lauter wurde. Alex spürte, wie die Wut in ihm hochstieg.

Er lachte ihn aus.

»Schau dich doch mal an.«

Tom breitete die Arme aus, sein Grinsen verzerrte sich in etwas Boshaftes.

»Wie ein verletztes Tier, das sich noch durch den Dreck schleppt, obwohl es längst erledigt ist.«

Alex ignorierte ihn. Er musste weiter.

Seine Finger umklammerten einen tieferen Ast, er ließ sich vorsichtig nach unten gleiten. Jeder Muskel schmerzte, aber er war noch nicht tot. Dann hörte er, wie Tom abrupt aufhörte, zu lachen. Alex wagte einen letzten Blick nach oben.

Tom musterte ihn noch einmal, sein Kopf leicht zur Seite geneigt – wie ein Jäger, der sein langsam verendendes Opfer beobachtete.

Dann verschwand er vom Fenster. Alex wusste, was das bedeutete. Tom war auf dem Weg. Er würde nicht mehr spielen. Er würde ihn endgültig schnappen.

Er ließ sich mit letzter Kraft auf den Boden fallen. Seine Knie gaben nach, als seine Füße den feuchten, überwucherten Boden erreichten.

Der Aufprall jagte einen stechenden Schmerz durch seine gebrochene Rippe, ließ seinen verstauchten Fuß unter ihm nachgeben. Er keuchte und stützte sich mit der blutigen Hand an einem morschen Baumstamm ab. Ihm wurde immer schwärzer vor Augen. Es kostete ihm alle Kraft nicht einfach umzukippen und wie ein angeschossenes Reh liegen zu bleiben, bis die letzten Atemzüge aus ihm wichen.

Er setzte sich in Bewegung, in dem Wissen, dass es wahrscheinlich gleich vorbei war, aber er würde bis zur letzten Sekunde kämpfen. Alex stolperte durch das dichte Gestrüpp, das sich wie eine lebendige Mauer vor ihm auftürmte. Jede Bewegung war eine Qual.

Sein verstauchter Fuß bebte unter seinem Gewicht, seine gebrochene Rippe schrie bei jedem Atemzug auf, sein Arm pulsierte von der Wunde, aus der immer noch warmes Blut tropfte. Doch er konnte nicht anhalten.

Sein Blick flackerte von links nach rechts, während er sich weiterkämpfte. Zweige rissen an seiner Kleidung, Dornen schabten über seine Haut, aber es war nichts im Vergleich zu dem Schmerz, der ihn bereits durchflutete.
Hinter ihm – schnelle Schritte. Tom.

Alex konnte ihn nicht sehen, aber er wusste, dass er näherkam. Er wagte einen kurzen Blick über die Schulter – Fehler. Sein Fuß blieb an einer Wurzel hängen, sein Körper taumelte, er schlug mit der Schulter gegen einen Baumstamm. Ein spitzer Schmerz zuckte durch seine verletzte Seite, ein verzweifeltes Keuchen entwich seinen Lippen.
Aber er fiel nicht.
Er drückte sich mit aller Kraft wieder vorwärts.
Das Unterholz war dicht, als hätte die Natur beschlossen, ihn aufzuhalten. Tom hingegen kam immer näher, als hätte er keine Hindernisse. Alex hörte, wie er sich näher schob, ruhiger, kontrollierter.
»Komm schon, Alex… bleib endlich stehen. Ich kann dich

schon sehen«.

Die Stimme schnitt durch die Nacht.

»Du hast es bis hierhin geschafft, du verdienst fast Respekt dafür.«

Alex antwortete nicht.

Er wusste, dass Tom mit ihm spielte.

Er musste weiter.

Sein Blick flog durch das unwegsame Gelände. Ein Weg, ein verdammter Weg! Sein Fuß trat auf etwas Nachgebendes – Matsch.

Er rutschte, fing sich gerade noch ab.

»Müde?«

Tom war noch näher.

Alex zwang sich weiter.

Dann – ein Licht.

Durch das Dickicht, durch die verkrüppelten Äste und die Schatten der Ruinen sah er es.

Blaulicht.

Sein Herz setzte aus.

Nicht in seiner Nähe.

Aber nah genug, um es zu sehen.

Jemand musste seine Schreie gehört haben.

Seine Kehle war trocken, sein Körper schwankte.

Doch er wusste – das war seine letzte Chance.

Seine letzte Hoffnung.

Alex riss seinen Kopf nach hinten, sog tief Luft ein –

Und brüllte aus letzter Kraft.

»HILFEEEEEE!«

Sein eigener Schrei hallte durch die Dunkelheit, vibrierte

zwischen den Bäumen, jagte durch die kalten Mauern der Ruinen.

Das war es.

Seine Lungen brannten, sein Hals fühlte sich rau an.

Doch er wusste, sie mussten es gehört haben.

Er hoffte es. Er musste es hoffen. Dann stolperte er weiter, dem Licht entgegen.

Dem letzten Funken Überlebenschance.

»ALEX!«

Toms Stimme gellte durch die kalte Nachtluft.

Dieses Mal klang sie anders.

Kein Spott. Keine Gelassenheit.

Panik.

Er hatte es gesehen. Das Blaulicht.

Er wusste, dass die Zeit jetzt gegen ihn lief.

Alex stolperte weiter, seine Beine fühlten sich an, als wären sie nicht mehr Teil seines Körpers. Jeder Schritt war eine Qual, ein Kampf gegen die brennenden Schmerzen in seiner Seite, gegen die dumpfe Übelkeit, die immer noch in seinen Gliedern lauerte. Sein verstauchter Fuß bebte unter ihm, jeder Kontakt mit dem Boden war eine Folter, aber er zwang sich weiter.

Weiter.

»Bleib endlich stehen, du verdammter Mistkerl!«

Toms Stimme war jetzt roh. Kein gespieltes Katz-und-Maus-Spiel mehr. Nur noch ein wütender Jäger, der merkt, dass ihm seine Beute entkommen könnte. Alex stolperte, riss sich an einem Zweig entlang, versuchte, schneller zu werden, aber sein Körper war am Ende.

Seine Beine drohten nachzugeben, die Dunkelheit flackerte an den Rändern seiner Sicht.

Nur ein paar Meter noch.

Er konnte den Streifenwagen nicht direkt sehen, aber das Blaulicht pulsierte durch das Dickicht, durch die feuchte Nachtluft.

So nah.

So verdammt nah.

Er öffnete den Mund, sog tief Luft ein –

»HILFEEE!«

Seine Stimme war rau und brüchig, sein Hals brannte von der Anstrengung – doch er presste jeden letzten Funken Kraft in seinen Schrei.

Dann.

Ein Aufprall.

Brutal. Hart.

Wie ein Rammbock krachte etwas in seinen Rücken, ließ ihn den Boden unter den Füßen verlieren. Ein dumpfer Schmerz explodierte durch seinen Körper, als er mit voller Wucht auf den kalten, feuchten Waldboden knallte.

Luft wurde ihm aus den Lungen gepresst.

Er keuchte.

Dann – eine Hand.

Eine eiskalte, brutale Hand legte sich über seinen Mund.

Er zuckte zusammen, versuchte zu schreien, aber der Griff war gnadenlos.

»Du hättest einfach einschlafen sollen.«

Toms Stimme war jetzt anders.

Nicht hasserfüllt.

Nicht lauter als ein Flüstern.

Eiskalt. Klinisch. Entschlossen.

Alex spürte, wie Finger sich um seinen Hals legten.

Langsam.

Fester.

HÄRTER.

Sein Kopf wurde nach hinten gedrückt, sein Blick flackerte zur Seite.

Dort.

In der Ferne.

Das Blaulicht.

Aber es könnte genauso gut Kilometer entfernt sein.

Seine Beine zuckten, sein Körper bäumte sich auf, aber Tom hielt ihn fest wie eine Raubkatze, die ihr Opfer erstickt. Sein Hals fühlte sich an, als würde ein Schraubstock sich immer weiterzudrehen. Seine Arme zuckten, seine Finger krallten sich in Toms Unterarme, versuchten, den tödlichen Griff zu lockern – vergeblich.

Er drückte mit seinem immer noch blutenden Arm gegen Toms Kopf und rutschte immer wieder ab. Sein Gesicht sah mit dem ganzen Blut von Alex wie eine entstellte Fratze aus, fast wie ein Dämon, der ihn jetzt verschlingen würde.

Seine Lungen brannten.

Punkte tanzten vor seinen Augen.

Toms Gesicht über ihm war jetzt ein dunkler Schatten, verzerrt im flackernden Licht. Schwärze begann, sich an den Rändern seines Bewusstseins auszubreiten. Alex versuchte, einen letzten Atemzug zu nehmen – nichts.

Sein Körper wurde schwer.

Seine Arme sanken, sein Blick wurde dumpf.

Das Blaulicht in der Ferne flackerte in den letzten Momenten seiner Wahrnehmung.

Stille.

Dunkelheit.

Kapitel 30

Schwärze.

Ein endloses Nichts, das ihn umhüllte, als wäre er darin gefangen. Keine Geräusche, keine Bewegung, kein Gefühl. Nur Stille, tief und absolut.

Bin ich tot?

Alex wusste nicht, wo er war. Wusste nicht einmal, ob er überhaupt noch existierte. Es gab keinen Boden, keine Decke, kein oben oder unten. Nur diese allgegenwärtige Dunkelheit, die ihn hielt, als wäre sie ein Teil von ihm geworden.

Fühlt es sich so an zu sterben?

Seine Gedanken schwebten, losgelöst von allem, was er je gewesen war. Erinnerungen waren nur noch bruchstückhafte Schatten, verschwommen und ohne Bedeutung. Ein Name bewegte sich in die Dunkelheit – Tom.

Etwas in ihm reagierte auf das Wort, doch es fühlte sich weit entfernt an, als gehöre es zu einer anderen Welt, einem anderen Leben. Doch wenn er tot war, warum konnte er dann denken? Tote sollten nicht denken.

Ganz langsam, kaum wahrnehmbar, änderte sich etwas. Ein Ziehen, tief in seinem Inneren, schwach und entfernt, aber es war da. Erst nur ein leichter Widerstand gegen die

Dunkelheit, doch dann wurde es stärker. Etwas zog ihn zurück.

Ein Gefühl kehrte zurück, ein Drücken, ein dumpfer Impuls, der sich ausbreitete. Es war nicht angenehm. Er wollte es ignorieren, sich wieder in das Nichts sinken lassen, aber das Ziehen wurde stärker. Dann kam der erste echte Eindruck – Schmerz.

Ein dumpfes Pochen, das sich von seinem Brustkorb ausbreitete und seine Rippen wie ein Schraubstock umklammerte. Ein Brennen zog sich durch seinen Arm, heiß und pulsierend. Seine Lunge fühlte sich eng an, als würde jemand auf seiner Brust sitzen, und jeder Atemzug brachte ein Ziehen mit sich, als reiße etwas in ihm. Er wollte nicht fühlen. Aber sein Körper zwang ihn dazu.
Ich lebe.

Der Gedanke war plötzlich da, klar und unverkennbar. Es gab Schmerz. Es gab Atem. Sein Brustkorb hob und senkte sich langsam, angestrengt, als müsste er sich an die Bewegung erst wieder erinnern. Er wusste nicht, wo er war. Aber er wusste jetzt, dass er noch da war. Langsam begann die Dunkelheit, sich aufzulösen.

Alex blinzelte träge, sein Blick verschwamm, als er versuchte, sich zu orientieren. Das Licht über ihm war gedämpft, warm und diffus, aber dennoch unangenehm grell auf seiner Haut. Ein steriler Geruch hing in der Luft – Desinfektionsmittel, leicht süßlicher Kunststoff, der kühle Hauch einer Klimaanlage.
Er brauchte einen Moment, um zu begreifen, wo er war.
Krankenhaus.

Sein Körper fühlte sich schwer an, als wäre er mit Blei gefüllt. Jede Bewegung kostete ihn ungeheure Kraft, und sein Brustkorb hob und senkte sich langsam, als würde sein eigener Körper testen, ob er noch funktionierte.

Sein Hals war rau, trocken, als hätte er tagelang nichts getrunken. Als er versuchte zu schlucken, zog sich ein stechender Schmerz durch seinen gesamten Brustkorb, bis hin zu den Rippen. Aber es war nicht nur die Trockenheit, nicht nur die Erschöpfung.

Es war die Erinnerung.

Langsam, träge, krochen die Bilder zurück in sein Bewusstsein. Er erinnerte sich an das Rennen, an das Dickicht, das ihn aufgehalten hatte. An die Verzweiflung in seinen Beinen, an die flackernden Blaulichter, die sich durch die Dunkelheit geschnitten hatten.

Dann – Tom.

Der Aufprall.

Das Gewicht, das ihn zu Boden gedrückt hatte.

Die Finger um seinen Hals.

Er erinnerte sich an den Schmerz, an die verzweifelten Versuche, sich loszureißen, an das allmähliche Nachlassen seiner eigenen Kräfte, bis nur noch Dunkelheit blieb. Sein Brustkorb zog sich eng zusammen, als sein Körper für einen Moment glaubte, erneut keine Luft zu bekommen.

Doch dann atmete er.

Flach, langsam, aber stetig.

Er lag da, regungslos, ließ seine Finger leicht über den Stoff der Decke gleiten. Sein Körper fühlte sich fremd an, als gehöre er nicht ihm, sondern jemand anderem.

Dann hörte er es.

Stimmen.

Gedämpft, von draußen, nicht weit entfernt.

Er konzentrierte sich, versuchte, den Worten zu folgen.

»…er ist wieder stabil…«

Die Stimme war ruhig, aber besorgt, als würde sie eine unausgesprochene Warnung mit sich tragen.

»…hat Glück gehabt… ein paar Sekunden länger und…«

Jemand seufzte leise.

Dann – eine Stimme, die er kannte.

»Und… wann kann ich zu ihm?«

Er erstarrte.

Lena.

Für einen Moment zog sich alles in ihm zusammen, sein Brustkorb pochte unangenehm gegen seine Rippen. Seine Finger zuckten leicht, als wollte er sich bewegen, aber sein Körper war noch zu schwach, um zu reagieren. Ihre Stimme klang angespannt, aber nicht mehr kalt. Nicht mehr wie damals, als sie gegangen war.

Er versuchte, mehr zu hören, mehr zu verstehen, doch die Worte verschwammen, kamen nur noch in Wellen zu ihm, wie ein Radio, das zwischen zwei Frequenzen schwankte. Doch eines wusste er jetzt. Er war nicht mehr in Gefahr.

Alex lag still, sein Kopf drehte sich leicht, als die Stimmen draußen weiter in sein Bewusstsein sickerten. Er wollte sich bewegen, wollte sich aufrichten, aber sein Körper fühlte sich an, als wäre er in Beton gegossen. Jeder Muskel war schwer, seine Glieder schienen nicht mehr zu ihm zu gehören.

Dann hörte er das leise Klicken einer Tür.

Sanfte, ruhige Schritte bewegten sich über den Boden. Das Rascheln von Stoff, das Knistern eines Klemmbretts.

»Herr Weber?«

Die Stimme war freundlich, professionell, doch mit einem Hauch von Erleichterung darin. Alex blinzelte mühsam und versuchte, seinen Kopf zu drehen. Ein verschwommenes Gesicht tauchte in seinem Blickfeld auf, erst nur schemenhaft, dann klarer. Eine Krankenschwester, mittleren Alters, in hellgrüner Kleidung.

Sie lächelte sanft.

»Ah, Sie sind wach. Das ist gut. Sie sind im Krankenhaus, Sie hatten großes Glück.«

Alex schluckte, seine Kehle fühlte sich immer noch rau an. Er öffnete die Lippen, versuchte, Worte zu formen, aber es kam nur ein heiseres Krächzen heraus. Die Krankenschwester nickte verständnisvoll und griff nach einem Becher Wasser auf dem Nachttisch.

»Hier, langsam trinken.«

Sie hielt ihm den Becher an die Lippen, und als das kühle Wasser über seine Zunge lief, brannte es leicht, aber es war eine Wohltat. Er nahm ein paar kleine Schlucke, ließ das Wasser in seiner Kehle nachwirken, bevor er es wagte, zu sprechen.

»W—wie…« Seine Stimme war kaum mehr als ein Flüstern.

Die Krankenschwester lächelte wieder sanft.

»Sie sind hier seit gestern Nacht. Die Polizei hat Sie in letzter Sekunde gerettet. Sie waren bewusstlos, hatten eine gebrochene Rippe, eine tiefe Schnittverletzung am Arm und Knöchelstauchung. Aber Sie sind am Leben, und das ist das

Wichtigste.«

Alex ließ sich langsam in das Kissen zurücksinken. Es war vorbei. Die Worte klangen surreal. Er wusste, dass er entkommen war, aber es fühlte sich noch nicht real an.

Dann erinnerte er sich.

Lena.

Sein Blick flog zur Tür.

Die Krankenschwester schien seinen Gedanken zu erahnen.

»Jemand ist hier, um Sie zu sehen.«

Alex schluckte erneut.

Die Schwester trat einen Schritt zurück und ging zur Tür. Für einen Moment herrschte Stille. Dann öffnete sie die Tür.

Und da stand sie.

Lena.

Für einen Moment sagte niemand etwas.

Alex blinzelte, seine Sicht war immer noch leicht verschwommen, aber er erkannte sie sofort. Die Art, wie sie dort stand – unsicher, als wüsste sie nicht, ob sie eintreten durfte. Ihre Augen waren gerötet, ihre Schultern angespannt.

Langsam trat sie ein, schloss die Tür hinter sich, als würde sie die Welt draußen für einen Moment ausschließen wollen. Alex wollte etwas sagen, aber sein Hals war immer noch rau. Es dauerte einen Moment, bis er die Worte fand.

»Hey.«

Seine Stimme war schwach, aber das war egal. Es war das erste Mal seit einer gefühlten Ewigkeit, dass er das Gefühl hatte, mit ihr normal sprechen zu können. Lena zog einen Stuhl neben sein Bett und ließ sich langsam darauf nieder.

Sie musterte ihn, ihr Blick glitt über seine Bandagen, die

Schläuche, die noch an seinem Arm befestigt waren. Dann sog sie scharf die Luft ein.

»Du siehst schlimm aus.«

Alex grinste müde.

»Ich fühle mich auch so.«

Lena ließ den Blick sinken, als würde sie mit sich ringen, bevor sie weitersprach.

»Alex…« Ihre Stimme zitterte leicht. »Ich weiß nicht, wo ich anfangen soll.«

Alex wartete. Er hatte keine Eile.

Sie atmete tief durch, als müsse sie sich selbst Mut zusprechen.

»Ich weiß jetzt alles.«

Ihre Worte waren leise, aber voller Gewicht.

»Tom… was er getan hat… die Polizei hat mir alles gesagt.«

Alex beobachtete ihr Gesicht, suchte nach Hinweisen, wie sie sich fühlte.

»Ich kann nicht glauben, dass ich ihm so vertraut habe,« fuhr sie fort. Ihre Hände waren ineinander verschränkt, die Knöchel weiß vor Anspannung.

»Er war unser Freund, immer da, immer… freundlich. Ich hätte niemals gedacht…«

Sie verstummte und presste die Lippen aufeinander.

Alex schluckte.

»Ich auch nicht.«

Lena hob den Kopf, ihre Augen glänzten leicht.

»Ich dachte wirklich, du wärst…«

Sie brach ab und sah dann auf ihre Hände.

»Ich habe dir nicht geglaubt, als du gesagt hast, dass etwas nicht stimmt. Ich habe dich im Stich gelassen.«

Alex schüttelte schwach den Kopf.

»Lena… du konntest es nicht wissen. Niemand konnte das.«

Doch sie schien ihn kaum zu hören. Ihre Stimme wurde brüchiger, als sie weitersprach.

»Aber das Foto…« Ihre Finger krampften sich in den Stoff ihrer Jeans. »Ich bin sofort ausgerastet. Ich habe dich nicht einmal gefragt und zu Wort kommen lassen. Ich habe dich einfach stehen lassen.«

Ihre Schultern sanken, als hätte sie die ganze Schuld auf ihnen getragen.

»Es tut mir so leid.«

Alex sah sie an.

Sie war wirklich hier. Sie war nicht wütend, nicht distanziert. Sie war einfach nur Lena.

»Ich verstehe es«, sagte er schließlich.

Seine Stimme war ruhig.

»Tom hat alles so perfekt geplant. Ich hätte wahrscheinlich genauso reagiert.«

Sie hob langsam den Kopf, suchte nach Wahrheit in seinen Worten. Dann biss sie sich auf die Unterlippe, als würde sie sich selbst nicht erlauben, Erleichterung zu fühlen.

Alex schüttelte leicht den Kopf.

»Du bist jetzt hier. Das ist das Einzige, was zählt.«

Lena schloss für einen Moment die Augen, als müsse sie das alles erst verarbeiten.

Dann nickte sie langsam.

Stille breitete sich zwischen ihnen aus, aber es war keine unangenehme Stille.

Es war eine Stille, in der alte Wunden zu heilen begannen.

Nach einigen Minuten atmete Lena tief ein, als hätte sie endlich einen Teil der Last abgeworfen, die sie mit sich herumgetragen hatte. Dann, ohne ein weiteres Wort, lehnte sie sich langsam vor.

Alex spürte ihre zögernde Bewegung, doch bevor er darüber nachdenken konnte, hatte sie vorsichtig ihren Kopf an seine Schulter gelegt.

Es war keine stürmische, überschwängliche Geste – eher eine vorsichtige Annäherung, als würde sie erst testen, ob es überhaupt noch in Ordnung war. Alex fühlte ihre Wärme, das sanfte Zittern in ihrem Atem. Ohne nachzudenken, hob er seinen unverletzten Arm und legte ihn vorsichtig um ihre Schulter.

Für einen Moment war da nichts als Stille.

Kein Schmerz, keine Angst, keine Zweifel.

Nur die Gewissheit, dass sie beide noch hier waren.

Kapitel 31

Alex spürte zuerst die sanfte Berührung auf seinem Handrücken. Ein langsames, zartes Streicheln, das ihn aus dem Halbschlaf holte.

Er blinzelte, und das Licht des Krankenhauszimmers drang durch seine müden Lider. Sein Blick fiel auf Lena, die neben ihm saß. Sie hielt seine Hand, ihr Daumen fuhr sanft über seine Finger. Ihr Gesicht war entspannt, doch ihre Augen waren gerötet.

»Hey«, flüsterte sie leise, ein sanftes Lächeln auf den Lippen.

Alex fühlte sich für einen Moment, als wäre die Welt in Ordnung. Doch die Realität kehrte schnell zurück. Der dumpfe Schmerz in seiner Brust, die Erinnerung an Toms Griff um seinen Hals.

»Wie lange war ich weg?« Seine Stimme klang rau, fast brüchig.

»Nicht lange«, antwortete Lena leise.

»Du bist eingeschlafen, und ich wollte dich nicht wecken. Aber… jemand ist da, der mit dir sprechen möchte.«

Alex runzelte die Stirn. Er wusste, was das bedeutete.

Lena drückte leicht seine Hand, als wollte sie ihm damit versichern, dass sie nicht gehen würde. Alex atmete tief durch, sein Brustkorb pochte bei der Bewegung, und dann sah er zur Tür. Ein Mann trat ein, groß, dunkel gekleidet, mit einer ruhigen, beherrschten Ausstrahlung.

»Herr Weber?« Die Stimme des Polizisten war ruhig und professionell, aber nicht unfreundlich.

»Ich bin Kommissar Becker. Ich hoffe, Sie fühlen sich gut genug, um ein paar Fragen zu beantworten.«

Alex nickte schwach, während Lena seine Hand nicht losließ.

»Kommt drauf an«, murmelte er, »bin ich hier, weil ich noch immer als Verdächtiger gelte?«

Becker schüttelte leicht den Kopf.

»Nein. Das ist vorbei.«

Alex blinzelte, der Druck auf seiner Brust löste sich ein wenig.

»Wir haben Tom gestern Nacht festgenommen. Und wir haben Beweise, die seine Schuld zweifelsfrei belegen.«

Alex schloss kurz die Augen, ließ die Worte auf sich wirken. Tom. Gefasst. Es war wirklich vorbei.

»Welche Beweise?«, fragte er leise.

Becker trat näher, öffnete seine Mappe und zog ein kleines Notizbuch heraus. Es war abgegriffen, die Seiten zerknittert.

»Tom hatte ein Notizbuch bei sich. Er hat darin genau dokumentiert, wie er Sie manipuliert, Ihre Umgebung beeinflusst und Ihr Leben systematisch zerstört hat. Es ist ein vollständiges Geständnis, in dem er seine Schritte detailliert aufgeschrieben hat, wie er die Nachrichten gefälscht, Beweise in Ihrem Haus platziert und Ihre Beziehung zu ihrer Frau sabotiert hat.«

Alex spürte, wie Lenas Hand sich fester um seine schloss.

»Er hat sich selbst verraten, weil sein Plan so komplex war, dass er sich Notizen machen musste,« fügte Becker hinzu. »Das ist sein größter Fehler gewesen. Außerdem haben wir die K.O.-Tropfen, Digitoxin und das Messer bei ihm gefunden.«

Lena schloss für einen Moment die Augen, als müsse sie das alles verarbeiten.

»Und jetzt?«, fragte Alex schließlich, seine Stimme kaum mehr als ein Flüstern.

»Tom wird wegen mehrfachen Mordes, versuchten Mordes und schwerer Körperverletzung angeklagt. In Anbetracht der Beweislage wird sein Prozess nicht lange dauern. Er sitzt in Untersuchungshaft, und es gibt keinen Zweifel daran, dass er für sehr lange Zeit weggesperrt wird. Erst recht, wenn wir noch Ihre Aussage haben.«

Alex fühlte, wie sich die Anspannung in seinem Körper langsam löste.

Es war vorbei.

Tom war erledigt.

»Danke«, sagte er schließlich leise.

Becker nickte, warf einen kurzen Blick zu Lena und trat dann zurück.

»Falls Sie noch Fragen haben, lassen Sie es mich wissen.«

Er verließ den Raum, und für einen Moment herrschte Stille.

Alex sah zu Lena. Ihre Augen glänzten, und sie beugte sich langsam vor, legte ihre Stirn gegen seine Schulter.

»Es ist vorbei«, flüsterte sie.

»Ja«, antwortete Alex, seine Stimme weich. »Es ist vorbei.«

Ein paar Tage waren vergangen, seit Alex das Bewusstsein wiedererlangt hatte. Nun saß er auf der Bettkante, bereit, das Krankenhaus zu verlassen. Die Ärzte hatten ihm versichert, dass er stabil genug sei – seine Rippen würden noch Wochen brauchen, um vollständig zu heilen, aber es gab nichts, was ihn hier noch hielt. Er hätte sich darauf freuen sollen.

Doch als er langsam den Flur entlangging, seine Tasche mit den wenigen Habseligkeiten in der Hand, spürte er es. Dieses Ziehen in seinem Nacken. Ein kaum wahrnehmbarer Druck, der ihn zwang, sich unauffällig umzusehen.

Es war vorbei. Er wusste es.

Und doch…

Sein Blick wanderte kurz über den hellen Krankenhausgang, die Menschen, die vorbeigingen, das leise Summen des Lebens um ihn herum.

Alles schien normal.

Zu normal.

Er sog tief die Luft ein und setzte sich in Bewegung. Jeder Schritt war ein bisschen fester, aber der Drang, sich noch einmal umzusehen, verschwand nicht. Seine Finger spannten sich um den Träger seiner Tasche.

Es würde Zeit brauchen.

Zeit, um wirklich zu verstehen, dass Tom nicht mehr im Schatten lauerte. Dass keine gefälschten Nachrichten mehr auf seinem Handy auftauchen würden. Dass niemand mehr versuchte, ihn zu zerstören.

Doch noch war es nicht so weit.

Noch drehte er sich unbewusst um.

Noch wartete ein Teil von ihm darauf, dass die Vergangenheit ihn wieder einholt.

Aber irgendwann…

Irgendwann würde das aufhören.

Er musste es nur zulassen.

Epilog

Die warme Abendsonne tauchte den kleinen Spielplatz in goldenes Licht. Das sanfte Quietschen einer Schaukel mischte sich mit dem Lachen eines Kindes, das fröhlich über den weichen Sandboden rannte.

Alex saß auf einer der Holzbänke am Rand des Platzes, ein schwaches Lächeln auf den Lippen. Seine Augen folgten der kleinen Gestalt, die mit leuchtenden Wangen zur Rutsche lief. »Elias, komm her!«

Lenas Stimme klang warm und liebevoll, als sie sich leicht nach vorne lehnte und die Arme ausstreckte. Ihr kleiner Sohn drehte sich kurz um, lachte, dann sprintete er mit tapsigen Schritten auf sie zu und warf sich in ihre Arme. Alex beobachtete die Szene, und für einen Moment fühlte sich alles surreal an.

Ein anderes Leben, eine andere Zeit, und er hätte sich nie vorstellen können, dass er einmal hier sein würde, bei allem, was passiert war. Friedlich. Glücklich.

»Komm, wir gehen zu Onkel Jonas«, sagte Lena sanft und streichelte Elias über den Kopf.

»Jaaa, Onkel Jonas. Ist Sarah auch da?«

»Bestimmt«

Alex stand langsam auf.

Er streckte die Hand aus, und Lena nahm sie, während sie gemeinsam vom Spielplatz in Richtung Jonas´ Zuhause gingen.

Der Wind war mild, die Straßen leise, und alles fühlte sich so… normal an. Alex ließ den Blick über die Dächer gleiten, über das sanfte Licht, das sich in den Fenstern spiegelte.

Dann wanderte seine Hand in seine Jackentasche. Seine Finger schlossen sich um das dünne, raue Papier, dass er aus seinem Briefkasten gefischt hatte. Ein Brief von Tom. Er hatte ihn heute erhalten – direkt aus der Justizvollzugsanstalt. Ein schlichter Umschlag, sein Name darauf geschrieben in jener Handschrift, die er einst so gut kannte. Alex hatte ihn nicht geöffnet.

Er wusste nicht, was darin stand, und er wollte es auch nicht wissen. Lena schien seine Anspannung zu bemerken. Ihr Blick fiel auf den Umschlag, und für einen Moment war da nur Stille zwischen ihnen.

Dann sah sie ihm in die Augen.

»Willst du ihn lesen?«

Alex schüttelte langsam den Kopf.

»Nein.«

Seine Finger lösten sich um das Papier.

Er blieb kurz stehen, sah zum Mülleimer am Straßenrand – dann ließ er den Brief langsam hineinfallen. Er landete lautlos auf dem Boden des Behälters. Alex sah ihm nicht hinterher.

Er nahm Lenas Hand wieder, zog Elias spielerisch an sich und setzte ihren Weg fort.

Er war frei.

Endgültig.

Danksagung

Ein ganz besonderer Dank geht an Lisa und Toni. Ihr habt nicht nur mehrfach, sondern auch mit unermüdlicher Geduld alle Versionen dieses Buches gelesen. Eure Rückmeldungen waren Gold wert und haben das Buch zu dem gemacht, was es jetzt ist.

Danke auch an Anika, Nadine und alle anderen, die mit offenen Augen und ehrlichen Worten zum Gelingen beigetragen haben. Euer Feedback war kritisch, hilfreich, wertschätzend und genau das, was dieses Buch und ich gebraucht haben, um zu dem zu werden, was es jetzt ist.

Und natürlich danke ich **euch**, den Leserinnen und Lesern, von ganzem Herzen: fürs Lesen, fürs Vertrauen – und dafür, dass ihr diesem Buch eine Chance gegeben habt.

Empfehlt das Buch gerne weiter, wenn es euch gefallen hat. Es würde mir unglaublich viel bedeuten und meine Arbeit auch unterstützen.
Wenn ihr Lust habt, mehr zu erfahren, über mich, meine Arbeit und zukünftige Projekte, freue ich mich, wenn ihr mir auf Instagram folgt oder dort mit mir in Kontakt tretet.

 writtenby.kess